FUCKING《ふぁっきんぐ》 JAP《じゃっぷ》! DICTIONARY《でぃくしょなりー》

日本主義593《ごくろうさん》事典

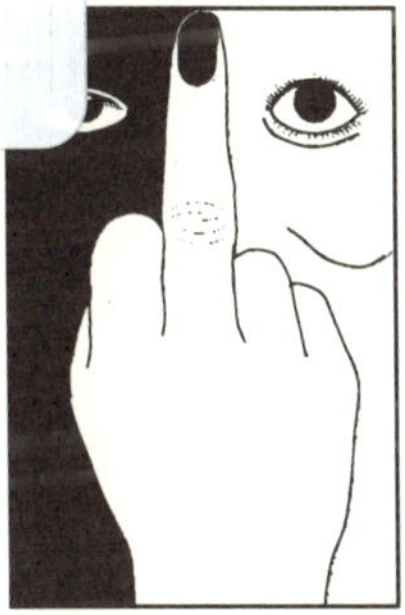

S・T・ベルダー
リザ・スタブリック共著
二葉幾久超訳

G. PAM
COMMUNICATIONS
清水弘文堂書房

S T A F F

PRODUCER, DIRECTOR & EDITOR 二葉幾久
COVER DESIGNER 原案・二葉幾久　作画・森本恵理子 ***(erin)***
DTP OPERATOR & PROOF READER 石原 実
制作/ドリーム・チェイサーズ・サルーン ***2000***
(旧創作集団ぐるーぷ・ぱあめ ***'90)***

郵　便　は　が　き

料金受取人払

港北局承認

1953

差出有効期間
平成15年2月
12日まで
（切手不要）

2 2 2 8790

横浜市港北区菊名3－3－14
KIKUNA N HOUSE 3F
清水弘文堂書房ITセンター
「日本主義593事典」編集担当者行

Eメール・アドレス（弊社の今後の出版情報をメールでご希望の方はご記入ください）

ご住所

郵便No. □□□-□□□□　お電話　（　　）

（フリガナ） 芳名	男・女	明・大・昭　年生まれ	年齢　歳

■ご職業　1.小学生 2.中学生 3.高校生 4.大学生 5.専門学校 6.会社員 7.役員 8.公務員 9.自営 10.医師 11.教師 12.自由業 13.主婦 14.無職 15.その他（　）

ご愛読紙誌名	お買い上げ書店名

●本書の内容・造本・定価などについて、ご感想をお書きください。

（誤訳のご指摘、大歓迎です。もしあれば、版を改めるときに訂正させていただきます）

●なにによって、本書をお知りになりましたか。

A 新聞・雑誌の広告で（紙・誌名　　　　　　　　　　　　　）

B 新聞・雑誌の書評で（紙・誌名　　　　　　　　　　　　　）

C 人にすすめられて　D 店頭で　F 弊社からのDMで　G その他

●今後どのような企画をお望みですか？

ふまじめな序　日本語版用まえがき――S・T・ベルダー

わたしはジャパン・バッシャーズ（日本袋だたき野郎たち）のひとりではない。むしろ、どちらかというとジャップ・ラバー（日本偏愛野郎）だと思っている。スランティー・アイズ（つりあがった目）を眼鏡で隠したオチンチンの小さい成金のショート・レッグ・イエロー・モンキーズ（短足の黄色い猿たち）、あるいはリトル・イエロー・バスターズ（小さな黄色野郎たち）が、地の果ての島々――なんと、日本には大きな四つの島と沖縄本島以外に六千八百四十七［うち、無人島が六千四百二十四］もの島がある！――で群れをなして暮らしているのが日本だと心のなかで思っているような日本について、まったく無知なヤンキー（アメリカのマスかき野郎、あるいはヘド野郎）を相手に口角泡をとばして日本を説明しようとすればするほど、わたしは孤独感にさいなまれる。連中は面と向かって議論をするときには、こと日本を論ずるかぎり、ちょっと変人っぽい押しだしの強い自称・鬼才（わたしのことだ）を論破できない。さんざんやりあったあげくの果てに最後には、自称・日本通のわたしにやりこめられて、彼らはしぶしぶ沈黙するが、かならずといっていいほど、あとになって、「ベルダーは、ジャップ・ラバーだから」と、くやしまぎれの陰口をたたく。ファッキング・ヤンキー！――二〇世紀末、いい気になって唯我独尊主義を謳歌していた世界でもっとも手に負えないひとりよがりな連中には、この罵り言葉がもっともふさわしい。

これは余談だが、八〇年代には、日本を論ずるときに、かならずといっていいほど話題になったバカげた「日本脅威論」が、二〇世紀末の日本の〝精神〟と経済の低迷のおかげで、このところまったく鳴りをひそめたのは、日本にとって喜んでいいことなのか悲しいことなのか？

この〝事典〟は、日本についてまったくなにも知らないくせに偏見だけは、いっぱい持っている欧米人（とくにアメリカ人）――全部が全部というわけではない。うわっつらでは、にこにこと平等主義《ヒューマニズム》を唱えながら、心の底では、無知蒙昧《もうまい》な「黄禍論」を信じているたぐいの白人主義者や、オーストラリアでこのところ台頭してきた白豪主義者たちのことをわたしはいっている――に向けて書いたものである。

ちょっと横道にそれるが、アメリカ人だけでなくコーカソイド（類白色人種群）は、〝仲間内〟には寛大なところがあるが、〝おのれたち以外〟に対しては偏狭といえるほど心の狭いところがある。つねに、「やられたらやり返す」ことを信条として、「正義はわれにあり」と、やみくもに〝敵〟に立ち向かっていく。他民族に対して、キリスト教以外の他宗教に対して、他人種に対して、なにかことが起きると偏見の固まりとなり、普段うりものにしている寛容の精神など、どこかへふっ飛ばしてしまう。〝相手のこと〟を深く理解しようという気持ちよりも肉食動物的闘争心だけが、おもてに露骨に現われてくる。アングロサクソンを主体としたコーカソイド系アメリカ人には、とくにその傾向が顕著である。わたしが、ときどき二二世紀を人類が迎えることができないのではないか、と危惧《きぐ》するのは、少なくとも二〇世紀末の段階では、この地球上で一番大きな顔をしているコーカソイド人種のこうした性格が生みだす軋轢《あつれき》が、絶望的な争いをこの地球上にもたらすのではないかという確信に近い思いがあるからである。

話が横にそれた。このことについては、『あとがき』で、また触れる。

日本のことに話を戻す。偏見を持つなら、ちゃんと日本のもろもろをよく知ったうえで持ちなさい、どうせジャパン・バッシングをやるのなら、日本についての深い基礎知識にもとづいたうえで偏執狂じみた偏見とこだわりを持って日本を論じているわたしのようにやりなさい、あなたの無知な偏見はなんですか、という皮肉をこめたメッセージを、今書いたような性癖のあるコーカソイド、なかでもアメリカ人に対して、わたしは、この本で贈りたかったのである。そう、これは連中の日本に対する無知無定見な偏見など、どこかにすっ飛んでしまうほどの自信にあふれた究極の偏見と独断にもとずく唯我独尊的日本論なのだ。そう、こんな文章を書くわたしは、相当重症のエクスパトリエであることだけは、事実である。わたしの偏見と独断とゆがんだ精神——口ではこういっても、わたしはまっとうな常識と精神を持っていると本心では思っている——は、この無国籍主義にもとづくものであることだけは、ここで正直に告白しておきたい。日本論を展開するにあたって事典という名と形を借りたのは、若いころ読んだビアス（Ambrose Bierce　アメリカ人）の『悪魔の事典』から受けた感銘が、まだ、わが身の内から抜けきっていない後遺症である。

閑話休題。

世紀末の十年間の日本事情にわたしよりも詳しい教え子のリザの協力なしには、この〃事典〃は完成しなかった。学生時代の彼女は、わたしの教え子のなかでも十年にひとり、現れるか現れないかというほどの、とびっきりの秀才だった（アメリカではない某国某一流大学で彼女にジャパノロジー［日本学］を教え、エリートの集まるある学際的かつ国際的な研究機関に彼女を強力に推薦し入所させた知人の教授も、わたしと同意見である）。事実関係のウラを取ったり、ろくすっぽ資料を調べたりしないで頭のなかにあった知識だけで書くわたしの原稿にそんな優秀な彼女が、現場主義と実証主義にもとづく分析を加わえたことで、この〃事典〃は深みを増したと思っている。新進気鋭の行動派女流ジャパノロジスト（日本学研究家）である彼女は日本の津々浦々にびっくりするぐらいフィールド・ワークにでかけているうえに、テレビをチェックし、日本の新聞や週刊誌をはじめ、ありとあらゆる日本語文献に目を通す努力をおこたらない人である。現場主義をつらぬいた民俗学者のクニオ・ヤナギタ、コウタロウ・ハヤカワ、カットク・サクライ、ケイタロウ・ミヤモト、イサミ・イソガイ、ツネイチ・ミヤモト（その昔、どのかたにもお目にかかったことがある）などの影響もあって、わたしもかなり日本を歩いたと自負しているが、リザの行動力には舌を巻く。『悪魔の事典』気取りのこの〝事典〟のなかの彼女の役どころは、暴走する悪魔をなだめる天使といったところか。そんな彼女とEメールでやり取りをしながら完成させた原稿をエージェントを通して、これまたEメールで清水弘文堂書房に送ってみたら、超訳して出版してくれるという。

最後に独断と偏見はわたしの勝手だとしても、どうしようもない事実関係の誤認があったら、お許しあれ。日本を正しく理解するのは、本当にむずかしい。

最後の最後に、わたしの日本観を簡潔に書いておく。経済至上主義を全面に押しだしハードパワー主義の信奉者であった戦後*の日本の人たちは、二〇世紀のおわりに戦後最大の金融不況に直面して元気をなくしたが、経済状態が引き起こす問題は、重要ではあるが長い目で見れば「絶対的な課題」ではない。かって勢いのいいころの日本の競争力は、世紀末には世界二十一位に落ちたという統計があるが、この事実に肩を落として嘆いている多くの日本人と話していると、わたしは心底がっかりする（わたしにいわせれば、おなじ統計資料の「日本の不透明度は世界十五位」というデータのほうが、未来の日本のためには、よっぽど重大な問題点である）。〝手前味噌風味〟で味つけするのが得意なアメリカ政府御用達研究機関

*この〝事典〟でいう戦後は、満州事変、日中戦争を経たあとの第二次世界大戦＝大東亜戦争＝太平洋戦争後をさす。ハナシが横にそれて申し訳ないが、あの戦争の呼び名についても、日本ではその人の主義と思想的立場によって、ちがっていて統一されていない。なんという人たちなんだ！　ガイジンのためにわかりやすく、なんとかしろよ！　ドイツなどは、いろんな意味で、〝戦後処理〟を、とっくにすませてしまっているのに、戦後五十年以上たった

今になって、ソウイチロウ・タワラなどのインターナショナルな感覚のない国粋派老テレビ・ジャーナリストを代表にした一部のマスコミが「あの戦争の洗い直し」を、しかめっ面をしてはじめているなんて、なんてことだ！　まあ、やらないよりは、やったほうがいいが……余談はさておき、この〝事典〟では、混乱をさけるために、あの戦争を単に十五年戦争と呼ぶ。以下同様。

は、『二一世紀に入り四半世紀たったころには、日本の経済力が世界に及ぼす影響が今の半分の規模になっている』と予測する。これ以外にも、いろんな悲観主義的な報告があるが、最新のレポートのひとつに、CIA（米中央情報局）長官直属のNIC（国家情報会議）が政府と民間の専門家を動員してまとめあげた『二〇一五年のグローバル・トレンド』がある。そのなかで、『世紀末に「失われた十年」をすごした日本は、血のでるような経済改革（構造改革）をやったとはいえない。その結果、これから十五年間の日本経済は、世紀末最後の十年よりも、たしかに強くはなるが、世界経済的見地に立てば、その重要性は薄らぐ。経済力が鈍る最大原因は、高齢化にともなう労働者不足である』と断じている。すなわち、二〇一五年には、アメリカとEU（欧州連合）に、大きく経済力の差をつけられるというのである。それに、うしろからは中国をはじめアジアの国々が追いあげてきている。よしんば、こうした見通しどおりだとしても、それがなんだというのだ？　くりかえすが、経済力がその国のすべてではない。もっと大切ななにかがある。日本の場合、この半世紀、アメリカのうしろにくっつき〝金の力〟だけを信じてハードパワー至上主義、すなわち物質至上主義でやってきたことに、むしろ問題がある。一国主義を旗印にしたアメリカ主導型のグローバリゼーションとやらに煽《あお》られて、それにあたふたと追従することが二一世紀を日本が生き抜くための最良の方法ではない。目を地球全体に向ければ、今のままのグローバリゼーションとやらの方向性が、実はかなりあやういものだということはすぐに見抜けるはずである。グローバリズムが大手を振ってのし歩こうとすればするほど、その反動として反グローバリズムが頭をもたげてくる。違う価値観の台頭をしっかり視野に入れて、つぎなる戦略を立てなければ、日本はアメリカの一国主義の餌食になってしまう。

よもやないとは思うが、もし万一、二一世紀に、あの国が本質的な意味で世界の一流国の仲間として生き残ることができないとしたら、それは、二〇世紀末から二一世紀初頭にかけて生きた日本人の「精神のありかた」の不毛さ故だったと後世の人は語るだろう。

ベトナム戦争で挫折したあと一九七〇年代から八〇年代かけて「どん底気分」を味わっていたアメリカを分析して「ふたたびソフトパワーでよみがえる」と、十年ほどまえに予言したのはハーバード大学のジョセフ・ナイ教授である。そしてソフト中心のＩＴ革命をやりとげたアメリカは、彼の予言どおり二〇世紀末には「ひとり勝ち」を謳歌した（二一世紀にはいったあとのその勢いの継続性は、また、べつな問題である。二一世紀の結構早い時期に、アメリカのバブルは、はじけるとわたしは思っている。二〇〇〇年十一月〜十二月の国内総生産「ＧＤＰ」の実質成長率は、一・四パーセントに減速。これは五年半ぶりの低さである。アメリカ経済の右肩あがり状態は、世紀末には足踏みをはじめ、バブル崩壊の予兆は、すでにはじまっている）。

ナイ教授にもどる。彼のいうソフトパワーとは、ずばり、「他国の人びとを魅《ひ》きつける魅力」――文化・芸術面、すなわち精神生活の豊かさが発揮する力である。経済や軍事などのハードパワーの対局にある力である。アメリカの偉い（あるいは狡猾《こうかつ》な）ところは、この力で他国の人びとを魅《ひ》きつけ、「優秀な頭脳」に対して積極的に「きわめてエゴイスティックに国を開き」世界中から、ソフト至上主義者たちを受け入れ優遇したことである。日本のソフトパワーに対する「戦略的開国と国づくり」は遅れている。

わたしは、まもなく鬼籍に入る。二一世紀の日本の姿を、これから先、そんなに長くウォッチングできないのは残念だが、一日も早く混迷と混乱状態のまま二一世紀を迎えてしまった〝日本〟を再検討、再分析して日本主義（日本の一部の右派学者・文化人がよく使う意味ではない。念のため）を再構築して、二一世紀にダメな日本にならないことをジャップ・ラバーのひとりとして祈る。

最後の最後の最後におせっかいな忠告をひとこと。日欧米のジャパノロジストやエコノミストたちもいっていることで、べつに目当たらしセンテンスではないが、「二一世紀、日本は、日本独自のソフトパワーでいけ！　ハードパワー至上主義を捨てよ！」――そう、あなたたちは、二〇世紀の後半、なんだかんだといっても、豊かになった。なり過ぎたといっても過言ではない。フリーのジャーナリスト（元毎日新聞記者）のリョータ・タナカの表現を借りていえば、「糖尿病化した社会」をかかえて、あなたたちは、四苦八苦している。新しいタイプの指導者を渇望している。江戸時代末期に現われたリーダたちのような新リーダーのもとで、「平成維新」を求めている。二一世紀の早い時期に、優秀な日本人は、「本物の新リーダー」のもとに結集して、早晩、よみがえりを計り始めるだろう。その「維新」では、量的豊饒《ほうじょう》主義を捨てて質的豊饒《ほうじょう》主義への転換をはからなければ、あなたの国の未来は暗い。なんにせよ壮大な〝夢（ビジョン）〟を持って、あまり焦らないでやりなさい！ 今の日本には、〝夢（ビジョン）〟がなさすぎるし、なにかにつけ焦りが目立つ。日本人の過度な自信喪失も気になる。焦ることはないし、自信をなくすことはない（もっとも、過剰な自信が沸いてくると、突然、集団主義でダンゴになって過激に動くというやっかいなメンタリティーを持っているあなたたちは、始末に負えないところがあるが……）。日本は、基本的には、ちゃんとした国なのだ。まだ、「崩壊」などしていない。じっくり構えて、問題点を的確にとらえて、ひとつひとつ解決していけば、新しい道は開けてくる。

まじめなリザと変人のわたしが、二一世紀の到来にあわせて、「593《ごくろうさん》」という思いをこめて、あえて振りかえってみた前世紀の日本主義のもろもろの独断と偏見に満ち満ちた分析が、次世代の日本を考えるために少しでも役に立つことを望んでやまない。

日本人よ、過去を怜悧《れいり》に振り返り、冷静に分析して、新しい価値観を構築し、しっかりとおのれの立場を定めよ！

（一九九四年二月二十五日に書いた基本稿に、一九九九年八月三十一日、二〇〇一年一月一日加筆 ）

まじめな序

日本語版用まえがき 2

リザ・スタブリック

ジャパノロジーのわたしの先生のひとりであるベルダーとEメールで、こんな〝おしゃべり〟をしたのは、一九九四年の冬でした（以下のEメールの会話は当時の記録から再録）。

「事典という形を借りた偏見と独断の日本論を一緒に書かないか？　一九五〇年代から八〇年代にかけては、ぼくも現場主義で手に入れたいろんなデータを持っているが、九〇年代の諸問題に関しては、きみのほうが詳しいから、きみの知識が必要なんだ」

とベルダー先生。

わたしは十年計画でジャパノロジーの博士論文を執筆しようとしている。その論文の詰めの段階でベルダー先生の助言は、絶対に必要だ……ここで点数をかせいでおくのは、わるくないと、とっさに計算したわたしは、ちょっぴり媚《こ》びを交えてパソコンのキーをたたきました。

「先生と一緒に本を書くなどというのは、おこがましい。資料集め、材料提供などのお手伝いだったら、喜んでやらせていただきます」

「いや、きみの手を借りる以上、データウーマンとして、きみの知識を利用する気はない。共著でいこう。ただし、ある事項でどうしても、ぼくときみの見解が一致しない場合には、最終原稿は、ぼくの論調で通すという一点だけ了解してほしい。どうしても、きみが納得できない場合には、その項目にリザの署名入りのただし書きを入れるということでどう？　印税の分配は五分五分」

「わかりました……ひとつだけ、質問があります。なんで今、〝主義〟なんですか？　死語に近い言葉じゃないですか？」

「そのとおり。さすが、きみだ。いいところを突く。〝主義(思想)がすべてを支配する時代〟はおわりつつある。あの抽象的で頭でっかちの概念は、二〇世紀の遺物だと二一世紀の人たちは、いうかもしれない。そこで、あの言葉に鎮魂歌を捧げるというのは、どう？　死語になりつつある言葉の世紀末お葬式。今、あえて、二〇世紀の日本主義のすべてを、ななめに構えてスパスパと切って総括しておく」

「そういえば、わたしが、はじめて日本にやってきた八〇年代のはじめのころにくらべて、主義やイズムといった類の観念用語の使用頻度《ひんど》が減りましたねえ。エエカッコシーイズムとして登場しても必死で使う人が少なくなった……学者は別にしても、もの書きもマスコミも一般の人も、一部、頭でっかちの人は別にして、まえほど使わなくなりましたねえ」

……それぞれの本拠地に陣どったベルダー先生とわたしは、Eメールでやり取りしながら、一九九四年の冬、この〝事典〟の執筆に集中して二か月間をすごしました。

幸いなことにというか、ジャパノロジーの先生と教え子だから当然といえば当然ですが、ベルダー先生とわたしの基本論調は、総論では一致しました。各論については……これから述べます。とにかく、作業は順調にはかどり、あっというまに基本原稿は完成しました。

それからが、問題でした。できあがった原稿を読みかえして手直しする段階になって、事典形式で日本論をやることの限界をわたしは、感じだしたのです。わたしよりも日本とベッタリイズムで〝添い寝〟するようにすごした年数が長いベルダー先生の日本に対する思い入れは、わたしなんかと、くらべようがないくらい強いのは当然。日本論を展開するときに、ベルダー先生が基調にしている、いくつかのポイントも弟子としてよく理解している。でも、それぞれが執筆担当する項目を振りわけたあと、ふたりで別々に勝手に書いたことと事典という形を借りたことで、おなじ主張が、あっちこっちの項目に散らばって、これでもか、これでもかというくらいしつこくでてくる。わたしは、このことを指摘して、クドイズム(くどさ)の削減を主張しました。もうちょっとキッチリイズムで整理しようといったのです。ところが、ベルダー先生は、このままでいいという意見でした。

「その理由は」と先生は自信たっぷりに語りました。「日本人は、クドイズムには、反感を持たない民族なんだ。むしろ、くどさは国民性と合致する。主観主義と主感主義で書くこの手の一見軽い本は、それでいいんだ。タケシ・カイコウやケンザブロウ・オオエやヒサシ・イノウエなどの変人(天才)文学者をのぞけば事典をはじめからおわりまで一字一句、丁寧《ていねい》に読む人は、まずいないだろう。読者が、パラパラとページをめくって、自分の興味がある項目を流し読みするときのために基本論調は、どの項目にも隠し味のように、にじませておく必要があるし、各項目を独立したものだと考えれば、重複は必然だとぼくは考える」

「でも、先生、ここまでくどいと、かえって焦点がぼやけて、わたしたちのいいたいことが、拡散するうえに、読む人の反感を買って逆効果なのでは……先生が、はじめにおっしゃったように、事典という形が日本論を展開するための手段だとしたら、通読しても、ちゃんとした一貫性のある形になっている必要があるんじゃないでしょうか。しっかりといいたいことは、ある項目にしぼって、そこで重点主義で徹底的に説明してしまったほうが……それに、もう一点気になるのは、日本と日本人のことを書いているわけですから各項目は主語落ちで、いいんじゃないでしょうか？　日本、あの国、日本人、あの国の人たちなどという表現を、もうすこし整理したほうが……」

ヘンに頑固なところのあるわたしは、いい張りだすと、なかなか、あとに引かないところがあります。ベルダー先生は、そんなわたしよりも、さらに数倍、頑固な人です。議論が伯仲したなかで、わたしが感情的になって、こんなメールを送ったこともあります。

「先生の世代のジャパノロジストたちは、世代的にいって〝戦争の影〟を引きずりすぎていて、ちょっとバランスのわるいところがあると思います。この〝事典〟でも、先生の諧謔《かいぎゃく》精神に満ち満ちた『悪魔の事典』的センス――ブラック・ユーモアは、すばらしいと思いますが、わたしは、もうすこしバランスをよくしたほうがいいと思います」

そう、戦中派グループに片足をつっこんでいる先生はわたしの師ですが、一点だけ盾突くとしたら……先生は【戦後未処理詞】に関して、すごく神経質です。そのこだわりが、わたしのような新世代のジャパノロジストには理解できない。あの戦争で〝負けた側〟も、〝勝った側〟も、どちら側の同時代人も、本当の意味で、あの戦争を心の内側でおわらせてほしい。もう二一世紀なんですよ！　わたしから見れば、いろんな局面で「どっちも、どっち」という感じが、すごく、するのです。ジャパノロジーは、新しい時代にはいったというのが、正直なわたしの感想です。それはさておき、ベルダー先生が、その真情を吐露する長い文章をメールで打ってきたことが一回だけありました。かなりハイテンションである様子が、デスクトップの画面からにじみでていました。

そのメールの核心部分を抜粋してみます。

「歴史の古い国、日本には、あふれるほどの主義があるんだろうなあ……この本の読者として想定しているアメリカ人は、こんなふうに思っているにちがいない。アメリカ人には想像もできない古くから伝わる神秘的な主義が、あのファッキング・ファジー・カントリーには、あるんだと。きみも専門家だから、わかっていると思うが、たしかに掃いて捨てるほどの主義が、あの国を支配してきた。ところが、その主義の多くは、鎖国をといて〝西洋に追いつけ追い越せ〟をキャッチフレーズに文明開化に、うつつを抜かした明治時代以降の輸入のイズムなんだ。そう、日本には、くだらない輸入されたイズムは、たくさんあるが、独自のイデオロギー（思考形態）となると、かぎられてくる。昔はあったにしても、いつのまにか、顧みられなくなってしまった。そして、概念論と抽象論が大好きなあの国のインテリたちは、明治維新以後、十五年戦争までのあいだと敗戦からこっち二〇世紀のおわりまで信じられないほどこの輸入された概念……イズムを実際に、もてあそんだ。皮肉もこめて、いいかえればこの一世紀のあいだ日本が外来のイズムから完全に解き放たれていたのは、満州事変ではじまる十五年間の戦争中だけだった。その間のあの国の状態は、きみも承知のとおり。そのあとが、もっといけなかった。誤解を承知で極論を吐けば、十五年間の閉塞《へいそく》状況の反動もあって、戦後は、体制側では、シゲル・ヨシダに代表される一部優秀な政治家や高級官僚や右派の学者も含む体制派文化人などのあの国の支配層のインテリたちが、輸入概念でしかない民主主義に代表されるイズムにもとずく頭でっかちな空理空論を過度に信じて、あるいは信じた振りをして……さらにいいつのればそれを利用して国の再建に応用しようとした。そして、それは、実際にある時点までは、成功した。もちろん、その背景には戦勝国アメリカの拒絶を許さないおしつけイズムがあった。一方、反体制側も、左派の進歩的文化人や左翼マスコミ人などが、アメリカイズムとは、水と油のコミュニズムに代表される特定の輸入イズムをかかげて、常民をあおった。ある部分に関していえば、もう一方の戦勝国であるソ連や中国の強いあと押しもあった。両者の〝他人のフンドシを借りる式〟の不毛な対立……喧嘩両成敗だとしても、こうした輸入イズム至上主義が、今日の日本国の〝精神のありよう〟を混乱させたともいえる。ずばり、「自分で自分のことをきめる」という国のありかたの単純な原理が、あの国には、この半世紀にもわたって働かなかった。いいつのりついでに、さらにいいつのれば、イズムという輸入した言葉ではなく伝承が生む〝民族の知恵的本物の主義〟をあの国は、この一世紀（とくに後半の半世紀）、顧みなかったことが〝日本の姿〟をゆがんだものにしたとぼくは思っている。戦争まえと最中の十五年〜二十年間の極端な日本精神至上主義が、そのゆがみと混乱を増幅させたことは、もちろん、いうまでもない。世界レベルでいえば、旧ソ連や東欧諸国などの共産主義国の崩壊で冷戦構造が崩れたあと、ファジーイズム（曖昧《あいまい》主義）を支えにアメリカ追従主義で、戦後をすごしてきた日本は、いち早く新しい時代に則した方針を精神面をはじめ政治面でも経済面でも打ちだすことができなかったことが、混乱に輪をかけた。そこで、そんな二〇世紀の日本の主義とイズムを、ぼくは、ブラック・ユーモアたっぷりに、お遊び精神というオブラートにつつみながら徹底的に俎上《そじょう》にのせてみようと思いたって、きみに声をかけたわけだ。きみと共著のこの〝事典〟は、いわば、新しい日本分析の素材となる材料探しの観察メモ以上のものではないというのが、ぼくのスタンスだ」

以上のながい抜粋は、前後のいきさつ抜きなので、なぜ、こんなことをベルダー先生がカ説するのか、読者のみなさまには、ちょっと突飛な感じで、おわかりいただけないかもしれませんが、わたしは先生の気持ちを理解したような気がしました。ちょっと補足すれば、このときのベルダーとわたしのメール議論は「日本には、本当の意味での民主主義は根づいていないのでは?」というのがテーマでした。それはそれとして、「幾世代も離れたふたりの〝事典〟をめぐる技術論的議論」は、平行線をたどりました。あげくのはてに、「共著者をおります。協力者にしてください」とまで、わたしがいったこともあります。その後、メールでいろいろ話しあった結果、先生が、結論をだしました。

「そう、ぼくとしては、何度もいっているように気楽な日本観察メモを発表するという程度の軽い気持ちだったんだが……ぼくが書いた部分は、たしかに、かなり乱暴で整理がいきとどいていないことは認める。完全主義者のきみには、そこんところが我慢できないってわけか……じゃあ、こうしよう、リザ。世紀末といっても、今は、まだ九〇年代のなかばだ。もうしばらく、きみもぼくも、さらに、しっかりジャパン・ウォッチングをつづけて、書きあげた草稿に新たな〝世紀末項目〟を加えて、新世紀をメドに世に問うことにしよう。ただし、ぼくらが、さんざん議論した表現上の問題については、きみがある程度妥協することが条件だがね。もし、そのまえに、ぼくが死んだら、あとは、きみが好きなようにしていい」

……こんなわけで、この〝事典〟は、いったん、お蔵入りしたのです。

……あっというまに一九九九年がやってきました。ベルダー先生とわたしは〝喧嘩別れ〟したわけではありません。あの〝事典内容再検討騒動〟があったあとも学問的な専門分野のプロジェクトで何度か協力しあいました。どのプロジェクトもうまくいきました。目下、進行中のプロジェクトもあります。

一九九九年もなかばの六月にはいって、ベルダー先生が、突然、切りだしたのです。

「リザ、例の〝事典〟、完成させようじゃないか」

……結局、根負けしたわたしが折れました。先生の方針にしたがって、作業を完成させることになりました。熱中して書きあげたあと何年間もほったらかしにしておいた原稿をフロッピー・ディスクから、ひさしぶりに、ベルダー先生は、オフコンに、わたしはパソコンの画面に呼びだしてふたりで再チェックし修正し、新たな項目を加え、一九九九年十月末に、タテマエ主義でいえば、「五年の歳月をかけた」――実際の作業は、あわせて七か月ちょっとの期間でした――〝事典〟は、脱稿しました（ベルダー先生の原稿は、八月末に完成。あとの整理は、わたしと超訳者に一任されました）。わたしがこだわっていた重複部分を先生の基本主旨を大切にしながら、最後の最後になって⇩印や⬇印をつけて、完全な形ではありませんが、少々勝手に整理したことに関してベルダー先生は、なにも意見を差し挟みませんでした。「よくやった！」というおほめの言葉もありませんでしたが……。

超訳者にすべての原稿をメールしたあと、ひさしぶりにお会いしたベルダー先生とふたりで笑いながら、こんな会話を交わしました。

「しかし、リザ、きみも相当、頑固だねえ。だから、いい研究ができるともいえるが」

「先生もすごい。この〝事典〟が完成するまでに交わされた方法論をめぐるEメールの文字数のほうが、〝事典〟の文字数よりも多かったんじゃないかしら」

「そうだね。いっそ、あの間のふたりのやりとりを本にしたほうが、おもしろい本になったかもしれないねえ」

と、ここでふたりは大笑いしたのでした。


今、しみじみと思っています。わたし自身、今もこの〝事典〟の理想的な〝ありかた〟に関して主張をかえたわけではありませんが、共同プロジェクトというのは、こんなものだと思っています。作業にかかわる人が、徹底的に議論を戦わせ、どうしても意見があわないときには、〝落としどころ〟を見つけて完成させる。

それにしても、もし、これが日本の大学の権威主義者の先生とその教え子の共同作業だったら、どうだったでしょう？　まず先生は昔の教え子に共著の提案はしないでしょう。教え子をデータマンあるいはウーマンとして使って手に入れた知識を自分の名前の著作に、だまって利用することはあっても。それに先生に向かって、方針のくいちがいのことで議論をふっかけたりしたら、一歩誤ると、「生意気な若造だ」とにらまれて、相手がその専門分野の権威だったりしたら、その世界では生きていけなくなるでしょう。
わたしは、ある国立大学に留学したときの経験も含めて日本の国公私立三大学の〝内側〟を知っています。あとのふたつ（公立と私立）は、教える立場で接したわけですが、そこでの師弟関係には、疑問を持っています。この〝事典〟とは、関係がないので、あまり詳しく書くスペースはないのですが、大学院生が修士論文や博士論文を通してもらうシステムの旧態依然としていることと全部が全部というわけではありませんが、教授たちが自分の助手をお手伝いさんのように使うやりかたなどなどの封建的な学界内の日本主義には、ただただ驚いています。日本の大学の先生って保守的な人が多い。ほんと、わたしは日本で助手経験をしないで講義のもてる〝先生〟になれてよかった！……雑談はさておき、このてん、あらためて、わが師ベルダー先生は、すごいと思いました。弟子が、ふっかける議論をまともに受け止め、ちゃんと聞いて、一対一の〝人間同士〟として何年もかけて結論をだそうとする。あげくの果てに、こうやってこの本ができあがるまでの内側の〝情報公開〟を、わたしが、なんのためらいもなくやれる幸せ……と最後は、オベンチャラ主義で「リザのまじめな序」とベルダー先生が命名した「まえがき」をしめくくります。

「まえがき」の最後に簡潔に「リザの日本観」を書いておけとベルダー先生にいわれたのですが……そう、わたしは、目下、日本観察中の身。先生のようにずばりと短いフレーズで日本観をいい切れる自信はない。わたしと日本とのかかわりは、たかだか二十年弱。先生の日本体験の半分にも満たない。逃げるわけではありませんが、しばしのご猶予《ゆうよ》を……そのうち、ちゃんとした論文で、わたし個人の日本論を展開したいと思っています。

（一九九九年十月三十日）

……こうやって、超訳も完了していったんは『世紀末日本主義593《ごくろうさん》』というタイトルで二〇〇〇年のなかばに出版の運びとなったのですが、土壇場になって、ベルダー先生が、「二一世紀は目のまえだ。どうせ、ここまで時間をかけたんだから、この際、二一世紀の初頭まで寝かせておこう。世紀末ぎりぎりの段階で、もう一度、読みかえしてみて内容が色あせていないようだったら出版しよう」

といいだしたのです。

版元と超訳者には、本当にご迷惑をおかけいたしました。お詫びいたします。

……このあとも、いろいろあったのですが、そのへんのゴチャゴチャは省略します……そして……なんとか、二一世紀初頭に、この「ヘンな本」を世に問える運びとなりました。

「たかが本、されど本」――一冊の本を完成させる大変さを学びました。

（二〇〇一年一月一日）

凡例

© この〝事典〟の筆者たちと超訳師の造語であることを示している。この〝事典〟の独断と偏見に満ち満ちたイズムあるいは主義を象徴する記号。©印が英単語の語尾についている言葉は、造語である。ただし日本語と英語が、ともども造語の場合と、そのどちらかが造語の場合があるのでややこしい。ISMをおしりにつけて英語の新しい言葉を捏造するときにYとEなどで原語がおわる場合には、造語者のそのときのフィーリングでYやEを削除したりしなかったりという気まぐれ主義に支配されているのでご用心。また、転用する原語は、形容詞、名詞、動詞など多様で品詞にこだわっていない。解説も主観主義と主感主義につらぬかれているから、これまたご用心。日本語を学ぼうとしている人が、本書の©印のついている日本語を覚えて日本にのりこんでも、なんの役にも立たないデタラメ日本語も多数。英単語のあとに©印がない言葉は、世間に知られたイズムあるいは主義であるとリザとベルダーが独断で思いこんでいる主義。ただし、その解説は、これまた独断と偏見に満ち満ちているうえに、あくまで宇宙空間地球星字日本を対象にした本来的意味とは、なんの関係もない主観主義／主感主義的記述なので、またまたまた用心。リザとベルダーの〝解釈〟が、唯我独尊的すぎてふたりの良心が呵責《かしゃく》の念に耐《た》えかねた場合のみ、ときどき、ありとあらゆる辞書からコピーした本来的意味の説明が、超訳者の手も借りて、補足してある。あまりにも、あちらこちらから剽窃《ひょうせつ》したので、よっぽどでないかぎり、その出典は、いちいちおことわりしなかった。

ⓙ 造語も含めて英語のタイトル項目に日本語をそのまま使ったことを示す記号。イタリックを使って英語と区別した。

ⓝ 一九九九年と二〇〇〇年に加筆したときに、つけ加えた主義。

《×E》 日本を知らない欧米人向けの日本に関する初歩的説明で日本人だったらだれでも知っていると思われる部分

をリとベルダーの了承をえて超訳者が日本語版では〝超訳者権限〟を行使して削った部分。編集の最終段階では、削ったことを、おふたりに事前におことわりしなかったかった箇所もある。

《全!》 書いたあと、「どの国でもおなじか」とリザとベルダーが思った箇所の略号。

& 蛇足説明。

Etc. 余談。

余 完全な余談。余談に余談をかさねる場合に使う。

元 その言葉の持つ本来的意味。なにせ独断と偏見の〝事典〟なので若干いいかげんなところもある。

例 例文、あるいは具体例。

 解説、説明。必要な場合には、この項に具体例をもってくることもある。

忠告 欧米人に警告あるいは忠告《アドバイス》（おせっかいにも、たまに日本人に対するものもある）。

私見 ベルダーとリザの個人的見解。ほかの各項目も独断と偏見にもとづく記述が大部分だが、とくに一般常識から遊離していると思われる見解は、この項目におさめた。

【　】 不明詞。あるいは、あえて分類したくない言葉。

【?】 分類不明詞の略号。

【♀♂詞】男女関連詞またはすけべえ詞。

そのほか【戦後未処理詞】【曖昧《あいまい》詞】【期待詞】【絶望詞】【侮蔑《ぶべつ》詞】【尊敬詞】【未来詞】【主観詞】【想像詞】【創造詞】【疑問詞】【普通詞】【絶望詞】【日本詞】【日本詞そのもの】【無目的詞】【夢想詞】【錯覚詞】【希望詞】【絶句詞】【涙詞】【情

緒怨恨《えんこん》詞】【Fucking Jap！詞】【タテマエ詞】【ご用心詞】【希少価値詞】【♪詞】【死語】【保守用語】などなど多数あり。
（詳細省略）

＝　おなじ内容。
⇧⇩　次項目参照。同意語・類似語あり。
⬆⬇　次項目参照。反意語あり。

［］　いい気分マーク。
［］　わるい気分マーク。
［］　大きな声でいいたくないがファック・ユー用語の略号。
［✂］　ファッキングに人を傷つける用語の略語。
［×］　どんずまり用語の略号。
［！］　おどろき記号。
［……］　てんてんてん気分の略号。

……と事典のマネをして、もっともらしい、凡例をつけたが、これ、ほとんどいいかげん。なかには、一度もこの〝事典〟のなかで使われていない記号もあるので、ご用心。［！］。

蛇足ながら、差別用語に関しては、この〝事典〟では、「事典編纂の特権」にあぐらをかいて特別な配慮はしていない。陳謝。

目次

タイトル解剖番外事典　八項目

ファッキング　**fucking**【希望詞あるいは絶望詞】　おおげさな表現を好む近ごろのファッキングな若者（Xジェネレーション）が、どこにでもつけるファッキングな強調詞。ノンファック旧世代は、顔をしかめてファッキングにイヤがる言葉。この〝事典〟では、すばらしい、すごい、おどろいた、いやはや、それはそれは、もー、とんでもない、なんという、あきれた、まいった、信じられない、どうなってるの、おや、まあ、えーうそー、がんばって、などなど、ありとあらゆる感情をこめて使っている。若干、このやろう、くたばれ、というニュアンスがないといえば嘘になる。ファック！

元

ファックという言葉は、もともとドイツ語のfickenを語源にしているという説がある。サンスクリット語（梵《ぼん》語）を語源にしているという説もある。bull（水牛の雄）を意味するサンスクリット語だという説である。また、広東語のfook（幸せ）語源説、ラテン語のpungo（刺す）語源説、フランス語のfoutre語源説（さらにさかのぼれば、ラテン語のfutuereが語源）、fecundの音節省略説、fornication under the consent of the king. for the use of carnal knowledge. for unlawful carnal knowledge.（この最後のフレーズは、一八世紀初頭、イギリスの海軍日記で、この言葉を使ったものである）の頭字語説などなど諸説糞糞《ふんぷん》。いずれにせよファックは英語のなかで一番汚い言葉とされている。ファックは、もともと動詞として使われていた。名詞、形容詞、形容動詞、強調詞などとして、幅広く使われるようになったのは、今世紀にはいってからである。ファックは、一三世紀からある言葉だという説や一五世紀に生まれた言葉だという説もある。スコットランド人が、はじめて使ったといわれている。なんにせよ、はじめて、この言葉が、文献に登場したのは、一五〇三年のことである。ある説によれば、当時のファックという言葉は、今のようにイヤらしい語感のある言葉ではなくスタンダード・イングリッシュ（標準英語）であったという。それが、どういうわけか、いつのまにか日陰語になってしまった。

ETC.

ジェームズ・ジョイスやD・H・ローレンスは、ファックを本来のスタンダード・イングリッシュとして取りあつかおうと努力した痕跡《こんせき》がある。が、その試みは、残念ながら、彼らの生存中には認められなかった。たとえば、ローレンスの『チャタレー婦人の恋人』は、ご存知のように彼の母国の英国では出版できず、一九二〇年代にイタリアで自費出版された問題の本だった（一九二八年に出版されたという説が有力）。彼が死んでから三十年後、一九六〇年になって、やっと有名なペンギン社が英国でその出版に踏み切った。そのなかに、さかんにでてくるファックという言葉をはじめ、カント（女性器）、シット（くそ）、ボールス（きんたま）、アース（けつ）、コック（陰茎《いんけい》）などの猥褻《わいせつ》用語をめぐって、裁判沙汰になったのは有名な話である。幸いなことに、この裁判は出版社側が勝訟し、そのおかげでファックという言葉が、やや日の目を見るようになり一九六〇年代から権威ある（と世間でいう）辞書にも載るようになった。今、二一世紀を迎えるにあたって、自称・天才作家S・T・ベルーダーと新進気鋭の女流ジャパノロジストのリザ・スタブリックが、ジェームズ・ジョイスやD・H・ローレンスになりかわりファックに日の目を見せようと努力している次第である。

例

のっけに下品で正統的な例でゴメン。「Let's fuck!（やらせろよ！）」「No, fucking way!（絶対にダメ！［このフレーズは、「嘘でしょう!?」というニアンスでも使える。「ほんと?」］——リアリー Really? の代わりに使うこともある］）「Don't fuck with me.あるいは、Are you fucking with me?（なめるな、気をつけろよ！）」「彼はグッド・ファックだ He's a good fuck.」（彼はいいヤツだ）「きみはファックだ You're fucked!」「きみはファック・ヘッドだ You're a fuckhead.」（きみはろくでなしだ）「わたしはファックされた I was fucked」（わたしはだまされた)「これはファックだ！ This is fucked !」(これは、イヤだ)「ファン・ファッキング・タスティック fan-fucking-tastic !」(ファンタスティック！「すばらしい！」のあいだにファッキングを入れて、さらに強調)「アン・ファッキング・ビリーバブル！ un-fucking-believable !」(信じられない！ をさらに強調)「彼女はファックド・アップだ She's fucked up !」(彼女はちょっと頭がおかしい)「Fucking A！(すごい！ やったぞ！)」「Fuck me！(しまった！)」——など、なんでもありで、このファックという言葉は、実に便利。わるのりして、例文の最後に蛇足を加えるならば、ファック・フィンガー(指)は、「自慰する女」のこと。ファック・フィスト(握りこぶし)は、「自慰する男」のこと。

ジャップ Jap【尊敬詞あるいは侮蔑《ぶべつ》詞】[✂] 一九世紀なかばから使われているスラング。ジャパニーズをちぢめたもの。一般的には、日本人を軽蔑して呼ぶときに使われるが、この〝事典〟では親しみと愛情と、ちょっぴりあきれた人たちだという気分も含めて使っている。

& 正確には、日本人そのものをさすときと日本のものをさすときに使われる。まれにアフロ・アメリカンを軽蔑して呼ぶときに使われる。この誤用が、どうしてはじま

余

ったのか不明。ジャップ・ランドは日本をさす。大文字でJAPと書くときはJewish American Princess（Prince）の略号。あまったれで、ちょっとスノッブなユダヤ人のお嬢ちゃんやお坊ちゃんをさす侮蔑《ぶべつ》詞。Japのあとにeをつけてジェープjapeとなると「ファックする」あるいは「だます」という意味になるので、ご注意。

ジャップの類似スラングをいろいろ、あげてみる。ジープJeepは、オーストラリア生まれの言葉で、やはり日本人をさす侮蔑《ぶべつ》語だが、語源はさだかでない。ジャカニーズJerkaneseは、ジャーク（あほう）とジャパニーズをかけた、かなりたちのわるい言葉。リトル・イエロー・バスターズlittle yellow bastards（小さな黄色野郎）は、第二次大戦中、連合軍の兵士たちが使ったスラング。ニップnipは、ニッポンからきている。ニップは英語では、「乳房」。動詞として使われるときには、「ちょっと一杯飲む」の意に使われる以外に、「ちょこまか動く」という意味もある。これがニッピーになると子供のオチンチンの意味で語感としては、いい響きを持っていないと思う人と、かわいいと思う人の二派にわかれる。ニッパーは、英国英語で幼児のこと。スキビーskibbyは日本人だけでなく、中国人や東洋人全般を呼ぶときの蔑称《べっしょう》。この言葉には、愛人の意味もある。アメリカ暗黒街の連中が使うスラング。これがスキピーskippyとなると東洋人の売春婦かホモをさす。トージヨー tojo は戦時中の首相ヒデキ・トージョーが語源の日本人をさす言葉。そのほか、イエロー・ボーイ（黄色い坊や）、イエロー・ベリー（黄色い臆病者《おくびょう》／おもに中国人をさす）イエロー・ニガー（黄色い黒人）、イエロー・モンキー（黄色い猿）、スランティー・アイズ（つりあがった目）、ショート・レッグ・バスターズ（短足野郎）、ピース・オブ・イエロー・ミート（黄色いお肉ちゃん／女性をさす）、ライス・マン（米《こめ》人間）、パディー（田んぼ）、カナリヤ（黄色い鳥）、グーク（売春婦、ふしだらな女／ベトナム人をはじめ東洋人全般をさす。これは、かなり汚い言葉）、バナナ（アメリカ生まれの二世でコーカソイド風に振るまう人をさす。バナナは、外の皮が黄色で、なかが白いから。アフロ・アメリカンをオリオと呼ぶのとおなじ発想。オリオ・クッキーは、外が黒くてなかが白いから）などなど世に英語の偏見用語は多い。いいかげんにしろ！　ファッキング・ヤンクス（バカたれヤンキーども）！ヤンキーというアメリカ人をさす侮蔑《ぶべつ》用語の、ヤンクというのは、「嘔吐《おうと》」「マスをかく」という意味。

ディクショナリー　dictionary【日本語訳多数詞】［☝☝☝］　この本では、〝事典〟。事典は『物や事柄を表わす語を集めて、一定の順序に並べ（ママ）、説明した書物。百科事典など。』（林　巨樹監修『現代国語例解辞典』小学館）。ちなみに字典は『漢字を集めて一定の順序にならべ（ママ）、その読み方、意義、用法などを解説したもの。』（同上）。辞典は『辞書のやや新しい呼びかた。明治以降、辞書名に用いるようになって広まった。ことばてん。』。（同上）『▼「辞典」「字典」「事典」を区別して、それぞれ「ことば典」「もじ典」「こと典」と呼ぶことがある。「事典」は比較的新しい言葉で古くは「事彙（じい）」を用いた。』（同上）……これだから日本語と日本人と日本は、欧米人にはわかりにくいんだ！　ディクショナリーでいいじゃないか。ファック！　ファック！　ファック！

ファッキング・ジャップ　fucking Jap！【感嘆詞あるいは嫉妬詞】［☝］　金融不況だと世紀末的大騒ぎをしたが、なんだかんだといいながら、ここまで急激に成功した日本を妬《ねた》んで、「くたばれ！　日本人」という気持ちが、ちょぴりある反面、「すばらしい日本人！　ファッキングに、あんたたちには、かないません」という複雑な気持ちもある。「ファッキングにどうなってるの日本人？」「いやはやファッキングによくわからない日本人」という気持ちもある。ファック！

ファッキング・ジャップ・ディクショナリー　Fucking Jap！ Dictionary【推薦詞】

……とこうつづくと、「あなたのファッキング日本と日本人理解のための、すばらしいファッキング〝事典〟。あなたのファッキング・ジャパニーズ・バイブル。これなしには、絶対に日本と日本人をファッキングに理解できない珠玉《しゅぎょく》ファッキング〝事典〟。一家に一冊絶対ファッキングに必要なファッキング日本〝事典〟」という、つましい意味になる。

日本と日本人 ***Nippon & Nipponese*** Ⓙ【不可解詞】[☝] ファッキングに摩訶《まか》不思議なファッキング・カントリー。そこなるファッキングな人たち。この項目の数行の解説で簡単に説明できれば、こんなファッキングな本がこんなファッキングな世のなかにでてこない。ファック！

主義 ism【ご都合用語・曖昧《あいまい》詞】 『ism n.《しばしば軽べつ的》主義主張、学説、論理、慣例。』『—ism suf. 名詞、形容詞について「行動・行為」「状態・状況」「主義」「教義・学説」「慣例」「特性」「異常」などを表す抽象名詞を作る。』(**『英和中辞典』小学館**)『主義(principleの福地源一郎による訳語)①思想・学説などにおける明確なひとつの立場。一定の主張。イズム。②特定の制度・体制、または態度。』(**『広辞苑』新村 出編 岩波書店**)——とまあ、辞書・辞典には、いろいろと、こむずかしい解説が載っているが、この本では独断と偏見の日本人論を展開するために、いろんな言葉の下に勝手に主義とイズムをくっつけた、ご都合用語。『主義あるいはイズムというのは、その上に、ありとあらゆる地球上の森羅万象《しんらばんしょう》用語を持ってきて、だれでも勝手に言葉を創作できる便利な言葉である。たとえるならば、だれとでも寝る娼婦のような博愛主義詞。かつては、隆盛を誇ったこの言葉も二〇世紀末には、ほとんど死語に近い言葉になりさがった。二〇世紀をもってイズムと思想の時代はおわった。ただし、これに取ってかわる新概念は世紀末混沌《こんとん》のなかでは、まだ生まれていない。』（**『ファッキング・ジャップ・ディクショナリー』S・T・ベルダー／リザ・スタブリック**）

&

イズマイゼーションIsmizationという言葉がある。この本、そのもの。なんでもお尻にイズム〜ismをつけて新語をつくってしまうこと。これに対してアランとテレサ・フォン・アルテンドルフというふたりの言語学者はアンチ・イズマイゼーションAnt-Ismization論を唱えイズムをつけるだけで、もっともらしい、とくに、アカデミックめいた言葉をつくることに反対の立場を取り彼らは『ism』という本を書き、その序論でこの立場を鮮明にした。したがって、ベルダーとリザは彼らの天敵ということになる。

日本主義　*Nipponeseism* ⓒⓙ【期待詞】　つぎのつぎのページからのお楽しみ！

FUCKING《ふぁっきんぐ》 JAP!《じゃっぷ》 DICTIONARY《でぃくしょなりー》

日本主義593《ごくろうさん》

本番事典

新世紀である。苔むした二〇世紀の日本主義、さようなら！……
二一世紀には、外来であれ日本独自のものであれ、できあいの主義を頼りにせず、おのれ自身の唯我独尊的主義をそれぞれの心のなかに、まず持って〝個〟を確立することからひとりひとりの日本人が精神生活をはじめるべきではないのか、というおせっかいな提案と、所詮、人が考えた主義などというものは、この程度のものだというアイロニズムをこめて、この〝事典〟では、たくさんの〝イズム／主義〟を捏造《ねつぞう》したことを、はじめにお断わりしておく。
……とにもかくにも、日本人、しっかりしてよ！

（日本語版用メッセージ）

リザとベルダー

あ主義　四拾四項目

愛国主義　**patriotism** ⓝ【復活詞】　ずっと沈黙を守っていた熟年世代の愛国主義者たちが、世紀末になって、なぜか声を大にしてこの主義を唱えだす現象が顕著になった。ときに、戦前・戦中主義にもとづく懐古趣味的な主張もあったりする。なんにせよ二〇世紀末の日本は、明るく新世紀を迎える準備を整えることができなかった。

アイデアリズム　**idealism**【錯覚詞】《全!》　だれもがタテマエとしては、高くかかげるが、実現不可能だと知っている典型的な観念用語。独身のエセインテリ（mental masturbators）がデートのとき、女の子のまえで使うと格好いいと思っている言葉。**⇧理想主義⬇リアリズム**

元　理想主義。観念論。英語の語源はプラトン哲学のイデアから。アウグスティヌスなどの中世キリスト教の物の怪《け》に取りつかれたような理想主義は、現代日本のエセインテリのそれよりも始末におえないものだった。

アイドル主義 idolism Ⓒ【夢想詞】 かなわぬ夢を他人に託して、自己満足する発展途上国的夢想主義。けっして質が高いとはいえないこの夢が、劣悪なイエロー・ジャーナリズムを動かす原動力となって、ときに突然変異的に怪獣系熟年アイドルなどという怪物を生みだしたりする。

& 若者がたまり場にしている原宿（東京）の竹下通りにいけば、スポーツ選手、歌手、タレント、映画俳優などの人気者のブロマイドだけを売っている専門店まである。

曖昧主義《あいまいしゅぎ》 ambiguitism Ⓒ【要注意詞】 イエスとノーという、はっきりした概念をぬらくらりと無視することをタテマエにして、すべてを曖昧《あいまい》さというオブラートに包みつつ、実は、強固な意思を持って、いつのまにか漁夫の利をえるという日本方式を支えるウルトラC的考えかた。⇩**アバウトイズム**⇩**遠まわし主義**⇩**ファジーイズム**⇩**アウトロー否定主義**⇩**共生主義**⇩**幸せ主義**⇩**銭湯主義**⇩**全体主義**⇩**団子主義**⇩**出口なし主義**⇩**ぬるま湯主義**⇩**ぬかるみ主義**⇩**分派主義**⇩**平凡主義**⇩**変化否定主義**⇩**みんなで主義**⇩**無責任主義**⇩**横ならび主義**⬇**村八分主義**⬇**強引主義**⬇**ゴーイング・マイ・ウエイ主義**（ベルダー先生！ ざっとならべても、こんな具合になるんですよ！ やっぱり、もうちょっと整理したほうがよかったのでは？……リザ）

& 「総論賛成・各論反対」という日本人の摩訶《まか》不思議な行動原理は、この主義を根底に据えていることが多い。

私見 日本人のイエスとノーに、どう対応するかについては、ベルダーもリザも、ともに、さんざんてこずってきたので、このあと、この〝事典〟で、この問題は、ウンザリするくらい、あっちこっちででてくる。

アウトドア主義　outdoorism Ⓒ【うわっ面《つら》詞】 猫も杓子《しゃくし》もアウトドア志向。このお題目を唱えていれば、とにもかくにも格好いいという世紀末に流行《はや》った主義。やはり世紀末に流行《はや》った環境保全主義の親戚。このふたつの主義を振りかざし若者をたぶらかして飯の種にしているオジタリアンやオバタリアンも、たくさんいる。

アウトロー否定主義　anti-outlawism Ⓒ【嫌悪詞・矛盾《むじゅん》詞】 みんなからはずれたアウトローは、日本人が一番嫌う種族。しかし、日本的風土のなかではアウトロー的思考を持っていない人は、一流のリーダーになれないというジレンマがある。ずばり、ノブナガ・オダ《×E》がいい例。⇩⬇前ページ曖昧《あいまい》主義とおなじ

アカデミズム academism【特別詞】《全！》 一部のお山の大将主義者たちが独占する偏狭な学問世界。難解さが売り物。この世界に到達できなかった人たちが評論家という、この世で最悪な種族になる（日本人総評論家説もある）。

ETC. この本は、一見、この主義にもとづいて書かれているように見えるが、それは見せかけだけ。日本にあふれかえっているスキャンダリズムが生むデータが、この本の支えである。

赤提灯《ちょうちん》主義 *akachochinism* Ⓒ Ⓙ【悲哀詞】 会議では、なにも発言しないサラリーマンたちがよりどころにする主義。いわゆるノミニケーションイズム。彼らにとって、赤提灯《ちょうちん》のさがっている居酒屋は会議でいわなかった、あるいはいえなかったホンネを吐くところ。彼らは、会議のあと、偉い人抜きで集まって赤提灯《ちょうちん》で一杯飲みながらグジャグジャと意見を交換する。異論は酒の量に正比例する。すなわち、メーターがあがればあがるほど、異論が増える。

例 「係長！　昼間、部長の方針で、ああいうふうにきまりましたが、おれ、本当は、あの件に関しては、こういうふうにしたほうがいいと思うんですが……ペラペラペラペラ……」「そうか、きみもそう思うか。部長は、とにかく課長の見解がね、どうも……ペラペラペラペラ」

ETC.

この主義の信奉者は新人類世代にはあまりいない。彼らは自分の時間を大切にしている。会社がおわったあと、直属の上司なんかと赤提灯《ちょうちん》などというチマチマしたところにいって会社の話などしたがらない。さっさとデートや合コンなどの自分たちの夜の世界にでかけていく。

あきっぽい主義 capriccioism Ⓒ【日本詞】 熱しやすくて醒《さ》めやすいのは日本人の特性のひとつ。

あきらめ主義 Oriental fatalism Ⓒ【運命詞】 運を天にまかせ、ものごとや人生は、なるようにしかならないという東洋的諦観《ていかん》に支えられた運命論といえば格好いいが、ほとんどは、ものごとがうまく運ばないときのいいわけ。見かたをかえれば、欧米的に無駄なエネルギーを使わない東洋的思考法ともいえる。どっちにしても弱者（リザとベルダーは共感を持ってこの言葉を使っている。以下同様。念のため）の論理。⇩**しかたない主義**

あくせく主義　slave dogism ©【誤解詞】　この主義を働き蜂科蟻《あり》種日本人の専売特許だと思っている欧米人が多いが、最近は韓国やタイ、それに中国（台湾を含む）にそのお株を奪われつつある。今の日本人は、あまりあくせく働かない。二一世紀の日本、恐れるにたらず。この十年間で日本人の労働時間は、年間約二百時間ほど減っている。

悪態《あくたい》あるいは悪口《あっこう》主義　sparism ©【伝統詞】　口喧嘩《げんか》をして相手をいい負かすと福がくるという信仰から生じた日本人気質のひとつ。

忠告

普段おとなしい日本人が、ひとたび口論をはじめると、なかなかしぶといことに留意して、あなたは日本人と接するべきである。ただし強いヤツが大声をだしてどなると相手は、たいていおとなしくなる。腹のなかで、どう思っているかは別だが。

悪態《あくたい》祭というのがある。悪口《あっこう》祭、あるいは喧嘩《けんか》祭ともいう。祭りの日だけ、みんなで悪口をいうという日本的習俗にご注目。奥三河の花祭（その昔、コウタロウ・ハヤカワが民俗調査をしている）、栃木県足利市大岩町の毘沙門《びしゃもん》堂の悪態《あくたい》祭などが有名。ただし平成平和時代のせいか、世紀末の悪態《あくたい》祭の悪口ごっこは、どの祭りでもトーンダウン。

悪魔崇拝主義《すうはい》 Satanism【ベルダー憧憬詞】 ベルダーが憧《あこが》れている主義。でも、才能不足で到達できないでいる境地。

忠告 あまり本を読まないアメリカ人のあなたに、こっそり教える。この本の『ふまじめな序』でも、ちょっぴり触れたが、実はこの〝事典〟は、ビアスの『悪魔の事典』の盗作もどきなのだ。あの本の一読をおすすめする。この本よりも数倍ウイットに富み、数十倍毒があり数百倍おもしろい。**(翻訳本もでている。＝超訳者注)**

悪魔主義 diabolism【?】 魔性という言葉が好きな日本の文学愛好者の一部に、ヨーロッパの悪魔主義文学にひかれたりピカレスク（悪漢・悪者小説）が好きな熱狂的おたく人間がいる。悪魔そのものや悪魔的行為や魔性主義は肉食動物系欧米人の専売特許で、根はやさしい日本人にはなじまない。その大多数が草食動物系民族である日本人は、ないものねだりとして、この手の西欧主義に心ひかれる。

忠告 日本人の欧米に対する知識の深さをバカにしないほうがいい。それにしても、欧米人は、日本のことを知らなすぎる。

&

悪魔はキリスト教とともにやってきた。元来、西洋のもの。昔の日本では、アラブル神――鬼神、邪神がそれに相当する。なにかを恨みながら死んだ人の怨霊《おんりょう》も悪魔化すると考えられていた。いわゆるモノノケが憑《つ》くというやつである。

悪徳家主風搾取《さくしゅ》主義　**Rachmanism**【ざまあみろ詞】【夢想詞】　日本の不動産屋たちが、よってたかってニューヨークをはじめ全米の大都会で高層ビルや不動産を買いあさり果たそうとして果たすことのできなかった夢想主義。

☞

バブル神話に酔っていた一九八〇年代から九〇年代はじめにかけて、日本の不動産会社はニューヨークの有名ビルを買いあさった。一九八五年から八九年のあいだに、日本企業がマンハッタンの不動産に投資した額は七兆円。たとえば八六年、第一不動産がティファニーを百五十七億円で、三菱不動産は、エクソン超高層ビルを九百九十六億円、ロックフェラーセンタービルを二千二億円で購入。ところが家賃が急落（一九九四年はじめには一平方フット七五ドル。同年末には、四〇ドル弱）して、採算があわなくなった。地元のビジネスマンは、「日本は綿飴《あめ》（コットン・キャンデー）がふくらんだところを、つかまされたってわけだ。綿飴《あめ》の芯《しん》には砂糖はちょっとしかない」とあざ笑う。アメリカのマネーゲームはきびしい。

アジア蔑視《べっし》主義　Asia snubism Ⓒ【Fucking Jap！詞】　欧米には、なんとなく優越感と劣等感の入り混じった複雑な思い（どちらかというと劣等感のほうが強い）を持っているが、アジアに対しては、いわれのない蔑視《べっし》感覚を持っている日本人的思考法。

私見　日本人全部が、この主義者というわけではないから誤解のないように。（リザ）

味音痴主義　dead tonguеism Ⓒ【詠嘆《えいたん》詞・ある人には不愉快詞】　ファーストフードと称するアメリカ・クイジンが日本にはいってきたことで日本人の味覚をダメにしたと嘆くオジタリアン・オバタリアン用語。詠嘆《えいたん》派は、とくに、アメリカのジャンク・フード（くずおやつ）が若者の味覚をダメにしたと嘆く。

忠告　マクドナルド（マック）、ケンタッキー（ケンタ）、シェーキーズ・ピザ、ミスタードーナッツ（ミスド）などなど、日本全国、どこを旅行してもアメリカ人のあなたは、あなた好みの食べ物に不自由しない。二〇〇〇年には、コーヒーがまずいことでは定評のあるアメリカから進出したスターバックスのコーヒー・チェーン店が大人気。ここのコーヒーが、結構イケるのはお笑い。

例

「マクる?」「ケンタのフラチンがいいな」「いや、モスってからハゲない?」「それよか、バックしようよ」(意味は若者に聞いてくれ!)

余

日本国民の五割ほどの人がインスタント食品やファーストフードが家庭の食卓に並んでも平気だと思っている――朝日新聞の世紀末最後の『定期国民意識調査』によれば、『男性よりは女性の方が抵抗感が強く、「抵抗がある」は男性四九パーセントに対し、女性は五五パーセントだった。とくに女性の五十、六十代では七割近くにのぼる』。年代別では、男性の二十代から四十代、女性の二十代と三十代で、日本人を味音痴にする元凶とされているインスタントとファーストフードの家庭食卓侵入を容認する人の数が非容認派をうわまわっている。

明日主義 mañanaism Ⓒ【不満詞】 人生が充実していない人の生きかた。現状に満足せず、「明日になれば」と思い、「年を取ってからやろう」という、ものごとを先送りにする先進国病。アメリカにも多い。その場その場でベストをつくして、やれることをやっていかないと、なにもできないということに気がつかない手合いの悲しい人生哲学。

元　マニヤーナというのは、スペイン語で「明日」という意味。

遊び主義（症候群）　party animalism ©【娯楽詞】　遊びには目のない新型日本人が登場。右向け右式の単一化したおおらかでない遊びの新方程式！⇩ギャンブリングイズム⬇まじめ主義

忠告　一九八〇年代のバブルの盛りに満開状態だったチマチマした日本人の遊び心は、一九九〇年代にはいって経済状態が思わしくなくなってからも枯れなかった。二一世紀にはいっても、この習慣はダラダラとつづくだろう。遊ぶならパッと遊べ！

頭かきかき主義　cranial rubism ©【ご都合詞】［……］　都合がわるいときには、頭をかきながらジャパニーズ・キープ・スマイリングを浮かべて「どーもどーも」といえば、たいていのことは許される。ああ、日本のこのおおらかさ！　なんと弾力性に富んだ社会であることよ。⇩公私混同主義⇩ジャパニーズ・キープ・スマイリング主義⇩日本的ほほえみ主義⇩まあまあ主義

アナーキズム　anarchism【酒場詞】【憧憬《どうけい》詞】　無政府主義、無政府（状態）。六〇年と七〇年安保世代のおじさんたちの専用語。ほかには、なぜか保守的エセインテリが好む言葉。酒場の議論でしばしば、もてあそばれる。この主義から、もっとも遠い距離にいる人ほど、なぜか、この言葉に憧憬《どうけい》の気持ちを抱くという不思議な語彙《ごい》。

ETC.　早稲田大学界隈《かいわい》や、新宿のゴールデン街という小さな酒場が密集している地域にいけば、しばしば耳にすることができる言葉。

アナクロニズム　anachronism【創造詞】　こんなバカげた〝事典〟をバカなアメリカ人相手に問おうとしている時代錯誤《さくご》的行為。

アニマリズム　animalism【錯覚詞】　人間動物説。日本人の大部分が、自分たちよりも、欧米人のほうが、動物的で肉欲主義者だと信じている。そして、ほかのアジア人も、自分たち同様植物的だと思っている。この日本人の思いこみを逆利用して、わざと動物的・肉欲的イメージを売り物にして、いい思いをした在日欧米人も少なからずいる。ただし、こういう毛唐（いい言葉だ）が横行する時代はおわりかかっている。

私見

蛇足。ベルダーは、日本でいい思いができなかった〝おちこぼれ〟のひとりだから、このようなゆがんだ偏見と独断に満ち満ちた〝事典〟を書くハメになった。ジャパノロジー界新人類の新進気鋭のリザの立場がちがうことは、念のためことわっておく。

アイティーイズム　**ITism** ⓝ　【輸入詞あるいは模倣詞】　世紀末もギリギリになって日本を席巻したアメリカ直輸入主義。アメリカがIT（情報技術）革命とやらで成功したことを知った日本は、即、「右へならえ！」と日本社会にこの主義を定着させようと努力する。すさまじい国、日本！

&

三和総合研究所は、二〇〇一年を「日本経済の本格的再建が始動する年」にするために、よっつの柱をあげ、それを財政再建のスタート、公共事業改革、大学改革、そしてIT革命だとする。

ETC.

IT革命発展途中の日本では、その「明るい側面」のみが強調される傾向がある。ハッカー問題、電脳中毒問題、知的所有権問題など、「負の側面」には、二〇〇〇年末現在、ほとんどの人が目を向けていない。ハッカーが引き起こす犯罪はときどき話題になるが、爆発的普及を見せた携帯電話の過剰なメール通信も含めて、ネット依存症が若年層を中心にすでにやんわりと広がっていることや、われわれのような「文化で食っている」者たちが食えなくなる可能性――そのことの社会的影響の問題などに着眼している人の数は少ない。

余

世紀末最後、そして新世紀最初の首相モリ某は、このITを「イット」と呼ぶユニークなお人である。そのユニークさゆえか、この人の支持率は低かった。世紀末から新世紀にかけてのマスコミ各紙の世論調査によれば、どこも二〇パーセントを割った（アメリカの原潜が日本の漁船と衝突した事件がハワイ沖で起こり、その事後処理のまずさがたたり二〇〇一年二月末には、支持率は一〇パーセントを割った。歴代首相の支持率としては、ワースト・ツーの記録。日本テレビの世論調査［千人を対象にした電話調査］では、五・四パーセントでワースト・ワン。この数字が正しければ、竹下首相がつくった記録を十二年ぶりに破る快挙＝超訳者注）。

厚化粧主義 ultra-cosmeticism Ⓒ【逆説的好感詞】 日本の若い女性が、一九九〇年代のなかごろまでこよなく愛していた主義。が、二一世紀を目のまえにして、なぜか日本女性のあいだでナチュラル・メークとやらが流行《はや》りだし、一部のガングロのコギャルやマゴギャルをのぞいて厚化粧が消えた。ただし渋谷などで見かけることのできる一部の連中のそれは、あいかわらず、すごい。キラキラ輝く唇とオカマショー・メイキングふうの目のまわりの化粧法は、まさに世紀末現象そのものだった。一九九九年は、爪にいろいろな模様を描いて〝厚化粧〟させるのがギャルのあいだで大流行した。

&

日本の都会は、バブル全盛期のころ、女のニオイに満ち満ちていた。あのころ男のニオイはあんまりしなかった。これは急速に進んだ日本男性の中性化現象のせいもあったが、女たちの厚化粧に起因していたと思われる。ことに朝夕のラッシュアワーの満員電車のなかのお化粧のムンムンするニオイは……なかなかよかった?! 前夜の酒のニオイをプンプンさせたオジタリアンが頭につけた安っぽいポマードのニオイは……あなたも一度、嗅《か》いでみるといい。それはそれとして、基本論として欧米人とちがって日本人には体臭がないというのがこれまでの定説だった。

ETC.

ⓝ消臭男性下着「デオグリーン」を二一世紀市場に向けて販売したグンゼが一九九九年四月に行った『男性の汗のニオイに関する意識調査』によれば、自分たちの化粧のニオイを棚にあげて、オジタリアンの汗臭さが、我慢ならないと答えた若い女

余

性は九二・八パーセントもいる。ある週刊誌によれば、夏に女性たちが近づきたくない場所ワースト3は、電車とバスとエレベーターのなかだそうだ。とにもかくにも、二一世紀にもうちょっとの時代になって、〝おじさんのニオイ〟が日本では問題化。ご丁寧《ていねい》に、〝加齢臭《かれいしゅう》〟という新語が誕生。それは、ギャルにいわせれば「煮物のニオイ」「古本にカビが生えたニオイ」。化粧品メーカーとしては日本で最大手の資生堂の製品開発センターが、これに目をつけてその原因を研究。ついにノネナールという成分が、おじさんのニオイの原因と断定。おじさんの消臭化粧品専門の子会社「資生堂ビューティック」を一九九九年七月一日に設立。〝加齢臭《かれいしゅう》〟を対象としたボディーシャンプーやローションなどの六製品の販売を九月から開始。「ケアガーデン」(**高砂香料工業と共同開発**)シリーズと呼ばれる消臭化粧品の初年度の売りあげ予想は当初の五倍増の二十五億円! ああ! 平和ボケで幸せな国! それにしても動物臭のしないオスに、なんの魅力がある?……というのは、あくまで欧米的発想。日本の諸現象は欧米人にはわかりにくい。

欧米人は、よく朝の満員電車のなかが「納豆《なっとう》と海苔《のり》と焼き魚とみそ汁の異臭」に満ちていて我慢ならないというが、あれは、きわめて失礼な人種差別的偏見である。ジャップ・ラバーと呼ばれる男と女としていわせてもらえば、満員電車のなかのニオイの基調が化粧臭や前夜の酒臭つきポマード臭でなく日本式朝食臭だとしたら、それとおなじものを食べて電車にのればいい。そうすれば、なんのニオイもしない。でも、最近は朝食をパン食ですませる人が多いので、この項の蛇足は、ほとんど意味をなさない。

厚底靴イズム　platform shoesismⒸⓝ【マンガ詞】　背が低いことにコンプレックスを持ちすぎている日本のギャルたちの氾濫（反乱）。

&

九〇年代のなかばに売りだされた厚底靴を歌手のナミエ・アムロが、履いたことで、一九九六年ごろからブームに火がついた。もともと「アムロブーツ」は、九センチくらいしか厚さがなかったのが、年とともに、どんどんどん靴底は、厚くなっていった。一九九七年は十三センチ、一九九八年は十五センチ、一九九九年の秋には、二十センチの靴も登場……。この氾濫（反乱）は、アジア諸国にも広がりを見せた。

私見

「欧米社会では、娼婦しか履かないよ、そんなサンダル」と感想を述べたら、「目線が高くなると理屈抜きに気持ちいいの！　人の目なんて、関係ないのよ！　オバ

サン」とある厚底ギャルが憤然と答えた。ほんと、日本はクルッテル。（リザ）

絶対に、そのうち死人がでると予想していたリザの予感は当たった。一九九九年の夏に、ついに犠牲者が……ある短期大学の教授が五百人の短大生を対象に調査したら、四分の一近くが、「転んだことがある」という結果がでたという。

アニミズム animism【警戒詞】 精霊崇拝《すうはい》。明治以後、西洋から輸入された数多くのイズムのひとつ。器用な日本人は、概念のおきかえが巧み。精霊というきわめて西洋的な概念をタマ（クニオ・ヤナギタ）だとかカミ・タマ・モノ（シノブ・オリクチ）として、いともたやすく説明してしまう。

元 語源はラテン語のアニマ anima。気息、霊魂の意。自然界のすべてに霊魂がやどっているとする説。

アバウトイズム aboutism Ⓒⓝ【日本詞】 正攻法で、ものごとをとことんつきつめないファジーな日本的手法。理詰め論法が苦手なタイプの日本人が尊重する主義のひとつ。⇩**曖昧《あいまい》主義⇩遠まわし主義⇩ファジーイズム**

例「あの人はアバウトな人だ」(あの人には、いいかげんなところがある)

アーバニズム　urbanism【思いあがり詞】《全!》　ずばり、都市計画。田舎っぽさは人類の敵だと思いあがっている先進諸国の一部お先走りアーバニスト(urbanists　都市計画専門家)たちが、都市をあれこれもてあそんで飯の種にしようとする机上の空論。彼らの計画どおり実行して、居心地のいい都市空間ができあがったことは少なくとも日本では、ほとんどなかった。なぜならば、日本のアーバニストたちの多くは、日本の伝統を踏まえない欧米模倣主義で計画を立てたから。欧米のその道の権威から専門知識を教わったり盗んだりした日本のアーバニストが、威張っている時代が、明治時代以降、長くつづきすぎた。

元　これをもてあそぶ都市社会学は一九二〇年にアメリカの学界からはじまった。シカゴ大学のグループ(パークやバージェス)がその代表。ちなみに和製英語ではアーバニストは「都会ふう生活を楽しんでいる人」という意味もある。だれが最初に誤訳したんだ?

アブソリューティズム　absolutism【空想詞】《全!》　絶対主義。絶対論。専制政治。

この主義者は、現在の日本にはあまりいないとされている。

& 明治維新以後、十五年戦争終結までは、国粋主義とこの主義に日本は支えられていたという説もある。

あぶらぎっしゅ主義 *aburagishuism* Ⓒⓙ【若者用語・侮蔑羨望詞《ぶべつせんぼう》】 オイルギッシュともいう。若者がおのれの中性化に焦りを感じ、脂ぎった中年世代をイヤらしいヤツらだと思いつつも、心のどこかで羨《うらや》ましがるという複雑な心境を誘う主義。

あほうバカブリッコ主義 airheadism Ⓒ【若者詞】 偏差値教育が生んだ暗いファッション。わざとあほうブリッコやバカの振りをすることで裏がえしのアイデンティティーを主張する若者たち。**⬇カッコいい主義**

アマチュアリズム amateurism【ブリッコ詞】 素人っぽさが、ありとあらゆる局面で結構売り物になるのが欧米人には、いわく不可解である。各界にプロが多い社会なので、その余裕がアマチュアリズム容認につながると思われる。**⬇プロフェッショナリズム**

あまったれ主義　bratism Ⓒ【日本詞】　甘えの構造は日本社会を支える大きな要素。

アメリカイズム　Americaism【親愛詞】　親米主義。アメリカびいき。アメリカかぶれともいう。一部の熱狂的なアメリカ・ファン――「アメリカ」（カッコつきに注意）だったら、なんだっていいという手合いを支えている主義。この主義の信奉者は、ヘタなアメリカ英語を使って、アメリカふうスタイルで妙になれなれしく、話しかけてくるのが特徴。一見、単純で善人ふうな人が多い。**⇩英国かぶれ主義⇩ドイツびいき主義など類似語多数**

元　アメリカイズムの本来の意味は、アメリカ精神、アメリカふう、アメリカ人かたぎなど。アメリカ語法をいう場合もある。

アメリカンイズム　Americanism Ⓒⓝ【不愉快詞】　ああ、あの押しつけイズム。自分の正義を人に押しつけるやりかたをいう。ほんと、世界の警察を自認しているアメリカさんには、マイルね。世紀末にもたついた第四十三代目の大統領をきめる選挙で、ブッシュがかろうじて勝利をおさめたことで、二一世紀初頭には、少しはこの方針も変わるかも？

余　〝アメリカひとり勝ち現象〟は、二一世紀初頭、少なくとも二十五年間はつづくと予測する未来学者が、たくさんいる。なんだかんだといっても目先の対抗馬である日本やヨーロッパ連合は、今後、人口減少現象問題に直面せざるをえないが、移民国家であるアメリカは、向こう二十年間は、この問題を直視しなくていいというのがその予測の根拠。どこまでアメリカが、いい気になって世界に君臨するか、どこで、それに対する他国（とくにヨーロッパ連合と中国）の反撃がはじまるかが、二一世紀中盤の地球のありかたの鍵。残念ながら二一世紀の後半までは、よっぽど構え直さないかぎり日本は鳴かず飛ばずの存在になるだろうというのが大方の予測。一九九九年末にだされた『アメリカ二一世紀国家安全保障委員会』の『新世界がやってくる――二一世紀のアメリカ安全保障報告書』では、『世界の経済規模のなかで、日本の占める経済のパーセンテージは、今の約半分の四・五パーセントにさがる』と予測している。

アルコーリズム alcoholism【近未来深刻詞】 アルコール依存症。アルコール中毒。明治維新からこっち、欧米型社会を目ざし、じっざいに、いろんな面でそれを実現した日本では、いいところだけでなく、欧米型の社会問題も多々抱えるようになった。アルコール依存症が、ジワジワと増加してきたのは、その一例。ただし日本ではまだ家族主義が、なんだかんだといっても健在なので、その傘の下にこの問題は隠されていて、実際には、かなりな人数のアルコーリック（アルコール依存者）がいるにもかかわらず、統計上では欧米ほど、顕著《けんちょ》な数字がでてこない。日本では「家族の恥」は、できるだけ外にださない。早晩、一気に、この問題は欧米なみに社会問題として深刻化するだろう。キッチン・ドランカーも増えている。⇩**銃社会主義**

ありがとう主義　***arigatoism*** ©Ⓙ【ほとんど死語】　若者のあいだでは死語になりつつある主義。まともに感謝の気持ちを相手に伝えることができない若者が増えてきた。「ありがとう」は、あなたが日本にいく場合には、役に立つ言葉。古きよき時代の日本人は、心をこめてこの言葉を使うと、とっても喜ぶ。相手にいわれた場合は「どういたしまして」と答える。

進駐軍が日本にいたころのGIの日本語マスター法。ありがとうはalligator（鰐《わに》）と覚えた。どういたしましては、don't touch the moustache.（髭《ひげ》に触るな！）。最近は、この手のこじつけフレーズは、いっぱいある。

アルカイズム（**懐古主義**）　**archaism**【非日常的外来語】【インテリ用語】　古風な表現をすること。自称・インテリのステータス・シンボル。日本の場合、英詩の父チョーサーの詩やシェークスピアの芝居の名セリフなどの西洋古典を暗記したうえに、中国の孔子や孟子の東洋古典の名文句まで覚えて、適切なときに会話にさりげなくイヤみったらしくなく散りばめなければならないから、たいへんである。

アルピニズム alpinism【特殊詞】《全!》 日本とヨーロッパ(とくに英国、スイス、ドイツ、オーストリア、フランス、イタリア北部、これにニュージーランドを入れてもいい)では、ある種のステータス・シンボル。アメリカ、カナダ、オーストラリアでは、ディンクスあるいはヤッピー・シンボル。ほかの各国では、ほぼ無印。

安定主義 SSS(Security Stability Safety)-ism©【保身用語】 早ければ幼稚園のまえから塾に通わせて、一流の私立幼稚園から私立小中高大学一貫教育主義(中高の場合もある)をつらぬいている私立名門校に入れるか、一流国立大学(できれば東大)を卒業させ、一流企業に就職させるか高級公務員をやらせ、つつがなく安定した一生を送らせたいという親(とくに母親)が夢見る主義。こうした類の安定主義の実現を熱望するのは、「夫はいちおう一流企業で働いているが、高卒で出世ができない。妻は短大卒」という層に一番多いという説がある。が、裏づける資料はない。実際に、このコースを歩む大多数は、ほんの一握りの金持ちの子女だけという一巻のオソマツ。お気の毒なことに、この主義者たちが描く図式は、二一世紀になると、幻想となる可能性が高い。つまり地球規模の〝変動〟のなかで、一流大学から一流企業や高級公務員になることが、安定につながらない新世紀現象が起きつつある。

&

幼稚舎という幼稚園から大学院まで一貫教育制度を完備している「お坊ちゃん・お嬢ちゃん学校」慶應が有名。この一流私学では二〇世紀末に大学が保証人となって大学への新入学者全員が学費を銀行から借り入れることのできるユニークな制度を新設した。アメリカにもニューヨークの近郊に高校部門が進出している。二一世紀型の大学入試スタイルとして注目され、世紀末に激増したＡＯ入試も他大学にさきがけ一九九〇年からはじめている（湘南藤沢キャンパス）。

余

慶應のライバルは、早稲田大学。一九九九年代の首相オブチ（突然倒れて死んだ）も、そのあと〝密室〟のなかから生まれた世紀末首相モリも、この大学の雄弁会の出身。早稲田大学というのは明治時代には、それなりの役割りを果たした大学だが、二一世紀向きの大学ではない。おなじ私学の雄として、おなじころできた慶應大学のほうが、新世紀に向けて体質改善を行った。もうひとつの有名私学上智大学は、二一世紀生き残り型のスマートな大学だが、その昔、あのイエズス会がつくったもの。

安定生活主義　*homeostaticism* ©ⓝ【生活詞】　なにがなんでも、安定した生活をしたいと思っている人が多い。ある統計によると、そう思っている人は、アメリカを一八パーセントも、うわまわるという（数字のだしかたに無理があって、あまり信用のおける統計ではない）。年寄りほど、この指向性が強いのはたしか。戦後の食えなかった時代の思い出が強烈すぎるせいと思われる。この安定生活が二一世紀に保証されないという不安が日本社会をむしばんでいる。心配過多症候群の日本人多数。

&

朝日新聞が、一九九九年六月末に行った社会保障制度についての全国世論調査（面接方式）では、「老後に不安感」を持っている人が、八五パーセントを占めた。

アンチ下品主義　*anti-vulgarism* ©【劣等感詞】　もともと「お坊ちゃん・お嬢さん」でない人が、ヘンに上品ぶること。下品なふるまいに対して、過剰《かじょう》反応を示す。中年のエセ紳士・エセ淑女に多い。出生のコンプレックスが原因と思われる。⇩ダンディーズム

安保主義　*anpoism* ⓙ【解釈不一致詞】　六〇年、七〇年と二度にわたる反体制勢力の激

しい反対運動など、どこ吹く風。時代のかわり目、二〇世紀末に、だれも声を大にして異議を唱えなかった不思議な主義。すなわち、二一世紀もアメリカに国の守りの一翼を担わせようとする、ずうずうしい国防主義（法）。

& アメリカの常民の半数近くが安保条約は、日本に軍拡をやらせないための手段だと解釈し、日本のおめでたい常民の大多数は、アメリカが日本の防衛を手だすけしてくれていると信じて疑っていない解釈不一致詞。それぞれの国の指導者層の安保に対する思惑は、常民たちの思いとは、また別なところにある。二一世紀初頭には、「日本の軍事的役割り強化論」を日米両国の右派指導者層が声を揃えて語りだすだろう。

い主義　弐拾五項目

異国趣味（主義）　exoticism【憧憬《どうけい》詞】　外のものだったら、どんどこいこい……海に囲まれた島国生まれの日本人は、海外からのもろもろを自分たちに都合のいいものは、なんでも、すんなりと受け入れる。

イエスマン主義　yes manism©【ご用心詞】　封建時代の名残で日本にはイエスマンがあふれているという伝説を信じている外国人は多い。が、面従腹背主義者でペコペコ主義者で、すぐハイ、ハイ、を連発する日本人にはご用心。結構、その数は多い。その人たちは、イエスマンの振りをしながら、実は、腹のなかはノーである。一回だけハイと大きな声で答える場合は、まずイエス。二回、ハイ、ハイ、とくりかえすと、すこし怪しくなり、ハイ、ハイ、ハイ、ハイ、と四回もつづく返事はノーと考えるか、相手はあなたのいっていることをまったく聞いていないと思っていい。**⇩ハイ、ハイ、ハイ、ハイ、主義⇩ノー主義⇩面従腹背主義**

イエロー・ジャーナリズム　yellow journalism【扇情詞あるいは悪徳詞】　二〇世紀の最後の四半世紀のあいだ日本の大衆マスコミを支配した主義。この言葉を拡大解釈して当てはめれば、テレビのワイドショーの報道姿勢は、完全にこれ。**⇩ワイドショー主義**

元

一八八〇年代のアメリカを起源とする。日本では赤新聞。一八九二年（明治二十五年）にシュウロク・クロイワが創刊した『万朝報』が最初。娯楽的毒舌新聞をキャッチ・フレーズにした同紙がうすい紅色の紙に刷られていたことを起源とする。

いくいく主義　come comeismⒸ【♀♂詞】　アメリカではくるくる主義。いくのもくるのも、この場合どっちもおなじ。

余　一度は、「いくー」と大和撫子《やまとなでしこ》にベッドのなかで、つつましやかに声をあげさせたいと、あなたも思っているにちがいない。今さら、こんな説明は不要と思うが、念のためにつけくわえれば、íkuというのは、英語のgoである。（ベルダー）

イジイジウジウジ主義　dillydally dawdlismⒸ【新人類詞】　行動をなかなかおこせない新人類の若者たちを支配しているマイナーな指向性。⇩**非物質主義⬆行動主義**

いじめ主義　bullyismⒸ【日本詞】　下は小学生から老人ホームまで集団で弱い者いじめをするのが好き。世紀末日本の最大の社会問題のひとつだった。

イスラム原理主義　Islamic Fundamentalismⓝ【ご都合詞】　普段は、日本人の多くは、まったく関心を示さないが、この主義の信奉者が過激な行動を起こして日本人に犠牲者がでると、とたんに注目されるご都合詞。⇩**回教主義**

イスラム原理主義をかかげるテロリストが、一九九七年にエジプトの観光地ルクソールで、日本人観光客をはじめ六十人を殺戮《さつりく》したことで、知名度があがったあと、一九九九年のなかばに、キルギスで政府の途上国援助の一環として鉱物資源調査にいっていた日本人四人を人質に取ったこの主義の信奉者の武装勢力が現れたことで、日本の常民に、この主義者たちは、「野蛮な連中」として広く知られるようになった。この四人は、読売新聞が十月十七日に釈放誤報事件を起こすというオマケがついたあと、十月二十五日に、無事、釈放された。この手のテロリストの元締めとして有名なのは、アメリカに指名手配されているアフガニスタン在住のサウジアラビア人の富豪オサマ・ビンラディン。手持ちの豊富な資金を使ってイスラム原理主義者の超過激な世界的なテロ組織をつくっている。ムジャヒディン（イスラム兵士）は、狂信的な宗教心に支えられてジハド（聖戦）を高らかに謳って〝命を捨てて〟戦うので、手に負えないところがある。二一世紀に起こりうる宗教戦争の大きな鍵をイスラム過激派が握っているというのは、かねてからのベルダー見解。

この主義を信じる人たちのなかに、貧困者救済などの社会運動に力を入れているおだやかなグループが、たくさん存在することは、あまり日本では知られていない。学者によっては、原理主義という呼びかたは、極端すぎるとして、イスラム復興運動、あるいは政治的イスラムと名づけている人もいる。

元

イスラム教は、六一〇年にムハンマドが創始。中東、アフリカ北部、東南アジアに分布している。その宗教人口は六億といわれている。唯一神アラーの言行録『コーラン』が聖典。この宗教は、日本人には、なじみがうすい。『コーラン』のなかに『豚肉を食ってはいけない』という項目があることぐらいしか知らない日本人多数。アフガニスタンが、ソ連軍を破ったイスラム原理主義者たちの集団タリバーン（最高指導者オマール師）の支配下にあることを知っている日本人は少数派。

余

あなたの国（欧米諸国）のスーパーでも売っている人口調味料――健康食ブームのまえは、人気があった――をつくっている「味の素」という大手の食品会社のインドネシア現地法人が、「豚の酵素」をその商品生産過程で使ったと大騒ぎになった。現地法人の日本人社長が逮捕され、ワヒド大統領がコメントをだしたりしてテンヤワンヤ。現地でも日本でも新聞やテレビが大きく取りあげ日本人は目を白黒。この事件などは、日本人がいかにイスラム教を理解していないかの好例。なお二一世紀初頭、この件に関してまだイスラム法学者（ウラマー）の最終的な正式見解はでていない。

いそがしブリッコ主義　masked workaholicism Ⓒ【Fucking Jap！詞】　このスタイルで、ダラダラと働いている人が多かったのが、日本の中堅以下のサラリーマンの実像だった。アフター・ファイブも仕事をして残業代をかせぐためには、能率よく仕事をしてはいけない。ところが、二〇世紀末の日本経済崩壊現象のなかで自然淘汰《とうた》（リストラ）がはじまったことで、この主義をつらぬくことは、きわめてむずかしい事態とあいなった。新世紀は日本新実力派サラリーマン社会の夜明けだ！……ただしエリート・サラリーマンの働きぶりは、昔からアメリカのエグゼクティブなみにすさまじかったことをお忘れなく。

一流大学至上主義　ivy leagueism Ⓒ【仮死詞】　日本の一流大学伝説は死んだ。偏差値競争の結果、人間としての教育をキッチリ受けていない勉強だけできる頭でっかちの未熟な若者が一流大学にあふれかえっている様を想像するのは、アメリカ人のあなたには無理。この点、あなたの国（アメリカ）は自国の大学制度の完成度とそこで学ぶ若者たちのバランスのよさを誇っていい。「あんな若者たちがリーダーになる二一世紀の日本、恐るにたらず！」と、やたら力みかえったのはアメリカのジャーナリスト。

一神教主義　monotheism【希少価値詞】　日本には、この主義は、ほとんど存在しないとされている。なにもかもごちゃまぜにしたモノセイズムがあるというあるドイツ人の宗教学者の説が有力である。アメリカはメルティング・ポット（人種のるつぼ）——人間がごちゃまぜになるが、日本では神々がゴッド・ポットするというわけだ。なかなか健全な宗教姿勢である。

↓無神論主義

元　神の語源は、鏡《かがみ》、明見《あけみ》、彼霊《かび》、幽身《かみ》などなどだとする見解があるが、まだ定説は定まっていない。神と上はおなじ言葉だとする説もあるが、これもマユツバ。昔から天皇や国家をオカミ（御上）といっていたのはたしか。

一点豪華主義　fractional luxurism Ⓒ ⓝ【日本人詞】　すべてを思いどおりに整えるのは、貧しい人には無理。でも、人に誇れる優れ物をひとつだけ用意して精神のバランスを保つ——貧しさが生んだ涙ぐましい日本的精神主義。二〇世紀の百年間、日本の常民が豊かだったのは、ほんの五分の一ほどの期間にすぎない。

一点突破主義　pointillism【ご用心詞】　ポイントイズム。日本で使う場合は、一か所に集中して、そこから解決の糸口を見つけ、なにがなんでも相手に勝とうという恐ろしい日本的手法。

忠告 「よし！　一点突破でいこう！」と日本人が叫んだときには、ご用心。かつてのカミカゼ攻撃がいい例。

元 もともとは、点で描く画法をさす言葉。日露海戦でヘイハチロウ・トウゴウ元帥がロシアのバルティック艦隊を相手にT字作戦を取って大勝利をおさめたことから一点突破主義が生まれたという説もあるが、これはマユツバである。

イメージ主義　imagism【創造詞】　日本人はあれこれイメージを描くのが好きである。これはすぐれた特性といえる。具体的な統計はないが、イメージ・メーキングだけで飯を食っている人の数は、先進諸国のなかで一番多いのではないか。そうやって描いたイメージのなかから、あっと驚くような商品を開発し世界に向けて売りだして大当たりさせジャパン・バッシャーたちの嫉妬心をあおり日本攻撃の材料を提供する。日本人は模倣《もほう》が好きで創造性がないというのは嘘である。

例

ⓝコンピューター戦争では、日本はアメリカの後塵を拝しているが、携帯電話を利用した次世代コミュニケーション・システムで独創的に二一世紀に生き残り策を講じているのなどは、そのいい例。二〇世紀末もぎりぎりになって、iモードという携帯電話が誕生。あっというまに二千万台弱が日本全国に普及。携帯電話の累計契約数は約五千七百万台（二〇〇〇年十一月末現在）。一年間に三千五百〜四千五百万台の出荷がある。ちなみに、パソコンの年間出荷は一千万台ちょっと。二一世紀には、中国・インドなどの大人口をかかげる国を中心にアジア市場でアメリカ方式IT戦略が勝つか、日本方式iモード戦略が勝つか、正念場。二一世紀に日本が再浮上するかどうかは、日本人そのものはあまり意識していない日本人の天賦の才である「豊かなイメージ」を生かせるかどうかが別れ道。

ETC.

カナダ商工会議所在日事務所（The CANADIAN CHAMBER of COMMERCE in JAPAN）がだしている『日本におけるビジネスの内幕案内（DOING BUSINESS JAPAN an INSIDER'S GUIDE）』（一九九四年刊）では、はっきりと、『日本は世界で一番イメージ・コンシャス（意識）の高い国である』と書いている。

元

イマジズム本来の意味は第一次世界大戦時代に英米でヒュームやパウンドたちが

唱えた写象主義の詩論をいう。

いやし主義 **therapeuticism** ©ⓝ **【希望詞】** 混沌《こんとん》の世紀末日本にはいやしを求めている人が多かった。 **⇩オジタリアン主義⇩ゆうゆう主義**

元 ガイジンのジャパノロジストのあいだでは、使い勝手がいいことで評判のいい『現代国語例解事典』（小学館）には、いやしという名詞ではのっていない。いやすという動詞として『病気、苦しみ、悩みなどを治す』と記述されている。

囲炉裏《いろり》主義 ***irorism*** ©ⓙ **【懐古詞】** イロリ《×E》は失われた日本のすばらしさの代名詞。先史時代の竪《たて》穴住居にあった炉《ろ》を起源とするという説もあるほど、日本の農村の日常生活の中心的存在であったイロリの数が少なくなるのに比例して、日本の農村部は崩壊していった。日本から失われた大切な主義のひとつ。

忠告 飛騨郷白川《ひだごうしらかわ》《×E》などの観光を売り物にしている農村の民宿を訪れる機会があれば、イロリにお目にかかることができる。ただし、その是非はさておき、これに象徴される主義は、もう日本には、あまり残っていないから、そのつもりで。

ETC.

それぞれ座る位置がきまっている。家長が座る場所がヨコザ、お客が座るところがキャクザ、主婦の場所がカカザ、薪《まき》をおくところをキジリという（地方によって、この呼びかたは、いろいろかわる）。イロリの火は主婦が守った。ぜったいに、消してはいけなかった……「ああ！　古きよき時代の日本！」と懐しがる郷愁派は、六十代以上の日本人に結構いる。

イヤイヤ主義　*iyaiyaism* Ⓒⓙ　【日本そのもの詞】　欧米人には把握しにくいTPO用法。あるときは、謙虚・謙遜用語であり、あるときには、なにかをごまかす用語であり、またあるときには、やわらかい否定用語である。なんにせよ便利な日本語。日本語がわかる欧米人をイライラさせる言葉のひとつ。

例

「イヤよイヤよも好きのうち」

イングリシュティーチャー主義　English quackism Ⓒ　【社会現象詞】　フリーター的性癖は持っているが、英語教師の資格を持っていない英語圏のいも姉ちゃんや、いも兄ちゃんが、強い円にひかれて、英語が話せるというだけの理由で英語を教えにわんさと日本に押しかけていく。高校をはじめ地方の小さな村や町の中学校にいたるまで、そうした人たちであふれかえっている。一九八〇年代にバブル経済で成金になった日本は、ガイジンにまでオオバンブルマイをはじめた。その結果、金のためだけに、日本にいく有象無象を生んだ。この手合いのなかには、隠れ日本嫌いも結構いる。このブームの根底には、日本人の英語コンプレックスがあるものと思われる。

私見

まあ、異文化間の無知な接触も、それはそれで、わるくないか……それなりに、つぎの段階があると愚考する。

&

文部省が招聘する英語教師は、年間五千人を越える（二〇〇〇年度）。その半数が英語教師の資格を持っていない。彼らの来日の第一目的は、「観光のため」。二番目が、「金を稼ぐため」――日本はなめられている。

インストルメンタリズム　instrumentalism【日本主義詞】　こむずかしい理屈などくそくらえ！　物、もの、モノだけが大切。もちろん、それを手に入れるお金も――という戦後の日本を支配した主義のひとつ。ただし、この説は本来のインストルメンタリズムを都合よく拡大解釈しているところに難点がある。⇩実用主義

元 概念道具説。アメリカの哲学者デューイが唱えた説。

インセンディアリズム incendiarism【日本人弱点詞】 放火、扇動。主義とは関係ないイズム。〝個〟が確立していないので日本人は扇動に弱い。⇩キッチリイズム⇩他人のせい主義⇩同志主義あるいは仲間主義⇩ノー・ミー主義⇩マイナス主義⇩無責任主義

インダストリアリズム industrialism【反省詞】 工業(立国)主義。

私見 JAと並んで日本の農業をダメにした元凶。(ベルダー)／JAは、反省しなければならないところは、いっぱいあるが、それなりに戦後の農業に対して果たした役割りがある。(リザ)

インターナショナル主義 internationalism【錯覚詞】 国際化、国際化とやたら騒ぐ主義。一部の国際人きどりのインテリ日本人と一部の一流政治家気取りの三流政界実力者が好きな宗教に近い考えかた。インターナショナル最優先主義。その実、日本が先進諸国のなかでは、一番、この主義から遠いところに位置していることを、だれもが知っている皮肉な錯

覚詞。

インターネットイズム　**netism**Ⓒⓝ【未来詞】《全！》　二一世紀を目前にした日本では、猫も杓子《しゃくし》もインターネット、インターネットと空騒ぎ。ご多分に漏れず、これまたアメリカからの直輸入。もっとも、このイズムは、日本だけでなく世界中に浸透している。これの悪用に、どう対処するかが、二一世紀の課題。ちなみに世界のインターネット人口は三億八千万人。

&

最近は携帯電話やテレビでもやれるようになったが、インターネット戦線に参加するには、とりあえずパソコンがいる。そのパソコン所有人口比の一番高い国は二〇〇〇年末のデータによれば、スウェーデンで六〇・七パーセント。アメリカは四八・九パーセント。日本はその約半分以下の二二・八パーセント（約二〇〇〇万人強）。これは韓国以下の普及率。空騒ぎと断じる所以《ゆえん》である。日本の場合、『調査でインターネットを使ったことがあると答えたのは全体で三四パーセント。年代別にみると、二十代前半で八割台▽二十代後半で七割台▽三十代後半で五割台▽四十代で四割台▽五十代で二割台▽六十代以上で一割以下だった。五十代を境に浸透の強弱がくっきりと分かれた。』（『朝日新聞』二〇〇〇年一月一日朝刊）

余

これまで日本の通信費の高さがインターネットの普及だけでなく、日本全体のＩＴ革命の足を引っ張っていた。インターネットは、つなぎっぱなしにすることによって効力を発揮するというのが世界の常識。アメリカでインターネットを一か月中繋ぎっぱなしにしても、六千円弱ですむが、日本では一日四千円強（二一世紀初頭からはじまるマイ・ラインの一番安い電話料金三分間八・七円で計算）の費用がかかる。悪名高いＮＴＴの通信独占体制がこの結果を生んでいたが、各方面からの圧力で、さしものＮＴＴも世紀末には独占体制をややゆるめ通信費の値さげの方向に動きはじめてはいる。さらに、二一世紀初頭には、「高速ネットビッグバン」（高速かつ廉価［家庭向けとしては一か月五千円から一万円］でインターネットをやれるブロードバンド・サービス）が本格化して、ＩＳＤＮ（デジタル回線使用）、ＣＡＴＶ（同軸ケーブル使用）、ＡＤＳＬ（従来のアナクロ電話回線使用）、光ファイバーなど常時接続を可能にする多くの方式がめじろ押し。二〇〇一年は、「空騒ぎ」がおわって日本の「インターネット高速化元年」となるか？　乞うご期待。なんにせよ電話料金はさておき、インターネット通信費をアメリカ並にすることが、さしあたっての日本の課題。これをやらないと、アメリカとの格差は、ますます開く。良識派のインテリたちは、このことを声を大にして、もう何年もまえから叫んでいるが、一向に実現しない世紀末日本現象は悲劇的。

☞ 「インターネットはトイレの落書き」説を唱える人もいる。「インターネットは庭の梅」という大学教授も。その心は、キレイな花が庭に咲いたら、不特定多数の人に見せたい。とにもかくにも、このイズムをめぐる騒動は、日本だけでなく世界レベルで二一世紀に尾を引き新世紀の最大課題のひとつになることだけは、確実。

私見 ベルダーもリザも仕事柄、オフコンのモデム通信やインターネット（とくにEメール）などは、世間一般で大騒ぎする、ずっとまえ（一九八〇年代）から「日常生活必須アイティム」のひとつとして使っていたので、世紀末になって突然過熱したインターネット・ブームには、ただただ目を白黒させただけ。

隠遁主義 anchoritism ⓝ【日本そのもの詞あるいは世紀末詞】 世紀末のもろもろの不快なことをすべて「逃げの姿勢」でやりすごそうとしたお手軽主義。「あと送り解決法」は日本のお家芸。

元 ギリシャ文明末期のありさまをバートランド・ラッセルは、「隠退主義」と名づけた。ヤスオ・タケウチが、それを「退却主義または逃げの姿勢」と訳した。ここでは、その「逃げの姿勢」と隠遁主義を無理やり世紀末現象にダブらせた。

インプレッショニズム impressionism【見せかけ詞】 印象主義。日本では、なにはともあれ、「印象」が大切。

忠告 あなたが日本市場を狙《ねら》うビジネスマンなら、理詰めより、まず印象。相手を接待づけにして、とにもかくにも、いい印象をあたえることが大切。**⇩接待主義⇩ポストインプレッショニズム**

元 美術用語では印象派。一九世紀後半のフランスで一世を風靡《ふうび》したこの画風を好む日本人多数。

インポ恐怖主義 impo-phobiaism©【恐怖詞】 おきのどく。中年・老年だけでなく、若者の一部にも、二一世紀直前まで蔓延《まんえん》していた主義。しかし、この主義に支配されていた人に明るい二一世紀を迎えてもらおうとお上が考えたせいか、一九九九年一月に、バイアグラの輸入が解禁。メデタシ、メデタシ？

ETC.

厚生省がバイアグラの副作用による死亡例を発表したのは、一九九九年八月三十日。一月から八月までに、副作用は三十三件。そのうち四十代と七十代のふたりの男性が死亡したとのこと。

余

この年の九月二日にピルも全面解禁になった。アメリカに遅れること実に四十年！　十一社の薬品メーカーが販売を決定し、年間三百万人の需要を見こんでいるという。ことの次第は、どうであれアメリカの外圧による日本再開国が二〇世紀末にはじまったことだけはたしか。

私見

「アメリカの外圧」というのはベルダー見解。バイアグラの苦労なしの急速な解禁は、そんなことよりも、日本の男のインポ恐怖症が、その理由だというのが、リザの意見。すなわち、ピルの解禁は、これまでも全ピ連などのウーマンリブが、長年汗をかいて努力してきたのに、なかなか実現しなかった――日本は、まだまだ男のエゴで社会が動いているという見解。

う主義　拾項目

受け身主義　passivism【日本そのもの詞】　受動性。攻撃よりも防御。日本全体の得意業。じっと耐《た》えて耐《た》えて耐《た》えぬいて……きっとそのうち、いいことあるさ……『おしん』《×E》大好き現象。マゾヒスティックにやっつけられたあと、そこから立ちあがって成功するのを至上の喜びとする日本主義。⇩**ぶってぶって主義**

うすっぺら主義　sciolism Ⓒ【絶望詞】　浅薄主義。見せかけの知識、うすっぺらな知識が日本社会を駆けめぐる。ワイドショーをはじめ、テレビの浅薄な番組の氾濫。それをおもしろがって見ているオバタリアンたち。⇩**オバタリアン主義**⇩**スーパー・オバタリアン主義**⇩**ワイドショー主義**

私見　ベルダーは、テレビのモーニングショーやアフタヌーンショーを目の敵にしており、その世紀末のありかたが、日本亡国の先兵だと思っているので、これから先、あっちこっちの項目でワイドショーの悪口は、これでもかこれでもかというほど、しつこくでてくる。

うそー主義 ***no wa —— yism*** Ⓒ【世紀末詞】［……］どんな会話にも語尾に「うそー」とつける、ギャル・コギャル・マゴギャル言葉。ときどき、中性化した男性も使う。きわめてカンに触わるハイトーンな騒音。世紀末用語。末世主義。

例 「ぶりぶりやって、死んでるー」（セックスのやりすぎで疲れたわ）「インクレ、信じー、うそー」（インクレディブル、信じられない。嘘でしょ）

姥捨山《うばすてやま》主義 ***Ubasuteyamaism*** ⒸⒿ【死語復活詞】 高齢化社会になり老人の存在がわずらわしくなった。そこで、昔からの日本の伝統である〝家族で老人の面倒をみる〟のをやめにして〝社会〟にそのテイクケアーをまかせ〝家〟から老人を切り捨てていこうという先鋭的主張。⇩**エイジズム**

& まずしかったその昔、口べらしのために老人を山奥に捨てにいくという習慣があったという。信州の姥捨山《うばすてやま》伝説は有名。日本だけでなく東アジアにもこの伝説はあっちこっちにある。

ETC. 核家族化が進み、老人ホームに老人をあずける人が増え、一部の日本人が日本の美点だと信じている家族主義の継承は危機状態にある。

噂主義 rumorism【亡国詞】【不愉快詞】《全!》 人類が未知へのかぎりない憧憬《どうけい》と既知への懐古趣味を持ち、未知を既知にかえたいという知識欲に支配され、その知識欲が低次元の動物本能に根ざしていればいるほど、世に蔓延《まんえん》する主義である。ゴシップ、流言飛語は、欧米社会でも、ある種の人たちにとって、三度の食事同様、日々生きていくうえでの活力源として大切なもののひとつだが、日本におけるこの主義支持者の多さは異常。日本は噂社会である。噂を基調にして、結構、社会が動く。噂の影響が大きい。田舎にいけばいくほど、この傾向は強い。

&

テレビのワイドショーの噂主義からはじまった世紀末現象のひとつサッチー騒動をあげるまでもなく、日本にこの主義が蔓延《まんえん》しているかぎり、あの国はあやうい。この主義を克服《こくふく》しないとあの国の未来はないと断言するのは、あるアメリカのジャパノロジスト。

占い主義 divinationism Ⓒ【?】 無関係者に悩みを聞いてもらいたいという先進国性病的思考の日本的解決策。日本の占い師は欧米の精神科医の役割を果たしている。

元

日本には昔から中国伝来のものも含めてたくさんの占い法がある。鹿卜（フトマニ）、夕占（ユウケ）、水占、鳥占、亀占、夢占、箋占などなどあげていけばきりがない。最近は西洋からはいってきたトランプ占い、ジプシーふう手相占い、占星術などもさかん。

恨み節主義　grudgism©【人間詞】　涙、涙、涙の日本。恨んで恨んで、その果てに……涙もろい日本的善人が、好んでもてあそぶ裏がえし的思考法。

ウルトラ×××主義　ultra~ism©【超過詞】　日本人は「超えてる……」のが大好き。ウルトラマン、ウルトラエイジ、ウルトラC、ウルトラモダン、ウルトラナショナリズム、ウルトラLSI（大規模集積回路）、ウルトラライトなどなど、なんでもござれ。

ETC.

ウルトラマンは一九六〇年代なかば（昭和四十年代）のテレビの人気番組。ウルトラには左翼小児病という意味もある。これまた、戦後のある時期、日本の流行《は や》り病だった。

運動部主義 jock groupism Ⓒⓝ【驚愕《きょうがく》詞】 二一世紀を目のまえにしても、あいかわらず日本の中・高・大学の運動部は、封建時代のような上下関係のきびしい時代錯誤主義に支配されていた。ガイジン、ビックリ。先輩が後輩を折檻して殺してしまうなどという事件が、結構頻繁に起きるなんて信じられる？（一九九九年のおわりには、名門大学剣道部で殺人事件が起きた）

私見 世紀末のある日、ある一流私大の運動部のOB会（酒の席）に、たまたま同席したことがある。古い歴史を持つその運動部の寄りあいには、七十歳すぎのOBから十代の現役まで、すべての世代が参加していた。もちろん現役はガクラン姿。年を取った人から順番に威張っていることには、自称・日本通としては、「ああ、またあのパターンか」と思っただけだが、どの人もおなじように見える七十歳をすぎた人たちのあいだでも、厳然と階級があって、「おい、きさま、バカをいうな！」などと老人が老人をどなっているのには、驚いた。だれが見ても、どなっているほうが、社会的には成功しなかった風情で、どなられているほうは、かっぷくのいいどこかの社長さんといった感じ（あとで聞くと、実際にそうだった。どなっている人が二年センパイだった）——あんな風景は、あまりガイジンに見せないほうがいい。それでなくても、わかりにくい日本をさらに、わかりにくくする。（リザ）

運動礼賛主義　jockism【幸福詞】　とにもかくにも、スポーツ、スポーツ。なにがなんでも運動さえしていれば幸せ、スポーツは健康のもとというスポーツ教信者王国日本。ただし流行《はや》りすたれが激しいのが特徴。種目選びには、アメリカのスポーツフリークの影響が大きい。アメリカでみんながやると、あっというまに日本に上陸してきて、向こうがやめると日本人もやめる。自分ではやらないが、見るだけのスポーツウォッチャーズが多いのもアメリカに似ている。

&　十年ほどまえまで、だれもかれもが熱中していたジョギングは、今、いずこ。世紀末のどんづまり現象としては、その閉塞《へいそく》感を反映したせいか、室内にたてこもって運動するのが流行《はや》りだった。フィットネス・クラブでのスポーツが老若男女を問わず大流行。これもアメリカからの直輸入現象。

ETC.　テレビのコマーシャルによれば、日本で開かれる市民マラソン大会は、年間千三百回（二〇〇〇年末／データ出所不明）。

え主義　弐拾弐項目

英国かぶれ主義　**Briticism**【少数熱狂詞】　アメリカびいき（かぶれ）主義よりマイナーな思潮。ただし一部インテリのあいだに、熱狂的な信奉者がいる。「英国ふうだったら」なんでも好きという主義。**➡アメリカびいき主義**

元　ブリティシズムは、『英本国特有の語句（語法）』（『**ザウルス電子手帳**』のなかの『**和英事典**』）。アングリシズムには英語びいきという単純な意味もある。

英語帝国主義　**ELlism**（**English Language Imperialism**）Ⓒⓝ【過去詞】　アングロサクソンが、母語の英語を世界中に普及させて、世界を支配しようとした主義。日本もその支配下にある。でも日本人は英語を話すのが苦手。

英語公用語主義（**論**）**EOLism**（**English Official Languageism**）Ⓒⓝ【アイディア詞】日本人の英語音痴ぶりをなんとかしたい、いっそ英語を公用語にしたら国民の英語力があがり、かつ国際政治の世界でも発言力が増すのではないか、という大胆な案。

元

かねてから英語教育改革を主張している朝日新聞編集委員のヨーイチ・フナバシが提唱した。彼はいう。『国際会議での日本の存在感と発言力が弱まっている。欧米対日本のときは甘えですんだが、いまやアジアでも、大臣や官僚がほぼ例外なく英語ができないのは日本だけ。考えかたは理解されず、国際世論形成にも参加できない』（『週刊朝日』一九九九年八月十三日号）から英語を「道具」と割り切って、公用語にせよというもの。しいては、このことが、日本語を鍛えることにもなるとフナバシは主張する。

余

この主義をサポートするためではないが、二一世紀には小学校からの英語教育が本格化する。これに対して、おなじ朝日新聞関係者でも、テレビに転身した有名ニュース・キャスターのテツヤ・ツクシは、「まずしっかりした日本語のマスターが第一。外国語の能力は、母語の能力以上に身につくものではない」と反対。とにかく、日本では、英語をめぐる見解は諸説紛々。

エイジズム **ageism**【差別用語・深刻詞】 高齢者差別。お年寄りを敬うという東洋の美徳は、今は昔。⇩**姥捨山《うばすてやま》主義**

元 この言葉は一九六〇年代の後半にロバート・バットラー（米国国立高齢研究所所長）が、つくった言葉。人種差別からイメージした造語で差別用語として使われる。

日本では一九九四年に総人口の一四・一パーセントを占めていた六十五歳以上の老人は、二〇〇〇年には一七パーセント。平均寿命は、一九九四年の段階で女性が八十二歳強、男性が七十六歳強ですでに世界一。その後、ますます、この平均年齢はあがっている。二〇一五年には、東京の人口は四人にひとりが、六十五歳以上の老人になるという。日本の老人問題は、他国に先がけてきわめて深刻。

営利主義 **profit mongerism**【Fucking Jap！詞】 バブル時代の日本で暴れまくったお化け。

駅まえ留学主義 **NOVAism** ©ⓙ【錯覚詞】 駅まえにたくさんある英会話学校でお手軽に、だれでも英会話がマスターできるという気分が世紀末東京をおおっていた。⇩**英語公用語主義**（論）

NOVAという英会話学校が東京都内の主要な駅まえの便利なところに教室を開い

てイギリス・アメリカ・カナダ・オーストラリア・ニュージーランドなど英語圏出身の有象無象を集めて連中に英会話を教えさせて商売大繁盛という一巻のオソマツ。

ETC.

英会話熱のわりには、日本人は英語が苦手。トーフル（TOEFL）の国別平均点の結果（一九九七年〜九八年）では、国を閉ざしている朝鮮民主主義人民共和国（北朝鮮）と並んで日本はアジアのビリ。その平均点は四百九十八点。ちなみに一番のシンガポールは、六百点を超えている。

私見

リザとベルダーにいわせれば、この統計は、ちょっと不公平。アジアの国々では、一部の英語のできるエリートがトーフルの試験を受けるだけなので平均点があがる。でも、日本では大人数が受ける。英語ができる人もそうでない人も、だれもかれもが、われもわれもと受けるから平均点がさがるのは、あたりまえ。

余

もうひとつの英語力検定試験の勇、トーエイック（TOEIC）は、日本ではサラリーマン社会のバイブル。会社の英語力強化をキャッチフレーズにした日立製作所では、二〇〇一年から、この共通試験の点数を入社時に五百点を目標値とし、二〇〇二年からは、なんと八〇〇点とれない人は、社長や役員になれない——駅前留学主義がはびこるわけである。

エグジステンシアリズム　existentialism【エセインテリ詞】　実存主義。あなたが、この外来語をカタカナ英語で正確に発音できたら、あなたは、立派に日本のエセインテリの仲間入りができる。

エゴイズム　egoism【二〇世紀至宝詞】《全!》　利己主義。二〇世紀全般にわたって人類の至宝としてもてはやされた概念。前世紀も、そのまえの世紀もそうか……。

ETC.　利己心、自己本位主義は、現在の日本、とくに若者をベッタリとおおっている。ただし、日本式エゴイズムは、欧米と表現方法がちがうので欧米人には、なかなか、それとわからないのを特徴とする。

えこひいき主義　favoritism／nepotism ⓝ【情実詞】　あの国では、あっちこっちで情実が、大手を振ってまかり通っている。縁者びいきもさかん。⇩**縁故主義**⇩**知ってる同士主義**⇩**ふるさと（同郷）主義**

エコフレンドリーイズム（環境保全主義） eco-friendlyism Ⓒⓝ【夢想詞】《全！》

地球の汚染化はいうまでもなく、資源の限界を感じだした人間が、できるだけ環境に負担をかけないようにしながら生活しなければならないと大慌てで主張しだした主義。日本でも遅ればせながら、声を大にして叫びだした人が結構いるが、この主義を実践している人は少数。

ETC.

二一世紀のおわりには、地球の平均気温は最大六度、海面は九〇〜八八センチ上昇すると二〇〇〇年十一月にＩＰＣＣ（気候変動に関する政府間パネル／各国の科学者が中心メンバー）が発表した。大量生産・消費・廃棄・排気を無制限につづける二〇世紀型経済の営みの結果として、こうなるというのである。米ワールドウオッチ研究所の見解は、もうちょっと控え目で平均気温の最大上昇率は三度だとする（**『二〇〇一年版地球環境白書』**）。地球温暖化によって北極の氷の厚さが、ここ数十年で四二パーセント減ったことや、世界の珊瑚礁の二七パーセントがすでに死滅しているのは、まぎれもない既成の事実。とにかく、資源の枯渇のまえに地球の環境汚染が、どうしようもないところまでいってしまうというのが、世紀末の環境学者たちの共通認識。ＩＰＣＣ関連の機関で研究をしている友人によれば、世間一般に公表する数値は、かなり控え目なもので地球汚染の実態は、このままでは人類滅亡のカウントダウンの領域だという。

＆

海面水位が五〇センチ上昇すると仮定すれば、「日本沈没」の面積は千四百十二平方キロメートル。二百九十万人（人口の二・三パーセント）が移住をしなければならない。アジア全体では、その数数千万人になるという（IPCC第二作業部会報告）。

私見

ブルシット！　破壊動物人間が自然と調和を保って生きていくのは無理。世紀末ぎりぎりになって開かれたハーグ（オランダ）の気候変動枠組み条約締約国会議が、先進国と発展途上国、日本を含める欧米先進国同士の仲間割れなどから決裂したことは、世紀末に生きていた人たちが軽く考えている以上に二一世紀後半の人類にとって致命的なできごとである。（ベルダー）

エスケープ主義　escapism ⓝ【逃避詞】　ものごとの核心にずばりと迫らないで、まわりからジワジワとことを進める日本的方法論は、ときに欧米人から見るとエスケープ主義に見える。

エスニックイズム　ethnicism Ⓒ【錯覚詞】　一見異質と思えるものを身近で味わおうとするお手軽軽便簡易思考。エスニック料理《クイジン》、エスニックおつまみ、エスニックドレス、エスニックルック、エスニッククラブ、エスニック音楽などなど。一九九〇年代初頭から大ブレイク。欧米人には日本のもろもろは、エスニックそのものなので、この流行は摩訶《まか》不思議な感じがする。

元　エスニックはネーションという概念と切っても切れない関係にある。ネーションはマルクスやマックス・ウェーバーたちの社会学系統用語。本来の意味は民族分離（重視）主義。

&　ナショナルとかネーションという言葉を、やたら使うようになったのはスターリンの影響だとする説もある。

エセインテリ主義　mental masturbationism Ⓒ【造語・不快詞】　在学中ろくに勉強をしなかったことは棚にあげて、大学を卒業しただけで自分は知識階級の仲間だと思っているおめでたい人たちが迷いこむ洞穴。日本の巷《ちまた》には大学卒業者が、あふれかえっているのでエセインテリの数は無数。⇧**インテリもどき主義**

エピクロス主義　Epicureanism【憧憬詞《どうけいし》】《全!》　一度は溺《おぼ》れてみたいと大多数の人が憧《あこが》れている官能的享楽主義だと日本では思われている。エピクロスイズムには、食道楽（⇩食いだおれ主義の項参照）という意味もあるので、この手の誤解が生まれやすい。

元　この主義の主唱者であるギリシャの哲学者エピクロスはウーマンリブ運動の元祖。学校に女性の入学を許可した最初の人だったから。エピクロスは快楽主義と訳されているが、日本では、この言葉づらにだまされて快楽追求主義だと誤解している人が多いが、実はその逆。エピクロスが説いたのは、肉体的快楽を追い求めるとトラブルのもとになるから、そうしないで苦痛を最小限にとどめようという説。

エリート主義　elitism Ⓒ【ご用心詞】　本当にそうでない人ほど、これを鼻にかける。

忠告　能ある鷹《たか》は爪を隠す。日本のエリートには気をつけなさい。結構優秀な人が、目立たないようにしながら巷《ちまた》のあっちこっちに隠れているから。

エレガンティズム　Grace Kellyism Ⓒ【少数詞】　熟年世代を中心に上品であること、

上品ぶることを国民的課題にしている民族は、日本人とイギリス人以外、ほかにあまり知らない。ただし、どちらの国でも、若者には無縁のイズム。

エロチシズム　eroticism【♀♂詞】《全！》　遠い存在にある人ほど、恋いこがれるほど求める異様なサイケ世界。日本人のほとんどすべての男が関心を持っている主義。**⇩すけべえ主義⇩白人（コーカソイド）と一回やりたがる主義⇩ムッツリすけべえ主義**

&

日本語英語でいえばエロ。日本人は動物的ではない。ストイックでもない。エロティックでもない。だからエロが好き。

ETC.

日本のエロ産業も、アメリカや北ヨーロッパの国々なみに結構発達している。

宴会主義　J-ceilidhism（JはJapeseの略。以下、同様）©【集団詞】　なにかあれば群れ集う草食動物的ベタベタ団体主義者たちが、もたれ主義を確認する手法のひとつ。**⇩もたれ主義**

&

忘年会、新年会、結婚式、葬式、歓迎会、送別会、なんとか記念会……あの国は、宴会、宴会、宴会だらけ。

余

稲作文化圏であることが日本人を宴会好きにした一要因であるというのはベルダー説。昔から秋に稲の刈り入れがおわり、すべての農作業の終了を祝った宴会に「秋忘れ」があった。ときに、二日も三日もつづく宴会である。秋振舞い（農村婦人の宴会）、ジョウバ石流し、ジョウバンゲ（いずれも若者の慰労会）など、各地各集団によりいろいろ呼び名はちがうが、稲作と宴会の関係は、今の日本人の宴会好きを考えるとき無視できないというベルダー仮説には、ちょっと「こじつけ味」が強すぎるのが難点。

縁故主義 networkism Ⓒⓝ【旧式日本詞】 なんだかんだといっても、縁故が幅をきかす日本社会。⇩えこひいき主義⇩知ってる同士主義⇩ふるさと（同郷）主義

例

『入学者が同じ大学の卒業生に偏る傾向が強い大学院の入試について、文部省は、研究の発展を阻害するおそれがあるとして、「縁故主義」が強い現状を改め、「学生の流動化」を促す方針を決めた。』（『朝日新聞』一九九九年七月十八日朝刊）。

私見

……こんな記事を読まされるとき、ほんと、まだまだ日本は、発展途上国だと心底

思う。大学・大学院制度は、アメリカのほうが、数段、進んでいる。

厭世主義　pessimism【矛盾《むじゅん》詞】《全!》「おれは厭世主義者だ」という人にかぎって、俗事俗論が大好きだという矛盾《むじゅん》に満ち満ちた不可思議な主義。金持ちがもてあそぶ言葉。貧乏人にとっては、陥《おちい》りたくても陥《おちい》ることのできない特殊な概念語。悲観主義ともいう。⬇**楽天主義**

円

円満主義　harmonyism【保守用語】日本でもっとも尊ばれる人生哲学のひとつ。「生まれてこないことがいちばんいいことだ」(古代ギリシャの詩人ソフォクレスの詩)は有名。バイロンの詩にも、この思潮は色こくでている。仏教の諸行無常・生者必滅は、この主義の東洋代表?

遠慮主義　passive aggressivism Ⓒ【利己主義詞】「どーぞ、どーぞ」と譲《ゆず》りあいながら、一番いいところをかっさらっていこうとする東洋哲学。日本人はその実践《じっせん》者として第一人者。

お主義　弐拾四項目

オートマティズム　automatism【追い越し詞】［!］　アメリカのマネをして、自動化、自動化とお題目を唱えているうちに、本家本元を追い越してしまった現象。身近な例では、自動販売機の数の多さがいい例。一九九〇年代初頭の段階ですでに、日本人二十人に一台の割合で自動販売機がでまわっていた。アメリカでは三十人強に一台。

［忠告］
本家本元の自動販売機に馴れたアメリカ人のあなたでも、実際に日本を旅してみれば、どこにいってもお目にかかれるそれに驚くにちがいない。田んぼのなかにまで、あるんですぞ！　オート機通を任じるあなた、オートパーラー（お好み料理の自動販売機）、冷食自販機（コインを入れると暖かい焼きそばやハンバーガーがでてくる）なんて知ってる？　極めつけ――カブト虫の自動販売機が、一九九九年七月に岐阜県大垣市に出現した！

［元］
美術用語としては、超現実主義派の手法をいう。

ＯＬ主義　working girlism©【いいかげん詞】［☝☝］　二〇世紀最後の四半世紀、日本で一番ゆたかな暮らしぶりを堪能したＯＬたちの生活哲学。責任ある仕事はほとんどしない（当人たちにいわせれば、やりたくても会社がやらせてくれない）で残業もせず、高給を取り有給休暇を有効に生かして、年に何回も海外旅行（トロピカル・エリアが人気）にでかけ、現地の男とラブアフェアーを楽しみ、ブランド物を買い、それで身を包み、適当な時期に、できれば会社のなかのエリート社員をたぶらかして結婚する。自分のことは棚にあげて結婚相手に対する注文はきびしい。三高（高学歴、高収入、高身長）を望む。三Ｋ（きたない、きつい、きけん）な仕事に従事している男はダメ。いい相手が会社のなかで見つからない場合には、ハントラ（ハズバンドハント目的のトラバーユ）も辞さない。結婚相手を見つけるためだけに、さっさと転職する。お眼鏡にかなった相手を見つけたあとは、「ジジババ抜き三食昼寝つき」の優雅な生活を送る。このたぐいのＯＬ主義者は、短大卒のギャルに多いと一般的には喧伝《けんでん》されているが、裏づけるデータはない。

忠告　噂によれば、この優雅な日本のＯＬのなかには、イエロー・キャブ（ご存知のように車体が黄色い。タクシーだからだれでものせる）という種族がいて、ガイジンに弱く、わりと簡単にやらせてくれるというから、あなたもチャレンジしてみたら？（**ベルダー**）

欧化主義　Europeanism／Occidentalism【悲愴詞】　明治維新以後の日本が西洋に「追いつけ追い越せ」とやたら張り切って、ときにいきすぎたり、もどったりしながら二〇世紀末までひたすら目ざしてきた涙ぐましい戦略。《×E》

&

オウムイズム　Aumism Ⓒⓙ【絶句詞】　ただただ絶句！　《×E》⇩**カリスマ主義**⇩**盲目的崇拝《すうはい》主義**⬇**平和主義**

オウムの信者たちは居場所がない。サリンをばらまいたテロ集団というレッテルを張られた〝団体構成員〟たちは、行く先々で地元住民はもちろん、行政ぐるみの「追い出し作戦」にあい、「事件に直接かかわりあっていなかった信者」も、定住の地を見つけられず、住民票の登録もできない。自業自得といってしまえばそれまでだが、このアウトローたちの人権問題の扱いをどうするか、きわめてむずかしい問題点を含んでいる。この処理をどうするか——なんだかんだといいながら、戦後は民主主義国家を標榜してきた日本国の真髄が問われている。日本人の多くは、日本通欧米知識人たちが、実はショッキングなオウム事件を引き起こした当事者の裁判の結末よりも、固唾《かたづ》を呑《の》んで〝あとにのこった連中〟の生活権問題の顛末《てんまつ》に注視していることに気がついていない。とくにジャパノロジストたちは、「住民とオウム信者」の戦いをおのれの日本論を展開するための好材料にしようと虎視眈々《たんたん》状態。

おごりおごられ主義　J-trade-offism ©【日本詞】　ゴー・ダッチ（わりかん）否定主義。日本のリーダーになるためには、おごり主義は必要不可欠条件。常民はいつもおごられ主義をつらぬくことで富の分配の不公平さに復讐《ふくしゅう》している。日本はおごる人とおごられる人がえもいわれぬ相関関係を示す、おもしろい国。おごる人が、公金や会社の金を使うことが平気だという現象に目を白黒させている欧米のジャパノロジストは多い。役所や会社の金を横領する人の多さにもビックリ。ファジーなシステムのせいと思われる。

忠告　欧米式のドライなわりかん主義は嫌われるからご注意。

ETC.　いきすぎたわかりやすい例がカクエイ・タナカのオオバンブルマイである。

オジタリアン主義　ojitarianism ©ⓙ【悲哀詞】　二十四時間戦うことに疲れた、あるいは戦えない日本の平均的中年男を支配している主義。いろんなタイプがあるが、一．女に飢えている。日本では古女房は女ではない。二．酒に弱い。したがって、酒場のマナーがわるい。日本では「酒のうえで、どーも、どーも」が許される。電車のなかの泥酔状態も、大目に見られる。ただし、この主義は、対語のオバタリアン主義ほど、おもしろみとユーモアとすごさはない。それに、オバタリアンにはスーパーと頭に形容詞がつく特殊種族が、まれにいるが、メスよりも本質的にシャイなオスは、スーパー・オジタリアンには、なかなかなれない。⇩オバタリアン主義⇩スーパー・オバタリアン主義⇩サッチー主義⇩ゆうゆう主義⇩ベロンベロン主義
⇩よっぱらい天国主義⬇夜なべ主義

オズオズオタオタオドオドイズム　skulking slinkism Ⓒ【ご用心詞】 実際には、そうでもないのにパフォーマンスとして、ある種の日本人はこれをやるからご用心。いざというときの逃げ道を、あらかじめ、計算高く設定しておくこずるさが、なせる技だと思われる。

おせおせ主義　jingoism【日本人苦手詞】 もの静かな日本人は、やたら押しまくってくる人や国が苦手である。

元 ジンゴ主義本来の意味は強硬な外交政策、主戦論という意味。侮蔑《ぶべつ》的に使われる場合は、盲目的で好戦的な愛国主義をさす。

おせっかい主義 nosy fuckerism Ⓒ【干渉詞】 個人レベルでは日本人はあれこれと他人の世話を焼き、おせっかい——内政干渉するのが大好きである。集団になるとアメリカのおせっかい主義には、かなわない。

世紀末日本のスキャンダリズム・マスコミに突如登場せしサーッチーなる怪女ありき（⇩**サッチー主義**）。少年野球チームのオーナーのこの怪女、チームのお弁当検査をせしと聞く。怪女いわく、「その子のお弁当を見れば、その家庭の背景が見える」。信じがたきおせっかい主義の極致。

男社会主義 machisimoism Ⓒ【錯覚詞】 お釈迦《しゃか》様の掌《たなごころ》のなかの孫悟空《そんごくう》——実は女にたくみに操られているのに、そのことに気がつかない、お山の大将気取りのあわれな男の思いあがり錯覚詞。

ETC.

日本の農村社会は、タテマエとしては男社会である。が、たくみに女たちが男を操作して、実質的に実権を握っている。兼業農家が増えたことが、このことに拍車をかけた。夫が外に働きにでて妻が農作物をせっせとつくるというパターンが定着したことで妻の立場が強くなり、ますます、この傾向が強まった。博多（福岡）の商家なども、女の実権が強い。山笠という夏祭りが博多にあるが、男たちは祭りの準備のために何か月も女房に商いをまかせ、外を飛び歩いているうちに、女たちに実権を握られてしまった。こうした例を挙げていけばきりがない。

忠告 日本は典型的な封建的男社会だという欧米式偏見をあなたが持っている人ならば、今すぐ改めたほうが賢明である。あなどるな、日本の女たちの実力を！

オタク主義 **manic-mavenism**Ⓒ【日本詞】 凝《こ》り性は日本人が天から授かった悲しくも嬉しい性《さが》。

オナニズム **onanism**【千擦詞】 手淫《しゅいん》。自慰《じい》。自涜《じとく》。

& カタカナ日本語ではオナニーのほうがとおりがいい。日本語のスラングでは「Senzuri」（千回こするという意味だと日本人の友人が教えてくれたが、さだかではない）あるいは「Masu wo kaku」という。マスというのは英語のマスターベーションからきている。

例 ウディー・アレンいわく「少なくとも、マスかきは自分の大好きな人（自分のこと）とセックスしていることだ」。(Masturbation is making love to someone you really like.)。

元 オナニズムはマスターベーションの古いいいかた。オナニズムの語源は『旧約聖書創世記三十九』に登場するオナンの行為からきている。さらにペダンティックに余談に余談を重ねれば、正確にはオナンは膣外射精《ちつ》COITUS INTERRUPTUSをやったとされている。

お涙頂戴主義 crybabyism Ⓒ【ご用心詞】 泣いて泣いて泣きぬれて、なんでも涙で解決します。

忠告 被害者づらをして、相手の同情をかって、おのれの利にしようとする手合いは、どこにでもいるが発展途上国では、とくに目立つ。なぜか日本にも多いので、ご用心。

オバタリアン主義 *obatarianism* Ⓒⓙ【愉快詞】 この人たち、体が大きい人（ずばり差別用語を使って表現すればDebu）が多いが、その社会的存在感は相当なもの。「日本で一番始末におえない動物類人間科劣悪メス」だといった日本の友人がいたが、結構、愛敬があっておもしろい存在。

⬇オジタリアン主義⇩スーパー・オバタリアン主義⇩サッチー主義

忠告

あなたが日本を訪れるときには、Obatarian《×E》と接触してみることを、おすすめする。ただし戦後、進駐軍が日本にいたころの影を背後霊のように引きずっているスーパー・オバタリアンは、一度、相手の逆鱗《げきりん》に触れたり関係をこじらせると、すさまじい存在になるからご用心。

ETC

新製品のモニター募集に、せっせとハガキをだして、いくばくかの謝礼をせしめるオバタリアンをモニタリアンという。

オーバーラッピングイズム　mega-packagingism ⓒⓝ【過剰詞】　ずばり、商品をあれほど過剰にラッピングする国をほかに知らない。それを不思議とも思っていない国民性が不思議。

お弁当箱主義　*obento boxism* ⓒⓙ【感心詞】　日本そのもの。小さな空間のなかに、すべて必要な要素を組みこむすごさ。ある種の美学もある。

忠告 日本の弁当箱のなかを覗《のぞ》いて見るといい。あなたは、その小さな箱のなかの見事さに絶句するはずである。

お神輿《みこし》ワッショイ主義 *mikoshiism* Ⓒⓙ【日本そのもの詞】 十人で神輿《みこし》をかつぐとする。まえとうしろのふたりが、一生懸命、かついでいる。なかの七人はワッショイワッショイと大きな声をあげながらかつぐ振りをしている。もうひとりは……ぶらさがっている——日本社会の縮図。⇩会社主義⇩奉職主義⇩まどぎわ主義⬇資本主義

思いやり主義 J-*brotherism* Ⓒ【架空美学詞】《全!》 みんなが持ちたいと熱望しながら、実際には、あまり持ちあわせていないので、ことさら大切だ大切だと説かれるモラル。人からはもらいたいが、人にはなかなかあたえることのできない架空の美学。片腹痛いのは、エセ思いやり主義の蔓延《まんえん》を嘆くモラリストブリッコの存在。

親分主義 *oyabunism* Ⓒⓙ【日本的悲劇詞】 忠誠を誓った振りをしながら、自分にとって都合のいいときだけ、そばにすり寄ってきて、利益をむさぼろうとしている子分たちを傘

の下に集めてニコニコとオオバンブルマイをしなければならない悲しい日本的リーダー主義。金の切れ目が縁の切れ目。ばらまくキャッシュがなくなると子分どもは散っていく。政治の世界によく見られる図式。

親方主義 donism Ⓒ【錯覚情緒詞】 昔からの親分主義。ヨーロッパでいうギルドである。前項の親分主義とのちがいは、金だけでなく、精神的つながりが子方（子分）とのあいだにあるだろうという錯覚情緒論に支えられているところ。

都市部の職人、博徒やテキヤの世界の親分子分、鉱山の友子《ともこ》、農民の親方子方などが例としてあげられる。落語によく登場する江戸時代の大屋（大家）・店子の関係も擬《ぎ》似《じ》的親子関係という意味では、これに近いとする説もある。

オリエンタリズム Orientalism【疫病詞】 東洋趣味。青くさいインテリの欧米人が一度はまってしまうと、ほとんど病気になってしまうやっかいな疫病。マリファナやハシシュとセットになると、ほとんど死病。

元

もともとは一九世紀はじめの美術用語。

「おわりよければすべてよし」主義　**J-happy endingism**Ⓒ**【警戒詞】**　英語では"All is well that ends well"という。結果がすべて。まあまあ主義と、なあなあ主義でことを進め、結果にすべてを賭《か》ける日本的手法は、過程のモラリティを重要視する欧米的思考法の通用しない世界。

温情主義　**paternalism【タテマエ詞】**　これがないと日本ではやっていけないと多くの人が信じているが、実際にはあまりお目にかかることのできないタテマエ主義。

恩人主義　**benefactorism**Ⓒ**【欺瞞《ぎまん》詞】**　恩人をつくりたがる民族性には驚く。日本で暮らしていると、あっちもこっちも恩人だらけ。よきサマリア人で、あふれかえっているのは笑止千万。往々にして、人になにかしてほしいというあまったれイズムとエゴイズムが、「恩人思想」を生みだすものと思われる。もちろん正統派の恩人も存在する。

忠告　「恩」を受けると「おかえし」をしなければならないのでご用心。

か主義　参拾七項目

外圧主義　gaiatuism ⒸⒿ【ご都合詞】　旗色がわるくなると、このせいにする日本主義。

懐疑主義　skepticism【泥沼詞】　だれもが陥《おちい》ることを毛嫌いしつつ、ズブズブとその泥沼にはいりこんで、そのトリコになると、それを楽しむという不可解な日本的グズグズ思考。

☞　その昔、日光の華厳《けごん》の滝に『人生不可解なり』という遺書を残して飛びこんだ一高生《×E》のエリートの卵がいた。

【忠告】　華厳《けごん》の滝は観光名所。日本を訪れたときには、ぜひ現地へいって、日本的懐疑主義にひたることをおすすめする。ただしナイヤガラの滝やイグアスの滝やビクトリアの滝のイメージを抱いていかないように。

外国人拒絶主義　xenophobicism Ⓒ【普遍詞】　島国に住む日本人のガジジンに対する拒絶感覚は、結構根強い。欧米人に対しては、生理的に拒絶しながら、劣等感を持っている人が結構いる。かと思うとアジア人に対しては、拒絶感と同時に優越感を持つという複雑なわかりにくい性格を持った日本人も存在する。アフロ・アメリカンに対する偏見は、ある意味でアメリカ人以上だといってもいい。が、表面にはでてこないから実にわかりにくい。

忠告

日本人のガイジンに対するスタンスは、きわめて複雑で単純な欧米人のあなたには、まず理解できないと思ってかかったほうがいい。かつて中国人をチャンコロという蔑称《べっしょう》で呼んだ人たちがいた民族である。その昔（といっても、今世紀の話だが）むりやり支配下においた韓国人に対する偏見もすごい（相手側の日本人に対する偏見も相当なものだが……）。ことに在日韓国人に対しては、無言の拒絶感を持っている人も。東南アジアからデカセギにやってくる人たちに対する概念的な拒絶感も根強い。でも現実には、ブルーカラーが働く現場での心温まる国際交流は、あっちこっちではじまっている。それはとにかく、あなたがコーカソイドなら、「とりあえずコーカソイドでよかった」と、あの国を訪れるときに理屈抜きに胸をなでおろすこともあるだろう。

開発主義 developmentalism©【日本錯乱詞】 二〇世紀後半、四半世紀以上の期間にわたって日本人が、憑《つ》かれたように虜《とりこ》になっていた主義。上に乱の字がつくほど、すさまじかった主義。この主義の信者だった日本人は多い。

私見

開発プロデューサーとしてデッカイ顔をして乱開発の先頭に立っていたのに世のなかが環境保全主義に転ずると、とたんに環境保護屋になった男を何人も知っている。ああ！　日本人のかわり身の早さ！　ときに、信用できないところがある。

革新（進歩）主義　progressivism【保守詞】　声を大にして革新を叫ぶ人ほど、保守的であるのが、あの国の革新の特長だという説もある。

風見鶏主義　opportunism【ご都合詞】　日和見《ひよりみ》主義、ご都合主義。便宜主義。⇩日和見《ひよりみ》（便宜）主義

&

ナカソネ某という元首相が日和見《ひよりみ》主義者（opportunist）の烙印を押され、風見鶏というあだ名をつけられたことがある。タケシタ某という政界の陰のドンが病に倒れたあと亡くなって、一九九九年夏から二〇〇〇年の末まで、その人は、天下晴れて、つぎのドンを自認していたが……「一寸先は闇」と呼ばれている日本の政界のこと、明日のことはわからない。

快楽主義 hedonism【憧憬《どうけい》詞】 人の目さえなければ、一度はのめりこんでみたい……とパチンコ以外あまり娯楽のない田舎に住む慢性欲求不満にあえいでいる男たちが憧《あこが》れている主義。⇩**エピクロス主義**

ETC. 一九八〇年代のバブル期に田舎にやたら増えた売春専門のフイリッピンバーやタイバーに、人目を避けて女を抱きにいくのが、彼らがささやかに快楽主義にひたることのできる悦楽のひととき。

会社社会主義 Japan Inc. socialism【日本詞】 ソーシャリズムは社会主義。実は日本では、これは会社の主義。これから先のことは、さておき、日本は世界で唯一、成功した社会主義国である——というのがいいすぎだとしても、会社社会主義国であるのはたしか。少なくとも二〇世紀末までは、そうだった。⇩**お神輿《みこし》ワッショイ主義**⇩**ぶらさがり主義**⇩**奉職主義**⇩**まどぎわ主義**⬇**資本主義**

会社づけ主義 company manism Ⓒ【日本詞】 いったんはいってしまえば、こっちのもの。ぬるま湯の風呂につかるように、どっぷりと首まで終身雇用主義の会社につかって、おんぶにだっこ、なにもしないで会社にぶらさがっていれば、あとはだれかが、なんとかしてくれる。ミスをしないことだけが肝腎《かんじん》。そんな日本の会社、大好き！……なんてノンキなことをいっているうちに、世紀末には、このユニークな日本的余裕もちょっと、あやうくなってきた。サラリーマンは、リストラの不安を抱きながら二一世紀を迎えた。

&

ⓝリストラやフリーターの増加で世紀末には、終身雇用制が大揺れ。新入社員の三割が三年で、さっさと会社に見切りをつけてやめてしまうご時世。若者だけでなく国民全体の意識もかわってきた。かつては、日本人のほとんどがこの世界に冠たるシステムの熱狂的支持者だったのだが、朝日新聞の世紀末最後の『定期国民意識調査』によれば、終身雇用制度支持者は、五二パーセントで、転職制支持者が三四パーセントと増加。大都会では終身雇用派が四七パーセント、転職派が四四パーセント。町村部では、それぞれ五八パーセントと二七パーセントで、日本の田舎は、この件に関しても、あいかわらず保守的・旧守的であることを示している。

私見

都会にくらべて、町村部では雇用状況がわるく転職できる機会がすくないことを考慮に入れれば、この統計で田舎が保守的・旧守的ときめつけるベルダー論法は、ちょっと乱暴。（リザ）

回教主義 Mohammedanism【孤独詞】 外来宗教のなかで日本で一番居心地のわるい思いをしている主義だと、これまではされてきた。⇩**イスラム原理主義**

&

ⓝ世紀末の大不況のせいで競売にかけられる格安の不動産物件がでまわるようになり一九九九年には、この主義を信奉する在日の仲間の浄財を集めて、その不動産を買って、あっちこっちに回教寺院ができたことは、ご同慶の至り。なかには、つぶれたパチンコ屋を改良した寺院まである。

外来語主義 pidginism Ⓒ【劣等感用語】 別名、エセインテリ御用達横文字崇拝《すうはい》主義。明治からこっち、欧化主義でここまでやってきた日本人の悲しい習性。ことにエセインテリが毒されている、どうしようもない発展途上国性虚栄主義。横文字だったら、なんでもありがたがるという、やっかいな病気。その横文字が、難解であればあるほど、ありがたがられる。⇩**厳格主義**⇩**横文字主義**

学歴詐称《さしょう》主義 academic plagiarism Ⓒⓝ【装飾詞】【貧困詞】 ずばり、実際の自分の最終学歴以上の学歴を世間に公表すること。学歴偏重主義（academic snobbism）国日本ならではの特異現象。このような主義を実行する人がいて、それが話題になるのは、民度が低いせいと思われる。

余

これに似た行為に経歴詐称《さしょう》がある。これまた日本で横行。お気軽テレビ番組で人気者になったロシナンテという北海道生まれのロバが「外国生まれ」と経歴詐称《さしょう》をしたなどという欧米人には信じられないような事件まで起きる国なのである。

過激主義

extremism／Jacobinism／radicalism【非流行詞】 酒を飲んで気炎をあげ議論するときだけ、魑魅魍魎《ちみもうりょう》のように現れ、あくる日には、跡形もなく消えている怪物主義。

ETC.

戦後最大の消費の冷えこみで酒宴も減り二〇世紀末の日本人は、ちょっと元気がなかったが、基本的に酒の席で過激な議論をするのが日本人は大好き。よくもそこまで、と欧米人には信じられないほど激しくやりあったあくる日、相手にニコニコと笑いながら「いやー、どーも、どーも。昨日は酒の席で失礼しました」。これで、すべてが許される。日本七不思議のひとつ。酒の席以外では、この主義は一億総平和保守主義の世紀末日本では、流行《はや》らなかった。

陰口主義 cattyism ©【ご用心詞】 文字どおり。本人にはニコニコと応対して、陰で悪口をいう日本人多数。ご用心。

過失不問主義 fuzzy onusism ©【寛大詞】【日本主義詞】 見て見ぬ振りは日本人の特技。日本主義はこれを「まあいいじゃないか」と曖昧《あいまい》に表現する。「不問に付す」と人間は高い立場に立って一度はいってみたい、そのときの優越感を味わってみたいと思っている悲しい動物。欧米では、おなじことを「わたしには関係ない」というミー主義で表現する。ああ! この落差。とにかく、日本社会は過失に対して寛大である。

例 「きみはきみなりに一生懸命やったんだから……」

カソリシズム Catholicism【西欧エゴ詞】《全!》 西欧の列強が植民地化をめざして他国に侵攻するときの先兵だったという暗い過去を持つ宗教。日本では先兵の役割りは果たせなかった。

合併主義 mergerism ©【期待詞】 日本経済生き残り策として、世紀末には企業の大型合併が大流行《はや》り。とくに銀行界のそれは、すさまじかった。それにともなうリストラは、二一世紀初頭の大問題。

カードレス主義　**cardlessism** Ⓒ【ご用心詞】　二〇世紀の日本は、現金本位制に支えられていた。二一世紀には、あっというまに、キャッシュレス時代が、日本にもやってくるだろう。

忠告　現時点の日本では、アメリカほどカードは使えないので訪日のときは、そのつもりで。

ETC.　銀座の高級クラブでアメックスのゴールデン・カードを嬉しそうにだして支払う日本人の金持ちの友人がいる。店の女の子が、つぶやく。「あの人、バカねえ。この店でゴールデン・カードを使うとお金持ちだと思われて、お勘定が三割高くなるのに」

カニバリズム　**cannibalism**【?】　人食い。残酷《ざんこく》行為。共食い。日本語には、「あいつ、人を食ったヤツだ」という表現があるが、これは、「ふざけたヤツだ」という意味で実際に人肉を食べるわけではない。⇩**戦争肯定主義**〔論〕

例

ETC.

ⓝ一九九九年夏、旧ソ連の一角で、三人の若者が七人の売春婦を肉団子にして食ったという話がイエロー・ペーパーに掲載されたが、その詳細は不明。

発展途上国の人口爆発の果てに、二一世紀には食糧問題が原因の戦争が起き（さしあたって北朝鮮などは、要注意）、二一世紀のなかばあたりになると人類は極限の食糧不足に陥り人食いをはじめる民族が生まれるかもしれない。その場合、過去に儀式的・宗教的理由であれ、戦った相手に敬意を表するためであれ、その理由はなんであれ、人食いをやったことのある伝統を持つ種族あるいは民族は、カニバリズムに対して精神的に楽だから生き残り率が高いという、ほとんど正気とは思えない仮説を立てるアブナイ人間（ベルダー）を許してはいけない。

余

飢餓あるいは、戦争などの極限状況で、人を食ったことのある人がいるパーセンテージの高い国はどこか？　ということを研究テーマにした論文を寡聞《かぶん》にして知らない。そんな論文があったら教えてほしい。

私見

この項目、文責ベルダー。リザは、この項目を読んでひとこと。「オー・マイ・ゴット！」

かちかち主義　formulism ©【普遍詞】《全！》　公式主義。四角四面主義。世界中どこにでもいるスノッブ（俗物）が大好きな主義。先進国ほどその存在のパーセンテージは高い。

学校第一主義　scholarism ©【タテマエ詞】　学校好きブリッコともいう。本当はそうでなくても、学歴至上主義国日本では、とにもかくにも、タテマエ上、取らなければならない立場。人格形成から社会道徳までなにもかも学校が教えてくれると信じている教育ママが、勉強が嫌いなわが子に押しつける理不尽な主義でもある。⇩学歴主義

元　スコラはラテン語で学校の意。

カッコいい主義　externalism ©【若者詞】　形式主義。見かけのカッコがよければすべてよし。内容、いらない。なにがなんでも格好優先主義。日本のある種の若者を毒している哲学。

肩書き主義　titularism ©【見栄詞】　日本は肩書き社会。なにはなくても、肩書きが必

要。中身よりも肩書きが大切。

私見 二〇世紀末半世紀の肩書きベスト5。国家公務員上級職、一流会社の重役以上の職（社長ならベスト）、一流大学教授、弁護士、医者（リザとベルダーの独断的選考）。それが世紀末最後の十年間の混迷で、国家公務員上級職と一流会社の重役職や社長は、かならずしも座り心地のいいポジションではなくなりつつある側面が生じてきた。

忠告 あなたが、日本にいくときには、名詞にもっともらしい肩書きを、しっかりと刷りこんでいくように。ただし肩書き詐称《さしょう》はしないように。あの国は、学歴詐称《さしょう》・経歴詐称《さしょう》・肩書き詐称《さしょう》などには、神経質なところがあるから。

家長（族長）主義 patriarchism【欧米人理解不能詞】 日本人には、なんの説明をしなくても、すぐ理解でき、欧米人にこの主義の本当の意味をわからせようとしたら、この〝事典〟一冊分の解説がいるから、これで説明をやめる項目。

カミカゼ主義 *kamikazeism* Ⓒⓙ【特殊詞あるいは恐怖詞】 欧米式思考法では、どうしても理解できない欧米人を恐れおののかせる行動パターン。アメリカで日本異質論などがでてくるのは、こうした恐怖も一因と思われる。

ETC

普段は羊のようにおとなしい日本人が、なにかに取り憑《つ》かれて、とつぜん別人のような行動にでると欧米の合理主義者たちは、とても太刀打ちできない。

ガラス張り主義　**glassed-inism** ©【虚構詞】　日本の社会は不透明でガラス張りでないので、逆に、なにかというと、みんなよく「ガラス張りにしよう」という。これに関連して、世紀末にはアカウンタビリティー（説明責任）という横文字が流行りはじめた。

&

ある統計によれば、日本の不透明度は、世界十五位。経済力のある民主国家のなかでは、うしろから数えたほうが早い位置である。（**『ふまじめな序』参照**）

カリスマ主義　**charismaticism** ©【悲哀詞】《全！》　強烈なキャラクターに接することで、おのれの弱さを感じないですめば幸せだという人間の悲しい性《さが》が生んだ虚構性錯覚主義。⇩**オウムイズム**⇩**信仰主義**⬇**多元的共存主義**⬇**ファシズム**

親分・親方と子分・子方関係に普段から馴れている風土が生むカリスマは、自然体のままでカリスマでいられるという特性を持つ。

&

ETC.

派手な欧米式カリスマとちがって、強烈な自己主張をしないで一歩引いているようなところが日本のカリスマにはある。これは、欧米人には理解しがたい。が、オウム教のショーコー・アサハラのような欧米人にも、きわめてわかりやすい自己主張の固まりのようなカリスマの出現で日本の〝おくゆかしいカリスマ論〟は消滅の危機にある。世紀末には、無免許のカリスマ美容師などというヤカラまで登場したりして……。

元

カリスマはギリシャ語。天からさずかった才の意。

過敏症主義　erethism【病気詞】　なにに対しても、やたら過剰《かじょう》反応する日本人の病的指向性。⇩被害妄想主義

カラオケ主義　*karaokeism* Ⓒⓙ【異常詞】　きみ知るや、日本のカラオケブーム！　と驚

いているうちに、この主義は世界中に、ジワジワと浸透してしまった。北朝鮮の平壌にまで日本人観光客相手のカラオケ・バーが進出しているというから驚き。

&

カラオケ殺人まで起きる国なのだ!《×E》

還元主義 reductionism 【欺瞞《ぎまん》詞】 心やましい人や企業ほど、さかんに主張する主義。

大義名分が大好きな日本人は「利益還元のために、なになにします」とよくいう。

ETC.

本来的意味は、『世界の複雑で多様な事象を単一なレベルの基本的な要素に還元して説明しようという立場』(『広辞苑』岩波書店)

元

完全主義 perfectionism 【秘密詞】 日本成功の秘密。この主義を実践する人たち(おもに職人・技術者)のパーセンテージが高かったことが、戦後の日本を復興させ、なんだかんだといっても世界第二の経済大国にした——というとキレイごとに聞こえるが、チマチマとこまかい日本的センスには、ときにウンザリする。

型・形主義　**lookism／*katachiism*** ⓒⓙ【美学詞】　なにがなんでも、型・形からはいる。日本の美学。

ETC.　『Katachi（形）』という日本をいろんな形から論じたアメリカ人が書いた分厚い本がある。一読をおすすめする。

元　ルッキズムは、もともと容姿による差別のことをいう。

漢語・横文字主義　**pedanticism** ⓒ【半端詞】　日本では中途半端なインテリほど、むずかしい漢語と舌たらずな横文字日本語を多用して、たいしてむずかしくもない話を、こむずかしくする。

環境保全主義　**environmentalism** ⓝ【世紀末流行詞】　世紀末日本、なぜか突然、右向け右で猫も杓子《しゃくし》も環境、環境、環境！

私見　しかし、それにしても、日本人というのは、なんで環境政策まで欧米追従主義でやるのかね。せめて環境政策くらいは、美しい四季と風光明媚《めいび》な国土を持つあの国

ならではのビジョンをだしてほしいねえ。嘆かわしい。（ベルダー）

「環境保護が大切、環境を守ろう！」という口先のかけ声だけは、やたら威勢がいいのだが、日本の環境政策が、いかに貧困かという一例は森林保護。あの国の森の四〇パーセントは、植林なのだが、そのほとんどが、針葉樹植林。それも育ちが早い杉。それを、ほったらかしにして間引きも、ろくにしない。その管理は、実に杜撰《ずさん》。森の環境問題は、実に深刻。三十年後には、このままでは、日本の森は、どうしようもなくなくなると、九〇年代の後半、環境学者たちは口をすっぱくして叫んでいた。

ETC.

二〇〇〇年もどんずまりになって、「向こう七〇年間、国有林の木は切らない」という案が浮上。遅ればせながら、日本政府も環境政策に本気に取り組みだしたことだけは、たしか。二一世紀初頭から環境庁は省に昇格。めでたし、めでたし？

環境保全（持続可能）型農業主義　eco-friendly agronomism【夢想詞】　二一世紀の日本で、流行《はや》ればいいなとお上が夢想するエコフレンドリーイズムに支えられた農作物生産体制。あまりにも、農村部の環境破壊が進んだので、このへんでなんとかしなければたいへんなことになると農林水産省みずから音頭を取って進めている主義。なんにせよ二一世紀の重大課題。

私見 やらないよりは、やったほうがいいが、やや手遅れの感がしないでもない。

農水省のガイドラインを実際にパスしている環境保全型農業の実践例は、五パーセント弱。そのガイドラインも、たいして高いハードルのものではない。

ガンバリズム ***ganbarism*** ⓒⓙ【日本そのもの詞】 張り切ることはいいことだ。がんばりだけが人生だ、がんばったからここまでこれた——ああ、ニッポン・エレジー！

私見 日本に疲れたガイジンは、ガンバリ屋の日本人に、「がんばってね」といわれると、なぜか理由もなく勘に触る。（リザ）

官僚主義 **bureaucratism**【至宝詞】 （少なくとも、二〇世紀おわりまでは）日本の至宝、アメリカの敵だった。

き主義　弐拾弐項目

偽悪主義 dysphemism【複雑詞】　本当は悪人なのに善人ぶっている人が、見せかけの善人ブリッコに呵責《かしゃく》の念を抱き、自分が悪人であることを態度で示す場合と、本当は善人なのに悪人ぶっている人が、悪人ブリッコを強調する場合などなどいろいろあって、きわめて複雑な主義。⇩**スネ主義**

ETC.　日本人には、偽悪語句（語法）をもてあそんで、わざとワルぶる人が結構いる。

危機意識欠落主義 risk-conscious deficiencyism ©【想像力不足詞】　日本人の危機意識のなさは驚嘆にあたいする。

ⓝ一九九九年九月三十日午前十時三十五分。東海村（茨城県）のウラン加工施設「ジェー・シー・オー」東海事業所でレベル4の臨界事故発生。大量の放射線が漏れ、約五十人（初期データ。その後、この人数は増えた）の被ばく者をだし、三十万人以上の住民が避難するという事件が起きた。救急要請を受けた東海村の救急隊員三人は、防護服をつけないで現場に駆けつけて被ばく。役場が近辺の住民に

放送で事故を知らせたのは、午後零時半。施設から半径三百五十メートル以内に住む住民への避難要請は、それからさらに三時間後の午後三時半……科学技術庁から官邸に事故のファックスがはいったのは、正午ごろ。オブチ首相はノナカ官房長官と昼食中だったので、秘書官は遠慮して昼食後まで報告を待つ。結局、首相が事故を知ったのは、執務室にもどった午後零時半すぎ。危機管理センターで政府対策本部が組織されたのは午後九時。事故発生から十時間以上がたっていた……。

&

ガイジン（オーストラリア人）として、はじめて日本の大学の学長に就任したグレゴリー・クラーク多摩大学学長の上智大学教授時代の名言。「『危機管理』という言葉が流行していますが、それ以前に『危機意識』を持つことから始めた方がいい。日本人は不思議なくらい危機意識が薄い。想像力がないのです」（**『朝日新聞』一九九五年三月一日号の『天声人語』より**）

帰国子女主義　JCRism（Japanese Children Returneesism）©【ご都合詞】　自分に都合がいいときだけあちらの人になり都合がわるいとこちらふうになるコウモリ主義。この主義者は、バイリンガルを鼻にかけているが、ときに、それをわざと隠そうとする特徴がある。

鬼神崇拝《すうはい》主義　demonism【畏敬詞】　気弱な人が強がるときの精神的支え。⇩**幽霊主義**

例　『断じて行えば鬼神も之を避く』

&　古くから日本人は、目に見えない超人的な力を恐れ敬ってきた。お化けに対しても、独特な感情を持っている。日本のお化けは、欧米のゴーストとちょっとちがう。足がない。

規制緩和主義　deregulationism ⓒⓝ【外圧詞】　二〇世紀末は、日本第二の開国元年。アメリカの外圧で、つぎつぎからつぎへと規制緩和策を打ちださざるをえない状況を、ある一部のエリートたちは、ニガニガしく思い、常民の大多数は、単純に「ものが安くなればいいや」と思っている。

儀式尊重主義　ritualism ⓝ【日本人そのもの詞】　典礼主義と訳している辞書もある。日本人の儀式好きについては、今さら強調する必要がないだろう。

貴族憧《あこが》れ主義　blue blood idolism Ⓒ【自己満足詞】　みんながさえない自分とおなじでは、あまりに悲しいという思いが高じたあげくの果てに、ある少数の人たちを祭りあげることで自己満足する指向性。

&　アメリカで、ときどきでくわす貴族崇拝《すうはい》主義とは一味ちがう貴族憧憬《どうけい》主義が、ある一部の層に蔓延《まんえん》している。皇室の若きシンデレラ姫たちのことを中心に、女性誌は皇室の記事を満載している。テレビのワイードショーもしかり。

きなくさイズム　*kinakusaism* Ⓒⓙⓝ【危険詞】　ガイドライン関連法案、通信傍受法案、国旗・国歌法案などなどが、つぎからつぎへと成案化してヤバイ……と危惧《きぐ》する人たちがいるかと思うと、「これでやっと日本も世界で通用する最低限度の常識を持つ国になった」という人たちもいる。いずれにせよ世紀末日本が右往左往しながら打ちだした方針の是非は二一世紀の早い時期に、判明する。ガイジン的立場から見ると、こうした世紀末日本全体のバックボーンのない浮き草のような動きが、なにやらきなくさいものに思えたのだが……。

私見　知りあいのデカセギ・ガイジンが、ぽつりと、つぶやいた。「そろそろ、国に帰りどきかな……」——エクスパトリエは、自分が滞在している国のきなくささを本能的にかぎつける。「日本にとって好ましくない」この手の〝アブナイ事典〟も、今、翻訳してもらって日本語版を出版しておかないと発禁になる世のなかが、また、やってきたりして……。

気分主義　moodismⒸ【弱者必要詞】　なによりも気分第一。ものごとを気分で進めるのがロマンだと錯覚している手におえない弱者の思考法。日本には「気分がわるい」と、ことを進めようとしない人が多く、人の「気分をわるくさせない」ことは、非常に大切なことだとされている。

教条主義　doctrinairism／dogmatism【権威借用詞】　自信のない人が、権威を借りて、狼の皮をかぶった狐的にものごとを処理しようとする欺瞞《ぎまん》的手法。自分を納得させるための悪辣《あくらつ》ないいわけ主義。日本人にこの主義の信奉者は、案外多い。⇩**制服主義**

　ドクトリニズムは一部のマルクス主義無条件信奉者の猪突《ちょとつ》盲信主義。ドグマティズムは信条主義とも訳す。

元

規則主義　SOPism (Standard Operating Procedureism)Ⓒ【押しつけ詞】　規則づくめ

は美学であると思いつめて他人にまで、それを押しつけるふとどきな思いあがり用語。

ETC.

日本の小中高等学校の校則（拘束という字を当ててはめてもいい。日本語では、奇しくもおなじ発音）の規則づくしは有名。『教育学辞典』によれば『消極的には学校という集団生活の場の秩序を保ち、積極的には学校という教育目的を実現するため、それぞれの学校自体が設ける内部規則であって、その拘束力はその学校の関係者だけにしか及ばないものである』そうな。憲法や法律に反してはいけないという。ご立派。日本の学校は、校則のほか、生徒心得、生徒会規約、生徒週番心得、図書館規定などなどいっぱいあって規則主義にあふれかえっている。なんと上履《ば》き・下履《ば》きの区別、オーバーコートの色の制限、髪型規制から自転車のふたりのりの禁止項目などまであって、欧米人絶句。明治時代の校則には『顔や手は勿論《むろん》衣服に垢《あか》などついていないように注意しなさい』『人の悪口をいったり無益な争論をしてはいけない』など、余計なお世話だといいたくなるような規則まである。さらにさかのぼって江戸時代の寺子屋になると、校則（寺子屋のきまり）の違反者は、食止《じきどめ》（昼食を取らせない）、鞭撻《べんたつ》（竹竿で打つ）などの罰則もあったという。いやはや、である（荒巻正六著『家庭教育の時代』〔清水弘文堂書房〕より）。日本の会社の社則も、似たりよったり。日本は規則王国である。

キッチリイズム　exactism©【集団詞】　キッチリ、キッチリ、なんでもキッチリ。型・形主義に支えられた日本の美学のひとつ。〃個〃に自信がないので、みんなで、キッチリすることで集団的安心感をえようとする保守的保身から生じるものと思われる。**⇩インセンティアリズム⇩他人のせい主義⇩同志主義あるいは仲間主義⇩ノー・ミー主義⇩マイナス主義⇩無責任主義**

一九九〇年代のある時期、結構長いあいだ、着物をキッチリ着た若いふたりの娘とひとりの男が、センスを振りながら、「サカイ安い、仕事キッチリ」といいながらキッチリ踊る引っ越し屋のテレビ・コマーシャルが、結構人気があった。

ギャンブリングイズム　gamblingism©【チマチマ詞】　日本人は、ダラダラチマチマとしたギャンブルが大好きである。競馬、競輪、競艇、パチンコ、賭《か》けマージャンなどなど。
⇩遊び主義⬇まじめ主義

共生主義　symbiotism【ガイジン疲労詞】　日本人は、ベタベタ主義のもとに、みんなで食卓を囲み、酒を酌み交わし食事をともにすると情緒的親密さが増すと信じ、またそうすることが好きな民族である。この傾向はアジア全般で見受けられる。**⇩曖昧《あいまい》主義⇩アウトロー否**

定主義⇩銭湯主義⇩幸せ主義⇩全体主義⇩団子主義⇩出口なし主義⇩ぬるま湯主義⇩ぬかるみ主義⇩分派主義⇩平凡主義⇩変化否定主義⇩みんなで主義⇩無責任主義⇩横ならび主義⬇村八分主義⬇強引主義⬇ゴーイング・マイ・ウェイ主義

忠告 あなたが日本に滞在していて、日本人とのベタベタワイワイガヤガヤの会食が、イヤでイヤでたまらなくなったら、それは日本疲労症の証拠だから一刻も早く帰国したほうがいい。

虚勢主義 bluffism Ⓒ【裏がえし詞】 自信のなさの裏がえし。日本語のKyoseiには去勢の意味もあるので日本男性の場合、たぶん、オチンチンが小さいというコンプレックスからでてくる主義だと口のわるい、あまりオチンチンの大きくなさそうなイギリス人の友人がいった。（ベルダー）

禁欲主義 Stoicism／monasticism【虚無詞または錯覚喚起《かんき》詞はたまた矛盾《むじゅん》詞】 これを実行したあと、虚無的になる人と自己満足という錯覚を喚起《かんき》し歓喜する人の二タイプに別れる不思議かつ矛盾《むじゅん》にあふれた主義。どっちにしても、普通の日本人は実行したがらない主義のひとつ。こんな主義の存在そのものを知らない若者もいる。

元 英語では、修道院生活（の様式）や修道院制度をさすこともある。もともとは、「禁欲主義（ストア）哲学」の祖、ゼノンが説いた。

教育ママ主義 matriarchal pedagogism Ⓒ【普遍詞】 教育ママ王国日本。わが子だけは、いい学校へ……そのためならママ、なんでもするわ！⬇パパ主義

例 「しっかり勉強しないとパパみたいなダメな人になるわよ」

狭視野主義 provincialism【恐怖詞】 文字どおり視野の狭さをいう。広い視野を持って世のなかのことを知りすぎると不幸になるという考えかたをいう。

元 英和辞書によれば、プロビンシャリズムは地方性、田舎ふう、方言、お国なまりなどもさす。粗野という意味もある。

経験主義（論） empiricism【笑止千万用語人生哲学詞】《全！》 おじさんが若者を説教するとき、その論調の支えだと信じている人生哲学。が、これを強調する人ほど、過去にたい

した経験をつんでいないという笑止千万用語。

金言主義　aphorism【辞典詞】　『aphorism〈名〉　警句、金言。［類語］短くたくみにものの真理を表した言葉だがepigramと異なり、必ずしも機知（wit）を含むとはかぎらない。』とソニーの電子手帳の『三省堂ニューセンチュリー英和辞典＋ビジネスマン英和辞典＋新クラウン和英辞典』にウイットにとんだ解説が収録されている。

&

銀行主義　bankism Ⓒⓝ【不信詞】　世紀末日本で一番信用のなかった主義。

世紀末日本では、金を貸す側と借りる側の相互不信が、根強かった。大企業には「補填」や「債権放棄」をするのに、中小企業には「貸ししぶり」は、まだまし、「貸しはがし」までやった銀行のなりふりかまわない生き残り策は、常軌を逸していた。その結果、世の中小企業主たちの銀行に対する不信感と恨みは頂点に達した。二一世紀に入っても、この状態はしばらくつづくだろう。そして、このことは二一世紀の日本の経済活動に深刻な後遺症を残すだろう。不良債権処理問題が一件落着しても、常民の銀行に対する不信感は、当分消えないだろう。このことが、二一世紀前半の日本の経済活動に与える〝深層心理的影響〟の深刻さを世紀末のかしましい経済論争の渦中、経済学者たちは、だれも論じなかった。

禁煙主義 nonsmokingism Ⓒⓝ【少数民族悲哀詞】《全!》 欧米先進諸国では、喫煙者を少数民族理解者に無理矢理してしまう主義。愛煙家の喫煙できる場所が、徐々に少なくなり少数派の悲哀を身をもって教えられる貴重な主義。日本でも禁煙思想は、ジワジワと浸透してきて、ヘビースモーカーをいら立たせている。

私見 日本人の多くは、少数民族問題などを普段深く考えない民族なので、それを考える機会としては、この主義が浸透するのはいいことだ。(ベルダー)

& 今や、少数派になってしまった喫煙者たちが、喫煙者の権利を細々と主張するのは、お気の毒としかいいようがないが、自国でタバコを売ることができなくなったアメリカのタバコ産業が、東南アジアや中南米の国々で、その販売体制を強化している様を苦々しく思っている日本人インテリは多い。日本の半官半民のタバコ産業が、それを真似ようとしているのは、笑止千万。

く主義　拾弐項目

食いだおれ主義　Epicureanism／Epicurism **【食道楽詞】**　別名、食《くい》道楽主義。日本人の食に対する執念のすさまじさ！　とくに関西地方は、この主義の信奉者であふれている。

元

エピクロス主義は快楽主義と訳されることもある（⇩**エピクロス主義の項参照**）。『エピクロス主義』の項目でも書いたが、エピクロスはギリシャの哲学者。紀元前三四一〜二七〇年ごろの人。

空気主義　O^{2}ism Ⓒⓝ **【外人不可解日本詞】**　日本では場の空気（雰囲気）を最優先にして理屈抜きでことが進む場合が、ままある。ガイジンには不可解詞のひとつ。

グズグズイズム　***guzuguzuism*** Ⓒⓙ **【不愉快詞】**［☝］　だいたいにおいて、グズグズとものごとを運ぶのは日本人のお家芸だが、こちらが日本人の習慣にしたがって接待している夜の酒の席で、いつまでもタダ酒をグズグズと飲んでいる人が多いのには、ほんと、欧米人には、耐《た》えられない。シット！⇩**バーイズム**⇩**ものもらい主義**⇩**接待主義**

「くそっ！」主義　vulgarismⒸ【緩和詞】《全！》　英語の「シット！」に該当する「くそっ！」は会話の頭、あるいは語尾につけることで話からガス抜きをすることもできる魔法の言葉。単純に強調詞だと思っている人は、改めるように。世界中ほとんどの言語に、これに相当する単語がある。

例　「あいつ、許せない。くそっ！」（許せないけどまあいいか）

元　『下品な言葉（づかい）。〝Shit〟 is a vulgarism.〝くそ〟は野卑な言葉である』（『三省堂ニューセンチュリー英和辞典＋ビジネスマン英和辞典＋新クラウン和英辞典』ソニーの電子手帳）

クネクネ主義　zigzagismⒸ【無駄骨詞】　まっすぐいけば簡単にたどりつく到達点に、クネクネと余計な蛇行をして無駄なエネルギーを使ってたどりつく方式。

&　日本でよくお目にかかる方法論。まわりのことを気にしながら、事態を進展させることを美学にしている日本人気質からくるものと思われる。

ぐる主義　***guruism*** Ⓒ【日本民族詞】　親分・子分関係が好きな民族性から派生する。身内が（おもにわるいことを）ぐるになってやるときの共感を大切にする主義。

元　この場合は日本語の「ぐるになる」という言葉からもじった主義だが、グルは英語ではヒンズー教の導師のこと。そこから転じて権威者、指導者の意味に使われるようになった。

クリスマス主義　**Xmasism** Ⓒ【日本詞】［……］　普段は夜の遅いお父さんが、イブの夜だけケーキを買って家に早く帰ってくる。家族みんなで、それをキリスト抜きで食べること。

ETC.　欧米人は、「日本にはコマーシャル・クリスマス (commercialize Christmas) だけあって、本当のクリスマスがない」とよくいうが、あれは欧米的偏見のひとつ。それなりに、日本化されたクリスマス主義は、ちゃんとある。ただしChristmasではなくXmasである。

クリティシズム　**criticism**【酷評詞】　日本人は、他人のあら捜しをネチネチとするのが好き。

グリーン・ツーリズム　green tourism【流行語】　都会をはなれて、泥臭い田舎に旅をするというのが、世紀末の日本都会人ヤッピーの流行だった。それにあやかって、なんとか、そんなおめでたい都会人から金をふんだくろうと過疎《かそ》の農山漁村が、行政も民間も一緒にやっきになって、手をかえ品をかえて田舎らしさを売り物にする行為。

グローカリズム　glocalism Ⓒⓝ【夢想詞】　グローバルとローカルが和音を奏でるところから理想的な新世紀がはじまるという主張。インターローカルともいう。

私見　そんな時代は、当分、地球にはこないよ。つぎの世紀は、宗教戦争と民族主義とナショナリズム万歳主義の時代だ。人間は、〝過去〟からいろんなことを学ぶことのできない無為無策の悲しい動物だ。人類の生存が、あと一世紀もつかもたないかという瀬戸際に、じつにのんきな楽観主義。（というベルダーの悲観主義的私見にリザ、舌打ち）

グローバリズム　globalism ⓝ【強者錯覚詞】　強者の論理。テロリズムを育てる温床。

二〇世紀末のひとり勝ちでいい気になっているアメリカ一国主義者たちが中心になって北欧、ヨーロッパ諸国、日本などを巻き込んで押し進めるドン・キホーテ的市場中心主義。この押しつけが強ければ強いほど、反グローバリズム的立場に立つ〝貧しい国家とそこなる人びと〟を刺激して、〝窮鼠猫を噛《か》む〟事態に発展する。↓反グローバリズム

軍拡主義 armament×2 ism ⓒⓝ【米国警戒詞】 軍備拡大などというおぞましいことは、絶対にありえないと日本の常民は思っている。じつに甘い。冷戦終結後の世界情勢は、いつ日本が軍拡に動き出してもおかしくない状況にある。そこまでいかなくても、自衛隊の海外派遣は、二一世紀の早い時期に現実味を帯びた大問題になることは確実。

け主義　九項目

景気回復主義 economic recoverism ⓒ【世紀末日本詞】 世紀末になって、思わぬ不況に見舞われた日本は、お上主導型の景気回復に必死だった。アメリカからの外圧もあって、多額の税金が、銀行や公共事業に、ばらまかれたことは、後生の歴史に残るだろうし、つぎの世代にツケとして深刻な後遺症を残すと予言しておく。不況になった一九九一年（平成三年）から約十年のあいだに投入された経済対策費は百三十八兆円。赤字国債の発行残高は三

百三十兆円強。二〇〇〇年末の負債総額は七百兆円弱（おおやけには六百六十六兆円とされているが、実際にはこの額を越えているとベルダーは憶測している）。利息だけで一時間あたり十二億円。国民ひとりあたり五百五十万円強の負債。世紀末最後で、名称も最後の大蔵大臣となった元首相キイチ・ミヤザワは、「後世の歴史にわたしの名前は最大の借金をつくった大蔵大臣として残るだろう」という談話を発表した。なんにせよ限界をとっくに超えているが、甘えの構造が支配し予定調和型社会の日本は、有効な手を打てないまま二一世紀を迎える。ある専門家（大学教授）の試算によれば、「税率三五パーセントとしてかえすのに百年かかる」。景気回復どころか、運がわるければ政府の財政問題は、二二世紀まで日本が抱えなければならない問題になる可能性大。二二世紀まで人類が存続していればのハナシだから、あまり深刻に考えることはないというのはベルダー見解。

経済企画庁長官のタイチ・サカイヤが、先頭に立って、つぎつぎにコメントを発表。一九九八年十二月には、「変化の胎動も感じられる」だったのが、一九九九年三月には、「さげ止まりつつある」になり六月には、「おおむね横ばい」。七月の月例経済報告会では、「このところやや改善」。その後、ぐずぐずとした状態がつづき二〇〇〇年の秋から暮れにかけて、株価はさがり景気はくだり坂。世紀末のモリ第二次内閣の入閣を断わったサカイヤは、「二一世紀初頭には、少しよくなる。が、そのあとが問題」と予想。アメリカに盾突くことが売り物の東京都の名物知事シンタロウ・イシハラは、「二〇〇二年までダメ」と予言。展望の開けない日本――海外の「日本売り」に拍車がかかるのは、必然といえば必然。

形式主義 formalism【日本詞】 日本主義の代表格のひとつ。

ガイジン登録をするときに、日本国中どの役所の窓口にいっても、おなじ書式の申請書がおいてあるのは、あたりまえとしても、「外国人登録署名用」と軸に日本語がはいっているイエロー・ビックペンと下敷きが中央から支給されていて、これを使って書類を作成しなければならないことになっている――と人口一万人ほどの田舎町の役場で係のおばさんにいわれたことがある。(リザ)

啓蒙《けいもう》主義 enlightenmentism Ⓒ【独善詞】 現代人のおせっかいな思いあがり的かつ独善的立場。先進国が発展途上国に対して、この立場を取ると、たいてい、とんでもないことになる。 ↓**蒙昧《もうまい》主義**

ETC.

一部おせっかい焼きの日本人と大多数のアメリカ人が、好きな主義。

警句主義 witticism【日米欠落詞】 日本人とアメリカ人に欠けている主義。どちらもウイットがないことにかけては、天下一品。

直訳すれば、名文句。警句。しゃれ。気のきいた表現。

元

ケツまくり主義 fuck youism ©【ご用心詞】「☝」 おとなしくて柔順な人を、ぎりぎりのところへ追いこむと、突然、人がかわったようにケツをまくることがあるからご用心。

忠告

日本で仕事をしている欧米系ガイジンには、典型的な純日本人はなかなかうまく使えない。うまく使おうなどと、はじめから考えないほうがいい。突然、部下にケツをまくられて開き直られ、彼あるいは彼女がなにを怒っているのか全然わからない、などということは、ままあることである。

潔癖主義 mysophobiaism ©【異常詞】《全!》 先進諸国の現代人が、とかくかかりやすい現代病のひとつという極論は、さておき日本人の潔癖・清潔好きは有名である。この主義が学校のいじめ問題の遠因だというがった説もある。異常なまでの潔癖・清潔好きが高じ

てキレイにしていない子や不潔感のある子は、いじめの対象になるというのである。⇩清潔主義

☞ 電車の釣革をぐるっとまわして、普段、人の触らない部分を握っているうちは、まだいいが、この主義が高じると、そのうちそれが握れなくなる。取っ手は濡れたティッシュで拭いてからでないと触らない。外で欧米式トイレを使うときには、消毒液のしみこんだ紙で、かならず、お尻に触れる部分を拭いたりすることになる。日本のスーパーにいけば、それ専用の除菌ティッシュを売っている。便座シートを持ち歩く人もいる。ついでのついでに書けば、日本女性は音消しのためにトイレの水を二度も三度も流して、天然資源の無駄使いに精をだす。アメージング！

現代用語（口語）使用主義 colloquialism Ⓒ【正常詞】 口語体を使ってやさしく話す、きわめて正しい語法。ただし、いきすぎると若者用語のように、年寄りには外国語にしか聞こえないという難点がある。エセインテリが一番嫌う話しかた。➡漢語主義

例 「あなたが書いたアニパロ（アニメパロディー）、ヤオイ（ヤマなし、オチなし、イミなし）よ」

厳格主義　Puritanism【横文字崇拝《すうはい》象徴詞】　「外国からの輸入イデオロギーだ」と断定したエセインテリがいたが、これはまちがい。清教主義はたしかにそうだが、日本の武家社会などに、厳格主義はあった。ただ漢字で厳格と書くと、かたぐるしく、ピューリタニズムになると美しい響きを持っていると多くの日本人が思っている。横文字崇拝《すうはい》主義を象徴する言葉。⇩**外来語主義**

アメリカへのピューリタン・エクソドス Puritan Exodus のなかで一番成功したのはマサチューセッツ湾会社。

謙虚主義　modestism©【嫌味詞】　この主義は、度をこすと嫌味になる。そして、実際にそういうタイプの日本人は多い。少なくとも、フランクが売り物のアメリカ人には、そう見える。

私見　しかし、「実るほど、頭《こうべ》を垂るる稲穂かな」なんて名文句は、日本人じゃないと考えつかない。脱帽！

こ主義　弐拾参項目

ゴーイング・マイ・ウエイ主義　**going my wayism** ©【憧憬《どうけい》詞】　日本人にとって、ほとんど実現不可能口先用語。だれもがやってみたいなあと思っていながら、実行する気になる人はきわめて稀《まれ》で、カラオケでこの言葉のはいっているアメリカ生まれの歌を思い入れ激しく歌ってごまかす。⇩**強引主義⬇村八分⬇曖昧《あいまい》主義**

&　日本人でこの主義を実行できる人は、そうとう腹のすわった人。結果として、まわりの総スカンを食って失敗するか、村八分にされるか、孤立する（例、怪獣系熟年アイドル／スーパーオバタリアンことサチヨ・ノムラ）。でなければ、独裁者的権力を手にいれる（例、ノブナガ・オダ）。悪口用語として使われる場合もある。

例　「あいつ、結構、ゴーイング・マイ・ウエイだね」（あいつは勝手なヤツだ）

公私混同主義　**OPCism** (Official-Private Confusionism) ©【曖昧《あいまい》詞】【Fucking Jap！詞】　ジャパニーズ・キープ・スマイリングをコロモでまぶし、公と私をファジーにして、まあまあ主義で責任の所在を曖昧《あいまい》にするのは、日本人の特技のひとつである。⇩**頭かきかき主義**

⇩ジャパニーズ・キープ・スマイリング主義⇩日本的ほほえみ主義⇩まあまあ主義⬇ドンキホーテ主義

好奇心旺盛《おうせい》主義 Curious Georgeism ©〔……〕〔!〕 日本人の大多数は、新しいことには強い好奇心を示す。でもパイオニア・ワーカーとして行動を起す人は少ない。みんなでやる「新しいこと」が好きなのである。

強引主義 forcism ©【日本人嫌悪詞】 日本人が大嫌いな主義。⇩ゴーイング・マイ・ウエイ主義⬇村八分

忠告 これをあなたがつらぬくと面従腹背主義者の日本人は、面と向かっては、なんにもいわず、陰でさんざん悪口をいい、あなたの足を陰湿に引っぱる。ただし我慢の限界に達したひとりが意を決して、あなたの強引さが生んだ問題点を非難すると、あとの自称・被害者全員が、いっせいに抗議の声をあげ、あなたは、あっというまに村八分にされる。転ばぬさきの杖、ご用心、ご用心、本当にご用心。

合理（理性）主義 rationalism【遠縁詞】 日本人が口先でもてあそぶのが大好きな主義。でも、多くの日本人には縁遠い主義。

功利主義　Benthamism／utilitarianism【人類夢想錯覚詞】《全！》　物質主義を支えに戦後の日本が実現しようとした主義。最大多数の最大幸福の実現を最大目的にするという人類夢想詞あるいは錯覚詞の代表。

元　ジェレミー・ベンサム（一七四八～一八三二　イギリスの法学者・倫理学者）が唱えた。

コカイニズム　cocaineismⒸ【未来詞】　コカイン中毒。世紀末になって増加の一途をたどった。アメリカからの輸入イズム。アメリカ社会で流行《はや》るものは、日本では、なんでも流行《はや》る。嘆かわしい！

&　角川書店というメディアミックス商法で有名な出版社社長のハルキ・カドカワがアメリカからのコカイン密輸容疑で一九九三年八月二十九日に逮捕され、一九九四年十二月十三日（四百七十一日目）に一億円の保釈金を積んで保釈された事件は有名。本人は、かたくなに容疑を全面否認。一九九〇年代の日本では、カドカワは、大犯罪人あつかいされたが、何年か何十年先には、案外、日本のコカイン・パイオニア・ワーカーとして、若者の英雄に祭りあげられる可能性がある？　世紀末には、本業の出版屋としては、復権を果たした。ただし母屋は弟にのっとられた。

国粋（国家）主義　**nationalism**Ⓒⓝ【？】　戦後、タブー視されてきた冷や飯主義が、二一世紀にもうちょっとの時代になって、なぜか、ちょろちょろと頭をもたげてきた。それにしても愛国心をテーマにして半世紀も議論している民族は、世界でもまれ。

元　愛国心。国家主義。民族主義。独立主義。上に超がつくと超国家主義。『自国民の優秀性を偏狭な排外思想にもとづいて誇大に主張する極端な国家主義』（**広辞苑　岩波書店**）

苔《こけ》主義　**apheliotropism**Ⓒ【日陰詞】　「あっしは、日陰もんでござんす」（ヤクザのセリフ）――というふうに、日陰にはえている苔《こけ》のようにウジウジグズグズする主義。

元　アフェリオトロピズム本来の意味は背光性、背日性。**↓ひまわり主義**

ここだけの話主義　**just between you and meism**Ⓒ【ご用心詞】　日本人は秘密を守

るのがヘタ。

& 「ここだけの話なのよ、あなただけにいうんだけど……」と、ひとりがほかのひとりにいって、そのひとりが、またほかの「あなただけ」にいって……あっというまに、話は広がっていく。

ETC 自分に都合のいい情報を広めるために、この日本人的性癖を逆利用するわるいヤツもいる。政界に多い。これは、口こみ主義ともいう。

個人主義 individualism【日本人混同詞】 利己主義と同一視している日本人は多い。

& 日本に「個人」という言葉が生まれたのは明治十七年。

ゴチャゴチャ主義 *gochagochaism* ©Ⓙ【日本美学詞】 ゴチャゴチャ主義の世界的権威はインドだが、あれは本当にゴチャゴチャしているだけ。あの混沌《こんとん》（カオス）のなかに、えもいわれぬ美学があるんだと説く欧米人は多いが、それをいうのなら、日本式ゴチャゴチャのなかの美学のほうが上である。

国歌・国旗主義 *Kimigayo‐Hinomaruism* ⓒⓙⓝ【ガイジン・アンタッチャブル詞】 日本人の踏み絵。一九九九年八月九日に、『日の丸・君が代を国旗・国歌とする法案』が成立。衆議院議員（当時の定員五百人）の賛成投票四百三票。これに賛成か、反対かを聞くだけで、その人の〝日本人としてのスタンス〟がわかるという便利な主義。すなわち、『「君が代」は「万世一系」の神聖な天皇を祝福する歌であり、「日の丸」は軍国日本を象徴する旗であった』（シューイチ・カトウ）という過去を持っているとされている歌と旗を支持するか、しないかで十五年戦争の〝敗戦まえ〟をひきずっている人か、そこで歴史を断ち切った考えかたをする人かが、すぐにわかる。＝**政治的機会主義**⇩**真空主義**

&

二一世紀にもうちょっとの世紀末も、どんずまりになって国旗・国歌法案で日本は大揺れ。日の丸が国旗であることは、とりあえず目先の問題としては、あまり深刻な議論を呼ばなかったが、国歌のほうは議論百出。「君が代」の君は象徴天皇をさすのかどうかが争点……などという事実関係は、欧米人のあなたには、あまり興味がないか……。

例

『……歴史への想像力があまりに乏しいことである。たとえ日の丸・君が代に侵略戦争の罪があるわけではないとしても、高齢者にはまだまだ苦難の記憶がまつわりついている。もう少し心の傷がいやされるまで（日の丸・君が代を国旗・国歌とする法案を成案することを）なぜ待てないのか。』（『朝日新聞』朝刊　一九九九年七月二十三日　トオル・ハヤノ編集委員）

ETC.

日の丸の由来には、いろんな説があるが、明治維新のときの戦争で賊軍とされた旧幕府軍の旗印だったたというのは皮肉な話。

余

君が代の原詩は『古今歌集』のなかの「読人しらず」の短歌。もともと常民の祝歌だったという。一八七〇年（明治三年）に、薩摩藩軍楽隊教師だったイギリス人のフェントンが曲をつけたのが〃君が代第一号〃。今の君が代は、一八八〇年（明治十三年）にできたもの。林廣守作曲、フランツ・エッケルト（海軍軍楽隊教師）編曲ということになっているが、実はエッケルトが相当直したというのはおもしろい。そのとき彼が『グレゴリオ聖歌』を参考にしたというのは、もっとおもしろい話。

忠告

アメリカ人のあなたが日本を訪れるとき、あなたの単純なアメリカ式発想法を丸だしにして、「その国の国民が国を愛し、国旗と国歌を大切にするなんてことは、あたりまえのことじゃないか」などという単純な意見を吐かないように。ここで詳しく解説するには、あまりにも複雑なので割愛するが、「アメリカさんに占領されるまえは、軍国愛国国家主義（国粋主義）でやってきた誇りの高い国が、敗戦後アメリカに支配され、アメリカ式価値観を無理やり押しつけられた」と思っている日本人も結構いる。かつての価値基準をずたずたにされた「さまよえる日本人」の国旗・国歌観は、非常に複雑なので、あなたの単純な論調では、太刀打ちできない。

ご都合主義 conveniencism Ⓒ【ご用心詞・Fuckig Jap!詞】 便宜主義。日和見主義。ガイジンの日本嫌いがはじまる大きな理由になる主義のひとつ。そして、実際に、あっちこっち、人の顔色を見ながら、右に左にうろちょろする不定見な日本人のなんと多いことよ。人の影響で意見をころころかえ、自分の都合で人の評価をかえる人も多い。⇩**風見鶏主義**⇩**日和見《ひよりみ》（便宜）主義**

忠告 あなたが欧米式ジェントルマンシップの持ち主ならば、ご用心、ご用心。

例 「昨日の友は今日の敵」

古典主義　classicism【あげ底詞】 結構大きな顔をして、まかり通っていて、だれもが敬意を表するが、その実、内容はあまり理解されていない、あげ底主義。

& 日本ではクラシックという言葉は美しい響きを持つカタカナ横文字とされている。

ことなかれ主義　avoidism ⓒⓝ【安定志向詞】 なにも、さわっちゃあダメ！　そっとしておくのよ！　変化のないことが幸せなの！――日本式平和主義。

コマーシャリズム　commercialism【見事詞】 商業主義。アメリカと日本を中心に先進諸国に蔓延《まんえん》している現代病。見かたをかえれば、日本のこれは、実に、すばらしい。日本は商人王国。とにかく、日本のクリエーティブ・コマーシャリズムには、脱帽。日本のクリスマス商法の見事さは、有名だが、本来、あの国になかったモロモロの日――バレンタインデー、ハロウィーン、などにおけるコマーシャリズムには、さらに感服。

コミュニズム communism【 】

イギリス人は無視して、アメリカ人は大嫌いで日本人は、まあまあ主義となーなー主義と曖昧《あいまい》主義で容認しているようなしていないような主義。ただし、それは日本化した共産主義でアメリカ人の考えるそれとは別なもの。いずれにせよ、どの国でも、ベルリンの壁が撤去され、ソ連をはじめ共産主義諸国崩壊のあと、このイズムを心から信じている人はダイ・ハード・パーソン。

&

共産主義は、日本では戦後かなり強い力を持ち、一世を風靡《ふうび》したが、このところ、あまり流行《はや》らなくなった。が、固定支持層は定着している。結構シンパもいる。世紀末、保守政党の堕落ぶりに失望している層（無党派層）の消極的支持をえて日本共産党は、党勢を伸ばしていた。この現象が二一世紀にどうなるか？ 興味深い。

ETC.

アメリカ人であるあなたは、一九二八年（昭和三年）二月創刊の日本共産党の機関紙日刊『赤旗』が、戦前の当局や占領軍のお達しで何度か休刊をくりかえしたあとの現在の発行部数を知ったら目を丸くするだろう。世紀末現在、若干目減りしているとはいえ、すくなくともあなたがびっくりする部数である。共産主義に必要以上の拒絶感覚を持っているアメリカ人のあなたにショックをあたえたくないので、その発行部数は、この〝事典〟では公表しない。蛇足ながら多くの自称・良識派日本人は、一時期、アメリカで荒れ狂ったマッカーシー旋風を軽蔑の眼《まな》ざしで見ていた。

孤立主義 **isolationism**【不条理詞】[×]　一国主義のアメリカがリーダーシップを取っている世界から嫌われまいと涙ぐましい努力をしているのに、なぜか、アメリカから嫌われる日本外交のありかた。アメリカのワガママのせいも、かなりあると思われる。

&　なんにせよ欧米諸国とアジア諸国相手に、これ以上、今のやりかたの外交をつづけていたら、日本はますます孤立化しますよ！　とくに後者との関係は、二一世紀の複雑化する国際情勢のなかで、相当、神経を使わないと、とんでもないことになりますよ！

ごめん主義 **sorryism／*gomenism*** Ⓒ【お手軽詞】　なんでも、ごめんで済まそうとする、お手軽哲学。

&

ごめんで済めば警察はいらない――という言葉があるということは、日本人がやたら「ごめん、ごめん」を連発する証明である。欧米では、「ごめん」などとうっかりいってしまったら、あとがたいへんだという考えかたが主流だが、日本は逆。ただし最近の若者は「ごめん」をいわなくなってケシカランと力説する人もいる。

忠告

Gomennasaiという日本語は、英語に直訳するとI am sorryになる。が、このふたつは、まったくニュアンスがちがう言葉である。もし、あなたが、あまりアメリカ人に接したことがない日本人と会ったとする。たとえば、あなたの家にホームスティのカトコト英語をしゃべる日本の若者を受け入れた場合、その若者が、なにかの拍子にI am sorryを、やたら連発したとしても、怪訝《けげん》に感じてはいけない。日本のGomennasaiの概念は、アメリカのそれとは、まったくちがうのである。ほんの枕詞と思っていい。日本国内では「ごめん」をいわなくなった若者も英語ではI am sorryを気楽に連発する。ひとことでいって、これはカルチャーのちがいである。

私見

身近に日本のホームステイの若者を受け入れて、いろいろつらい思いをした親族がいるので、この項、とくに独断と偏見が強いと自覚している。(リザ)

根性主義　gutsism ⓒ【錯覚詞】　根性だ！　根性さえはいっていれば、ぜったいに勝つ！　一に根性、二に根性、三、四がなくて、五に根性！　スポーツの上達には、かかせない主義だと信じている人が多い。二一世紀なんだぞ！　いいかげんにしろ！　バシッ！　バシッ！⇩運動部主義

こんなはずじゃなかったのに主義　unexpectedism ⓒⓝ【悲哀詞・意外詞】　熟年のもと企業戦士、悲しからずや！　走った、走った、人生を全力疾走《しっそう》した。家庭もかえりみないで、ここまで日本を一生懸命に引っぱってきた。そして、一応の成功はおさめた。でも、うしろを振りかえってみたら……わが子も含めて、平和ボケの若者だらけ。こんな日本をつくるために、おれはがんばったわけじゃない！

コンビニイズム　7-Elevenism ⓒⓝ【若者詞】　若者のアメリカ志向の程度をはかるバロメーター。コンビニの利用度が高い人は生活様式がアメリカ型に近いという単純な指数。世紀末には、コンビニの勢力は、じわじわと辺鄙《へんぴ》な農山漁村にまで広がった。

さ主義　拾壱項目

在日欧米人分類主義 WJTism (Westerners in Japan Taxonomism) Ⓒ【おせっかい詞】　日本にいる欧米人を、あれこれと分類して楽しむ分析症候群。ジャパノロジストが日本論をやるときに、よく使う。

鎖国主義 national isolationism／iron moatism【日本対外政策詞】　今もつづいているとアメリカ人が信じている日本の対外政策。ありそうで、なさそうで、ありそうなファジー感に包まれた言葉。使う人によって意味がちがってくるのがミソ。

ETC.　スネた日本人のなかには、「なにを一生懸命やったって、アメリカは認めないんだし、もう一度、江戸時代のような完全な鎖国主義にもどれば、世界も日本のことをもっと理解する」というムチャな意見を吐く人もいる。

雑食主義 multi-cuisinism Ⓒ【感心詞】　日本人はありとあらゆるものを食べる。スパゲッティからナムル、そしてクスクスまで。日本の大都会にはありとあらゆる国のレストランがある。日本の食文化はすばらしい。

サッチー主義　*Sachiism*　Ⓒⓙⓝ　【戦後未処理詞】　イエロー・ジャーナリズム（おもにテレビのワイドショー）の一方的宣戦布告を受けて、ひとり、孤独に戦うサチヨ・ノムラという熟女が、かかげる主義。エゴイズムの極致。この信念の人に怪獣系熟年アイドルという尊称を奉《たてまつ》った口のわるいマスコミもある。この〝事典〟では、さらに敬意を表して、それにスーパー・オバタリアンというフレーズを加えたい。世紀末日本に、突如、現れたこの主義は、実は、「戦後の混乱した社会」という背後霊をバックにした戦後未処理詞。世紀末に熟年に達した日本人のエゴイズム度をはかるバロメーターでもある。他人の思惑とは一切関係なく、いいたいことを好き勝手にいい、やりたいことをやりたいようにやるすごさ。そのうえに、虚言癖が加われば完璧《かんぺき》。なお英国のサッチャリズムとは無関係なので念のため。

私見　一九九九年七月末、まだ真相は究明されていないが、「コロンビア大学に留学（はじめは卒業といっていた）」とあの熟女が称したのは、ちょっとね……だって、ほかの国の一流大学を卒業したベルダーやリザだって、あの大学に留学するのは、たいへんだもの。それはとにかく、グズグズイズムで、平穏に日々之好日で、ちがう価値基準のエゴを心に秘めて、呑気《のんき》にすごしているふやけた日本人を、この人のストレートなやり口は驚かせた。ワイドショーとサッチーの戦いは、いろんな人を巻きこんで一九九九年三月三十一日にはじまり七月三十一日（この項目を前回チェックをしたとき）には、まだ、つづいていた。百二十日以上、この信念の人は、ワイドショーの主人公として君臨しつづけたことになる。攻撃する側で参戦した人たち（おもにタレント）には、売名のニオイがそこはかとなく、ただよったりして……やっぱり日本って、どこかビョーキ。

……とここまでが、筆者たちの原稿。ここで、なぜか、突然、超訳者が、表舞台に登場。翻訳作業に追われていた一九九九年の晩秋のある日、情報通のベルダーからエージェントを通してEメールがはいった。「サッチーをめぐるバカげた騒ぎは、まだ、つづいているようだが、サーッチー主義のフォローを超訳者のあなたにお願いしたい。日本版にかぎるが、あの項目に関しては、リザがかねてから主張しているスタイルの長い項目の説明になってもかまわない。超訳者のあなたに、まかせるから出版社への入稿の締め切りギリギリまでのデータを入れてほしい」……というわけで、以下のゴシック体部分は、超訳者が、当時勝手に入れたデータ。

もうひとりのスーパ・オバタリアン、ミッチーこと浅香光代が一九九九年七月十二日、「サッチーが、衆院選に学歴を詐称《さしょう》して立候補したのは、公職選挙法違反である」と東京地検に告発状を提出。同法の時効は、三年。十月が期限。時効成立までに時間がないという理由で、いったんは、不受理。ワイドショーやスポーツ新聞を中心に、マスコミが大騒ぎ。

一般大衆からの抗議の電話が、殺到して地検の業務がマヒ。執念の人、ミッチーは、告発状を十五日に再提出。十九日に告発状が受理される。九六年十月の衆院選にサッチーが新進党から立候補したときに、コロンビア大学に留学していた名刺などに刷っていた疑い。

ついに、国会で質疑応答されるようになるまで、この騒動は進展。七月十九日の参院予算委員会では、松尾邦弘刑事局長が、「熟女の闘いに巻きこまれるのが嫌で、受理しないということはありません」と答弁。すかさず質問者が、「熟女なんて言葉を使うとセクハラだと問題になりますよ」……サッチー、六十七歳。ミッチー、六十八歳。

ブタ呼ばわりされた渡辺絵美が中心になって、ミッチーの告発を支持する署名運動を展開。集まった署名が、七万一千有余（最終的には、なんと一二万五千人の署名が集まったという）。

少年野球をめぐる騒動も過熱。七月二十七日、「野村沙知代オーナーを告発する被害者の会」が、日本リトルシニア野球協会に「オーナー解任」を提訴。この少年野球問題では、サッチーの金銭疑惑も浮上。

七月最後の週のワイドショーで扱われた「サッチー騒動」の話題は五時間十一分二十一秒で週間第二位。この週は、全日空ハイジャック事件で機長が刺殺された事件（六時間三分五十三秒）に、首位の座を譲った。

八月にはいってこの騒動は、トーン・ダウン。サッチーがハワイにほどぼりをさましに逃げだしたという未確認情報も飛び交う。

八月十一日、二年半にわたって出演していたTBSのテレビ番組『怪傑熟女！心配ご無用』の録画（九月七日放送分）を最後に、テレビのレギュラー番組からサッチーの姿が消える。なんでも、一回の出演料は五十万円だったとか。講演会予定も、ほぼキャンセル。あとは、地検に告発された学歴詐称《さしょう》の結果がでるときの第二次サッチー騒動を待つのみ……。

八月十五日、特捜部は、サッチーを東京地検に出頭させ、深夜まで七時間の事情聴取。九月下旬までに、少なくとも四回の事情聴取がなされたという。

八月三十日のTBSと日本テレビの夕方のニュースが、「証拠不十分で起訴見送り」と報じる。地検は、法務局刑事局の検事と事務官をコロンビア大学に派遣中だった。翌朝、東京地検の特捜部長中井憲治が、異例の記者会見でテレビ報道を否定。

九月下旬の四回目の事情聴取で、サッチーは、『「コロンビア大学に行って、二、三回聴講をしたけれど、授業がほとんどわからなくて、そのままになってしまった。ですから留学と呼べるようなものではありませんでした」と頭を下げて、調書に署名をした。これまでの騒動で一回も頭を下げたことのないサッチーにすれば、これでも立派な「謝罪」と呼べるものだろう。』(『週刊朝日』十月十五日号)

……この間、サッチーのつれあい阪神・野村監督の女性問題やサッチーの浮気問題(ある週刊誌によれば、浮気現場の隠し撮りビデオがあるという)なども週刊誌上に浮上して、てんやわんや……でも、なぜかワイドショーのサッチー報道熱は冷え気味。

十月一日、午後四時三十分。東京の四チャンネル・テレビに、「東京地検が野村沙智代を不起訴」という速報テロップが流れる。この日、日本は茨城県東海村のレベル四の「見えない恐怖」放射能漏れ事件で大騒ぎ。サッチー騒動どころではなかった。が、五時からの四チャンネルのテレビニュースでは、放射能漏れ事件をえんえんと一時間以上報道したあと、二番目にサッチーの学歴詐称《さしょう》による公職選挙法違反の告訴の顛末《てんまつ》を「不嫌疑により不起訴」と短く報道。ほかのテレビも、ほぼおなじような扱い。

浅香光代は、ただちに、この決定を不服として、検察審議会に異議申し立て。時効は十月十九日……。

騒動は、まだまだおわらない。東京第一検察審査会は「不起訴不当」と決議。有権者から無作為に選ばれた十一人の検察審査員が審査したもの。そのうち女性審査員が過半数を占めていたことが、この決議になった原因だという。ただし時間切れでサッチー不起訴は確定。

浅香光代のコメント。「たとえ刑事責任を問うことができなくても、今後も彼女の言動を監視しつづける」

&

サーッチーの名言。「地球はわたしのために、まわっている」

忠告

一九九九年の日本で何か月にもわたって、イエロー・ジャーナリズムの話題の中心だった女傑は、どんな人かですって？　サッチーという人は、欧米人には、実にわかりやすい人。アメリカの平穏無事日々之好日の中流階級が住む郊外の住宅街にいけば、向こう三軒両隣にひとりはいる、めずらしくもないスーパー・オバタリアン。ケバい服装のセンスも、そっくり。あなたが日本にいったときに、まだ、この人がテレビのブラウン管のなかで活躍している姿を（たぶん、一過性の社会現象として消えているだろうが)、あなたが見ても、アメリカ人のあなたは、ちっとも驚かないだろう。ただ、その目つきのイヤラシサに、ちょっと不快な思いをするかもしれないが。くどいが、とにかく、この日本の怪獣系熟年アイドル/スーパー・オバタリアンは、あなたが見なれた自己主張の強いアメリカのオバタリアンの変形でしかない。

私見

ⓝいつのまにか、嘘のように騒動はおわり、サッチーはブラウン感から消え、あれだけ大騒ぎしたイエロー・ジャーナリズムもこの問題を忘れ、対抗馬だったミツヨ・アサカが、サッチが予言したようにまえよりも売れて……二〇〇〇年にはいって、「なにもなかったように」また、サッチーが、ぼちぼちマスコミに顔をだすようになって……世紀末から新世紀初頭にかけて、サッチに敵対したミツヨ・アサカをはじめ、途中から〝参戦〟した新熟年怪女デビ夫人などがつぎつぎと交通事故にあい「サーッチーのたたり」とかつて一方的に宣戦布告したイエロー・ジャーナリズムが騒ぎ、サッチーの完全復帰を喧伝《けんでん》する——ジス・イズ・ジャパン!

サディズム sadism【　】[!]　一九九〇年代なかばの日本語では「いじめ」。子供たちの世界で流行。イエロー・ジャーナリズムの世界でも。**⬇ぶってぶって主義⬇マゾヒズム**

サドマゾヒズム　sadomasochism【人間関係詞】［］　日本男性が好む人間関係。あるいは上下関係。

元　本来的意味は、加虐被虐《かぎゃくひぎゃく》性変態性欲。

サラリーマン主義　*salarymanism* Ⓒⓙ【仮死詞】　よくもわるくも、戦後の日本を支え、ここまで発展させた大切な主義のひとつ。

サムライ主義　*samuraism* Ⓒⓙ【美学詞】［……］　サムライの美学は、今も日本の一部で脈々と生きている。散髪屋さんが会長をしている「全日本丁髷《ちょんまげ》連盟」というチョンマゲを結っている一部同好の士の会はあるが、今の日本人はチョンマゲを結っていないから外国人には見えにくいだけである。

例　「あいつはサムライだ」（勇気があってすごいヤツだ）

さびしがり屋主義　lonley heartism／emotionally needyism Ⓒ【人間詞】　さみしがっ

て見せるのは、日本人の趣味。

三段論法主義　syllogism【論理詞】　大前提、小前提、帰結というロジカルな論法。情緒的な日本人が苦手とする論法。

サンジカリズム　syndicalism【死語】　労働組合主義。世紀末日本総保守化現象にともない労働組合は鳴りを潜めた。極論を吐けば、サンジカリズムが登場するのは、賃あげのときだけ。春闘方式の労働運動が生まれたのは一九五五年。はじめは勢いがよかったが、二〇世紀末にはシリスボミ状態だった。

&　世界的見地に立っても、労組の組織率は低下している。ドイツが三八パーセント、イギリスが三六パーセント、日本は二三パーセント（過去十年間、平均すると〇・五パーセントずつ、減っている）。アメリカでは、一〇パーセントの労働者しか労組に参加していない。

私見　この主義を高らかにうたいあげて、賃あげ闘争に労組側が勝ったという話は、このところあまり聞いたことがない。

し主義　四拾八項目

幸せ主義　eudaemonism【万歳詞】　幸福説。物をたくさん持って、お金をたくさん貯めて、心の問題はあんまり気にせず、充実した生活をおくりたいという主義。**アウトロー否定主義⇩共生主義⇩銭湯主義⇩全体主義⇩団子主義⇩出口なし主義⇩ぬるま湯主義⇩ぬかるみ主義⇩分派主義⇩平凡主義⇩変化否定主義⇩みんなで主義⇩無責任主義⇩横ならび主義⬇村八分主義⬇強引主義⬇ゴーイング・マイ・ウエイ主義**

&

幸せなら、日本人はみんなで手をたたく。人とおなじぐらいの幸せが大切。ひとり抜きんでだ幸せを手に入れたら、本人も居心地わるいし、もちろん、まわりのみんなも許さない。この場合、精神的幸福感はあまり問題にされず、物質的幸福感の追求であるところがミソ。

自己責任主義　self-responsibilitism Ⓒⓝ【常民迷惑詞】　そりゃないぜ！　お上のみなさん。てめえらの日本経済護送船団方式が破綻したからって、とたんに、自己責任で自分の金を管理しろなんて——世紀末の日本第二の開国騒ぎで常民たちが押しつけられているお上のご都合主義。

自己中心主義　solipsism ⓝ【若者詞】　哲学用語では唯我論。日本の若者に蔓延《まんえん》している主義だと年寄りたちは責める。偏差値重視の教育制度が生んだ主義だと思われる。

自己陶酔主義　narcissism　【人間詞】《全！》　日本人とアメリカ人が好きな主義。人間全部が好きか……。

自己批判主義　self-criticism ⓝ【強制詞】　日本人は、他人に自己批判させるのが好きな民族である。また、自己批判する振りをすると寛大な日本人は、許せないことも許してくれる傾向がある。その振りを拒絶すると、みんなで寄ってたかって袋だたきにする。

しかたない主義　*shikatanaiism* ⓒ【自己欺瞞《ぎまん》詞】　日本的宿命論、あるいは日本的運命論。「みんながやってるんだからしかたないじゃない」「そう、しかたないね」――あきらめと自己欺瞞《ぎまん》と自己満足。この主義を信奉する人の深層心理には、「長いものには巻かれろ」という「あきらめ主義」が巣くっている。

元

日本の政治が「しかたない主義」に支配されていると分析したのは、オランダのジャーナリスト、カルル・バン・ウォルフレン。

しごき主義 *shigokiism* ©【錯覚詞】 根性としごき。日本の学校（大学を含む）の運動部を支える二大イズム。ただし今どきの若者には、この主義はあまり人気がないので運動部にはいらないで同好会（サークル）でスポーツをする人が増えた。意味がよくわからない？そう、欧米人、とくにアメリカ人のあなたには、このことを理解するのはむずかしいか……。
⇩根性主義⇩運動部主義

自己憐憫《れんびん》主義 martyrdomisn ©【不幸詞】 可愛そうなのは自分だけ。思ったよりたくさんの日本人が、内心ひそかにこの気持ちを抱いている。ある統計では、人より自分が不幸せだと思っている日本人は三二パーセント。

自己顕示主義 exhibitionism【誤解詞】 アメリカ人の特性だと日本人が思っている主義。自己宣伝癖ともいう。**⬇目立ちたがり屋主義**

元 医学用語では、露出症。

実存主義　existentialism【エセインテリ偏愛詞】　五〇代以上のエセインテリ愛用語。

ETC.　パスカル、キルケゴール、ニーチェなどは、戦前の旧制高校時代からの日本知識人予備軍の偏愛対象西洋的大人《たいじん》だった。実存哲学という言葉はドイツ人のヤスパースがはじめて使った。サルトル、サルトルへと草木もなびくという時代が六〇年代にあった。そのころの大学生が、今、六十歳前後。

知ってる同士主義　boy's roomismⒸ【日本詞】　コネが大切。知らない人には冷たいセクト主義社会の日本。⇩**えこひいき主義⇩縁故主義⇩ふるさと（同郷）主義**

実用主義　pragmatism【日本秘密兵器詞】　戦後日本の奇跡的復興と繁栄の秘密兵器。

資本主義　capitalism【誤解詞】　自分の国はそうだと一〇〇パーセント近くの日本人の常民が信じている主義。⇧**キャピタリズム⬇会社主義**

私見　世紀末になって、ちょっと様子がおかしくなってきたが、リザとベルダーの独断と偏見によれば戦後の日本は世界で唯一成功した社会主義国だった。大激動が予想される二一世紀、日本の〝資本主義〟の行く末は不透明。

［余］ 欧米諸国（おもに一国主義国のアメリカ主導）が全地球に押しつけ主義で広めようとしているグローバル戦略（グローバリゼーション）に「右にならえ！」をすることを大前提にしなければ、次世紀は生き残れないという雰囲気が蔓延《まんえん》している世紀末にあって、地球上の資本主義も様《さま》がわり。米国流資本主義、アジア型資本主義、グローバル資本主義、サイバー資本主義などなどの複雑怪奇な言葉が入り乱れ、この主義も大きく変化。大学（学部）で一般教養として学んだマルクスやケインズが論じた経済学の単純な「資本主義」が懐かしい。とにかく新資本主義は、素人にはわかりにくい。ただ、これだけはいえる。新資本主義による極端で一方的なグローバル化の推進は、ますます地球上の貧富の差を広げ反グローバリゼーションの動きに拍車をかける。二一世紀には、地球レベルでの弱者（貧乏人）と強者（金持ち）の悲劇的で悲惨な戦いが始まり、ベルダーが危惧《きぐ》している宗教や民族の対立が激化して、一歩誤れば、このことが人類滅亡の原因のひとつになる可能性もある。追いつめられた側のテロ行為の激化も予想される。

じべたりあん主義 *jibetarianism* ©ⓙⓝ【世紀末詞】［×］ 世紀末日本では、地面に座りこむことを主義とする若者が増加した。

& ジャンク・フード（くずおやつ）の蔓延《まんえん》など、食い物のせいで体力がなくなったから生まれた主義だという説、九〇年代後半の大不況のせいで地べたにへたりこむホームレスが増え、流行に敏感な若者がそれをマネたという説、果ては世紀末閉鎖社会を反映したのだという説までカシマシイ。

ETC. もともとアジアにありながら、中途半端な欧米化を明治以後、遂行してきた日本の東南アジア化現象として、この主義を歓迎するという少数意見もある。

☞ 作家であり世紀末オブチ内閣の経済企画庁長官でもあったタイチ・サカイヤは書く。『……最近の若者が床に座りこむのには、この「みっともない」という感覚の欠如が感じられる。』（週刊朝日一九九九年七月十六日号　連載エッセー146『今日とちがう明日　立て！そして未来を夢見よう』）

島国根性主義 insularism Ⓒ【辺境偏狭詞】 自分に都合がわるくなると自分の穴のなかにこもってしまって、他人の意見に耳を貸さなくなる偏狭な根性。

女性差別主義 sexism ⓝ【熟年詞】 エセインテリほど、自分は女性の理解者だという顔をして、その実、心の奥深いところで、この主義者であることが多い。日本の熟年男性は、アメリカ式基準にあてはめれば、ほとんどの人が、無意識ではあるが、この主義者といっていい。無意識というところがコワイ。

&

新世紀を迎えるにあたって、二〇世紀の男女差別を、いたく反省したわけでもないだろうが、アメリカ直輸入のセクハラ問題が、一気に浮上。法律改正までやったりして、男女平等主義になれていない日本の男たちは右往左往。『会社におけるセクハラ問題のマニュアル・ブック』なども登場して、てんやわんや。

修正主義 revisionism ⓝ【　】 前言をひるがえして、あっちにくっつき、こっちにくっつく世紀末の日本政治状況。一九九九年の秋には、自民党・自由党・公明党の三党連立政権が誕生。大政翼賛会式政治がいよいよはじまるという危惧《きぐ》を抱く人もいる。

主知主義 intellectualism【虚偽詞】《全！》 本当は、世界のどこにもない。日本においておや。本当に、あれば、この言葉をもてあそんでいる知識階級とやらが、リーダーシップを発揮して地球をもうちょっとマシな球体として維持しているはず。

元　『知性的・合理的・理論的なものを重んずる立場。主知説』（広辞苑　岩波書店）

銃社会主義　gunism Ⓒ【猿真似詞】　アメリカン・コピー・ソサイエティー日本にも、ついに上陸！

自由主義　liberalism【誤解詞】［☝］　なんでも自由だ、と思っている日本のすさまじさ！　あの国では自由と義務・責任という言葉は同居していない。リベラリスト（自由主義者）という言葉は、日本では、すばらしい響きを持つ。⇧**自由放任主義**

自由意思主義　indeterminism【ノーテンキ詞】［……］　あれほど、みんなが勝手なことをいいっぱなしにしても許される国はめずらしい。

元　インデターミニズム本来の意味は不定命論、あるいは自由意思論。

純粋主義　purism ⓝ【タテマエ詞】《全！》　タテマエとして純粋であることを美学とする

人は、世界中のあっちこっちにいるが、日本人はその最右翼である。ただし本物のこの主義者には、めったにお目にかかれないところがミソ。

情主義 **emotionalism**【ご用心詞】 エモーショナリズム。主情主義。多情多感主義。日本人がタテマエにしている主義。

忠告 「あの人は情がない」と日本人にいわれたら、最大の悪口のひとつだと心得るべし。日本人は、みんな情のある振りをするのが得意で、非情な人までこの振りをするからご用心。多くの日本人は「欧米人には情がない」と思っている。欧米の情と日本の情は種類がちがうので、このことにもご用心。

小国主義（**論理**） **minor powerism** ⓒⓝ【日本人無関心詞】 なんだかんだといっても、戦後五十年間以上、アメリカの大国論理の強い影響を受けてきた日本では、もっとも理解されない主義のひとつ。

& 『ローマ時代から現在、将来に至るまで帝国主義が世界の秩序を維持していく歴史が続く……帝国主義は人々を奴隷にし、天然資源を搾取し、自然を破壊する』（アツシ・シモコウベ）という見地に立って世界を見ると植民地の独立運動は当然だし、ベトナム、タイ、カンボジア、マレーシア、パキスタン、イラン、イラク、パレスチナ、コソボ、キューバをはじめとする中南米の小国、北朝鮮などの独特の論理にもとづく行動はあたりまえとする考えかた。『紛争する小国では、優れたリーダーシップの政治家が民族の悲劇の論理を展開する。先進国側はそれを独裁政治だといい、ジャーナリズムは人々が独裁者に弾圧され苦労していると非難するのが常識です。しかし、小国としては選挙、多数決の民主主義国家になる以前に、強国の支配との戦いがあり、民族統一の問題がある。勝てる見込みのない闘いを強制的にコントロールすることができるのは独裁者であって、それを支えるシステムが軍事政権なのだという論理があるのです。』〔以上のアッシ・シモコウベの文章の引用は、すべて『非常識私論』（『週刊文春』一九九九年八月二十六日号）からの抜粋〕――日本の十五年戦争も、この視点から見直したら、どうなる？

とにもかくにも地球は三十を超える軍事政権国家を抱えて二一世紀を迎える。

ETC.

植民地主義 colonialism【反動詞】 戦後五十年、昔のような形では、もう日本にはないとされている主義のひとつ。これを懐しがる老人が、まったく、いないわけではない。が、その手の人は反動主義者として、今の日本では白い目で見られる。しかし、現実には、円の力で東南アジアの国のいくつかを実質的に植民地化しているという皮相的な見かたもある。「ハワイは日本の植民地。日本国ハワイ県」だという人もいる。 ↓帝国主義

尻ぬぐい主義　SOMism (Straighten Out Messism) © 【無責任詞】［……］　あと始末は人まかせ。ボスの登場を待つ。

元

日本では、いわゆる落とし紙が便所で使われるようになるまえは、昔はチョウギ・ステギ・シリノゴエなどという呼び名で木や竹やワラ草の葉などが、オシリをふくのに使われていた。今は一万円札で尻ぬぐいする——というのはわるい冗談。

シュールレアリズム　surrealism 【知識人詞】　このイズムの内容を正確には理解していないが、響きがいい横文字だと思っているエセインテリ多数。

元

本来、美術や文学上の超現実主義の意。

忠告

日本語アクセントで、この言葉を会話のなかに散りばめれば、あなたは、日本では

インテリの仲間入りだ。ただし、そのとき「shooroorea-ahryzmu」と発音しないとsurrealismではない。日本にはカタカナ英語（外来語）が、あふれかえっているが、あなたがかなり日本語をしゃべれるとしても、まず、そのうちの七〇パーセントは、理解できないだろう。また、外来語の多くは、あの国で独特の変化をとげ、本来の意味とは、ちがうふうに使われていることが多いので、ご注意。

シャイエゴイズム　shy egoism Ⓒ【絶句詞】　日本人の意思表現法。とくに、大和撫子《やまとなでしこ》がエゴを発露するときに、しばしば用いる。虫も殺さぬ無表情無意思風情にだまされてはいけない。無言のうちに、強烈なエゴを主張するその才能はほとんど天才的。

忠告　なにかといえばミーイズムで大声をあげて自己主張をしているアメリカ女性は、すこし、この方法を学ぶといい。⇧**意思主義**

社長主義　*shachoism* ⒸⒿ【偏見詞または玩弄《がんろう》詞】　日本の盛り場、とくに地方の大都市（たとえば福岡の中洲《なかす》や札幌の薄野《すすきの》）にいけば、バーやクラブのお客は「センセイとシャチョウとシテンチョウ」だらけである。

私見 リザとベルダーの偏見でなければ幸いだが少なくとも、店の女の子は客の七〇パーセントをこう呼んでいる感じだ。

シャドー・キャビネット主義 **shadow cabinetism**Ⓒ【黒幕詞】 英国では、文字どおり陰の内閣。日本では、どの社会も本当の実力者が、見えないことをいう。日本は黒幕社会。

ジャーナリズム **journalism**【ブーブー詞】 ただただブーブーブーブーブーblah blah blah blah blah のブーイング……。

& 世紀末日本のジャーナリズムは、腰がすわっていない。あっちにヒョロヒョロ、こっちにヒョロヒョロ。まえの戦争のときもそうだった。まず、そんなことはありえないが、万にひとつ、二一世紀に日本が滅びるとしたら、後世の世界の人たちは、その理由のひとつとして世紀末ジャーナリズムの貧困さを指摘するだろう。歴史はくりかえす。

ETC.

さんざんほかの項目でも書いたが、世紀末的大問題が山積していたなかで、おおやけの電波を使って井戸端会議的にサッチー騒動に、何か月もうつつを抜かしていたテレビのワイドショー――あの時期、もっとちゃんとしたことを報道してくれという声は、あんまり常民のなかから聞こえてこなかった。

余

あるオールド・ジャーナリストがいった。「戦後のマスコミの三大タブーは、天皇制・セックス・部落問題だったが、今はだいぶん、このタブーがうすれた。とくにセックスのタブー視は、完全に消えた」

ジャパゆき主義 ***Japayukiism*** Ⓒ【不愉快詞】 強い円の国、日本で働くために、東南アジアの人が心ならずも大嫌いな日本にやってきて……。

シャーマニズム **shamanism**【?】 表面的にはニコニコしているが、見かけによらず日本人は嫉妬心が強い。とくに女々《めめ》シズムの男に顕著《けんちょ》。ひっそりと陰で人を呪う。が、けっして表にはださない。シャーマニズムのなごりだと思われる。

元

北アジアからはじまった原始宗教。呪術をおこなう。

主語落ち主義　dropped subjectism©【日本そのもの詞】　主語が省略され、代名詞の多い日本語の会話はガイジン泣かせ。その腹いせに、この〝事典〟では、やたら、日本、あの国、日本人、あの国の人たちなどの主語を多用した。（ベルダー）

例　「あれ、どうする？」「ああ、あれ、やっとくよ」「ほんと！　たすかる。でも、あそこ、いってやるの？」「うん、そのつもり」——こういうのって、わかる？

職人かたぎ主義　artisanism©【頑固詞】　だんだん減少の傾向にあるが、これまでの日本を支えてきたすばらしい頑固哲学。アメリカの職人世界同様、すでに失われてきたし、これからも失われていく。日本はアメリカで起こる現象を二十年から三十年遅れで忠実になぞっている。嘆かわしい！

重商主義　mercantilism【周知詞あるいは周知詞】　高度成長時代からバブル時代、そして、今もつづく日本のやり口。乱暴にいえば、輸入はできるだけしないで、輸出をどんどんやるという単純な経済政策。

『国家の保護・干渉によって有利な貿易差額を習得し、国富を増大させようとする考え方』（『広辞苑』岩波書店）

例

「一五世紀なかばから一七世紀にかけて、フランスやイギリスがやっていた経済政策を、まもなく二一世紀になろうという時代に取り入れている日本！　まいった、まいった。くわばら、くわばら」とバブルの全盛期に嘆いていたアメリカ財界人がいたが、当時はひかれ者の小唄にしか聞こえなかった。それが、今……。

&

この言葉はときに、商人気質を表わすときにも使うが、「日本の商人気質は重症主義だ」というふうには使わない。おまちがえのないように。

余

ジャップ・ラバー主義（者）Jap loverismⒸ【私用詞】　日本偏愛主義（者）。リザとベルダーに奉《たてまつ》られている蔑称《べっしょう》。

ジャパン・バッシィイズム（日本たたき主義）　Japan bashismⒸ【偏見詞あるいはFuck you! America詞あるいは欧米詞】　コーカソイドの人種差別主義者が、イエロー・モンキー・ジャパニーズが、彼らの意のままにならず、あきらかに、彼らよりも優秀であることが証明されたときに陥《おちい》るマイナーなイズム。とにかく日本が台頭してくるとアメリカを中心とした欧米諸国がいじめっ子と化し、あれこれ難癖をつけて日本をいじめはじめる。いじめられっ子の日本は、そのいじめに過剰反応して必要以上にシュンとなる。この傾向は、二〇世紀後半にとくに顕著であった。

例

昔はさんざん乱獲していたくせに、自分たちが食べないのをいいことにクジラの捕獲禁止を北のごく一部の国をのぞいた欧米諸国連合軍が、しゃにむに押し進めたケースなどはその好例。海に関していえば、いじめっ子たちのつぎの恰好のターゲットは、マグロ。日本人は世界の漁獲量の三分の一、本マグロなどはその九〇パーセント以上を食べている。たしかに、日本も少しやりすぎだが、これを日本たたき主義者たちが見逃すわけがない。

元

リビジョニスト（見直し派）の日本異質論などを根拠にして台頭してきた主義である。一九八五年五月に発表されたアメリカ人ジャーナリストのジェームズ・ファローズの『日本封じこめ』（論文）やマイケル・クラントンの『ライジング・サン』（実にできのわるい小説）などはその手の主義を象徴するものとして有名。ファック・ユー！

儒教主義 Confucianism【死語】 マッカサーの日本占領以後は、継子扱いされた主義。ただし今日でも熟年超インテリ層（実質的な日本のリーターたち）の心の奥深くにこの主義は、脈々と生きている。

余 余談ながら、隣国の韓国は、今でも社会全体がこの主義におおわれている。もとは、中国生まれの思想。

忠告 あなたが、生半可な日本・韓国・中国通の場合、コンフューシャス（孔子）と彼の思想を日本人のインテリのまえで中途半端に論じないほうが無難。この人に関しては、もし、あなたが、かなりの東洋通を自認していても、彼らの知識は、あなたの十倍はあると思っていい。

真空主義 vacuumism ⓒⓝ【世紀末日本詞】 一九九八年のおわりころから突然現れた新主義。リーダーが「おれはからっぽだ。からっぽだ。なんにもない」と、とぼけながら、明らかな敵以外をジワジワと自分の味方にしてしまい、いつのまにか、「おや、まあ」というような成果（ときに、それがとんでもない成果であるにしても）をあげる新方式。⇩国歌・国旗

主義⇩政治的機会主義

元首相のナカソネ某氏がケイゾー・オブチ世紀末首相のことを「真空総理」と命名。

元

ガイドライン関連法案からはじまり通信傍受（盗聴）法案、住民基本台帳法案、産業再生関連法案、日の丸・君が代を国旗・国歌とする法案、憲法調査会設置関連法案などなど、一昔まえなら、通せば内閣のひとつやふたつは、すっとんだにちがいない重要法案が、つぎからつぎへ、この真空主義で、いともたやすく成立する。

&

『日米安保体制を強化し、国内では行革を進め、企業のリストラを奨励する。国旗・国歌法制定や憲法論議でタブーに挑む――小渕政治が着々と進んでいる……首相は最近、新聞のこんな川柳に赤ペンをつけた。「やるじゃない　やりすぎじゃない小渕さん』（**朝日新聞　一九九九年七月十三日号**）。この世紀末の政治状況に国民は、なぜか沈黙を守っていた。二一世紀の日本、どこにいく？

信仰主義　fideism【　　】　宗教だけでなく、自分がのめりこむ対象を信仰化する傾向。日本には多い。

一例として、生ゴミのニオイを消したり農業の有機栽培に使われるＥＭ（有機微生物群）を世に広めたとされる琉球大学農学部教授テルオ・ヒガを取り巻いている人たちはＥＭ教（あるいはヒガ教）の信者である。

新造語主義　neologism【創造詞】［！］　日本人は新しい言葉をつくるのが好き。なかなか創作能力のある民族なのである。

一九九四年の新語。オケる（カラオケにいく）、スタンバる（スタンバイする）、ちぎる（休む）、むる（むかつく）、ぼんびー（貧乏）、げろこみ（すごく混んでいる）、バナナちゃん（帰国子女）、うききき（頭のパニック状態）。一九九九年の新語。けいた（携帯電話）、かたかたする（パソコン使用）、デジタリアン（デジタルに強い人）、イカス（ナウイなどとともに死語が復活）、じもる（地元で遊ぶ）などなど、あげていけば切りがない。**（『現代用語の基礎知識』自由国民社より抜粋）➡外来語主義**

人種差別主義　racism／racialism【錯覚・絶望詞】《全！》　白が黄色や黒に対して持つ主義だと錯覚している人が多い主義。しかし、実際には黄色も黒も、ほかの色に対して、じゅうぶん持っている特殊な主義である。

新植民地主義 neocolonialism ⓝ【不可思議詞】 十五年戦争に負けて、アジア一帯から植民地をなくした日本が、強い円の力をかりて、いつのまにかアジアの国々を植民地のように支配してしまっている手品。

シントーイズム Shintoism ⓙ【?】［……］ 神道主義。比較的高年齢層を中心に、一部の人は、日本のもっとも大切な主義のひとつだとかたく信じている。若者にとっては死語に近い主義。

神秘主義 esotericism／mysticism【島国詞】 神秘は日本人好みの言葉。同種の言葉でもオカルトになると、まったく別のカテゴリーだと考えるか、うさんくさく感じる人がいる。そうした類の人たちは、島国根性主義からくる外国語否定感覚が強いので、オカルトなどという言葉を毛嫌いするものと思われる。⇧**オカルティズム**⇩**オウムイズム**

シンボリズム symbolism【♂♀詞】 象徴主義。天皇は日本の象徴。

例　「おまえのシンボルでかいね」――というふうに日本人がいう場合は、別の意味である。念のため。

余　おそれ多くも天皇という文字を使ったあとに、こんな例文をあげるな！　不敬罪だぞ！――なんて非難をされる日が、もう、すぐそこまできている？

心霊主義　spiritualism ⓝ【田舎詞】　霊媒によって死者と交信できると信じている日本人は、田舎にいけば、一九世紀に引きつづき二〇世紀末まで結構いた。

☞　東北地方や南西諸島の辺境にいけば、今でも死霊の口寄せをする歩き巫女《みこ》や口寄せ巫女《みこ》がいる。この人たちが日本社会の底辺で果たした宗教的役割りは大きかったとクニオ・ヤナギタやトクタロウ・サクライなどの民俗学者は指摘している。東北地方では、イタコ・イチコ・ワカマンニチ、南西諸島ではユタ・カンカ・カリャなどと呼ばれている。

元　スピリティズムspiritismとなると心霊主義の教義（儀式）の意味になるので、ややこしい。

す主義　九項目

ズーイズム　zooism Ⓒ【奇異詞】　とくに日本の田舎で人と接する場合、誤解を承知でいえば、まるで動物園の動物と対面しているような感じになること。そばによってきて、相手の体に触りながら猫背で、ぼそぼそ話す様は、欧米人には奇異に感じられる。ただ、その人たちの人柄は、すばらしいことが多い。（ベルダー見解）

私見

田舎にも、すてきな人はたくさんいる！（とベルダー見解に、リザ抗議）

スキャンダリズム　scandalism Ⓒ【Fucking Jap！詞】　自分がその渦中にいるのは、まっぴらだが、他人のそれはおもしろいというやっかいな主義。

忠告

とにかく鵜《う》の目鷹《たか》の目で、人のスキャンダルを探している人が多い。トップ屋（雑誌）やレポーター（テレビ）と称するスキャンダル情報収集を専門にしている人の多さは世界一。パパラッチの比ではない。でっちあげ情報も含めてスキャンダルは、欧米社会の二倍の早さで伝わるからご用心。日本人のスキャンダル好きは、あなたが日本語の雑誌が読めれば、すぐ納得できるのだが……ある種の週刊誌は、ほとんどがスキャンダル記事。テレビのワイドショーは、もっとひどい。

私見

水道の普及で井戸がなくなり日本常民の伝統芸であった井戸端会議がなくなったことで、女たちのあいだにたまったフラストレーションが、テレビのワイドショーのスキャンダリズムを支える原動力になっているというのはベルダーの偏見的見解。

スケジュール主義　schedulism Ⓒ【硬直詞】《全!》　実はご本人が思っているほど、たいした仕事はしていないのだが、自分は一流の仕事師だと錯覚している自称・一線の人が陥《おちい》りやすい主義。すなわち、いそがしがりた屋のある種の人にとって、スケジュールがびっしり詰まっていないと、おいてきぼりをくらったような気分になって、いつもいつも、たいしたことがない予定を立てて安堵《あんど》しているという、ある種の先進国病。それにしても、なんと不毛な人生!

私見

自分の手帳に、二か月さきまで、びっしり予定が書きこまれていないと不安になってイライラしはじめる二流の日本人ジャーナリストを知っている。

すけべえ主義　priapism Ⓒ【♂♀詞】　すけべえ王国日本！　みかけ以上に、すけべえな民族である。むっつりすけべえが多い。とくに男性に多い。女性の不感症率が高いから、そのことが原因で男に溜まったフラストレーションのせいだと力説するフランス人の文化人類学者がいたが、これはちょっと……。＝**ムッツリすけべえ主義⇩エロティシズム⇩白人（コーカソイド）と一回やりたがる主義**

ETC

男性のすけべえ心はさておき、女性向け雑誌のセックス記事などの過剰なセックス情報にあおられて、不感症不安症候群が増加しているのは事実。セックスに悩んでいる女性の数の増加はある種の先進国病。アメリカのあるセックス実態調査（一九九四年）によれば、セックスに満足していない女性の数は男性の二倍。セックスをするときにオーガズムにかならず達する男性が七五パーセントなのに対して女性は二九パーセント。手元に日本の不感症率のデータはない。

元

プリアピズムは、ときに勃起《ぼっき》持続症をいう。

スノッブ主義　snobism【通俗詞】《全！》　バックボーンに強烈な精神的支えがないにも

かかわらず、本来、持ちすぎてはいけない物や金を急速に持ってしまった人が、その自信のなさをごまかすために偽悪的にあらわにする態度。

ETC.

成金大国アメリカと日本に多い。ドイツにも隠れスノッブは、結構いるが、ヒットラーの悪行のおかげで肩身の狭い思いをした彼らは、まだ世界レベルでは目立たないようにしている。ドイツ人のスノッブは、アフリカのナミビアや南アフリカなどの結構しゃれた穴場の保養地で、ひっそりと、その実力を発揮している。

スネ主義 twisted cynicism Ⓒ【蔓延《まんえん》詞】《全!》 日本国中に蔓延《まんえん》している主義。地球もこれに覆われている。

スーパー・オバタリアン主義 *mega-obatarianism* Ⓒⓙⓝ【世紀末詞】【絶句詞】 とにかく、すごいのひとことにつきる。**⇩オバタリアン主義⇩サッチーイズム**

私見

母国で、この手の主義を信奉する人たちと、さんざん接しているので、日本にきてまで、この主義者たちを見たくないというのが、正直な感想。はっきりいって、この主義者たちは嫌い。（リザ）

スパルタ主義　Spartanism【懐古詞】　子供を教育するときの支えとして、戦前はひとつの有力な主義だったが、大人（先生や親）が子供と友だちでいたい、好かれたいという風潮が蔓延《まんえん》している最近はあんまり流行《はや》らない。学校で先生が生徒に体罰を加えると親がでてきて大騒ぎになる。**⇩徳目教育主義**

元　古代スパルタでは七歳から、きびしい集団教育をしたという。それが語源。日本にも、その昔「男女七歳にして席をおなじうせず」なんてのがあったが。あまり関係ないか……。

ETC.　相撲の秋元親方（元横綱千代の富士）の名セリフ。『昔はムチムチアメムチ、今はアメアメムチアメ』

余　世紀末に東京都知事に選ばれたシンタロウ・イシハラは、就任以前は、スパルタ育主義者だったが、なぜか、東京の頭になってからは、若干その論調をトーンダウンさせ、徳目教育主義者になった？

スペシャリズム　specialism ⓝ【自慢詞】　だれもが憧れ、結構多くの人がスペシャリストだと思っているわりには、本物は数が少ないという不思議な主義。

&

あの国では、「おれはスペシャリストだ」というセリフは、とっても格好いいとされている。ただしホワイト・カラーか技術屋のスペシャリストにかぎる。ブルー・カラーのスペシャリストは、〝腕のいい職人〟という別枠でくる。

せ主義　弐拾参項目

清潔主義（清潔症候群）　antisepticism ⓒ【異常詞】　若者のあいだで異常に支持されている主義。働き蜂の父親が、あんまり家にいない家庭で、「汚くしていてはダメ！　汚い物に触っちゃあダメ！」と幼児期から母親に育てられた若者が多いせいと思われる。ただし、この主義者の若者の特性は、自分の体は異常なほど清潔に保とうとするが、掃除はヘタである。母親まかせで家の掃除など、したことがないから。⇩潔癖主義

ETC.

朝シャンといって、朝起きたらでかけるまえに、かならずシャンプーをする。

コーマーシャリズムもシャンプーとリンスの売りあげのために、テレビでさかんに朝シャンをすすめる。そのあと、デンタルフロスという、うがい薬でお口の手入れ（口臭を測定する口臭チェッカーも売っている）。一日に何回も下着や靴下を履《は》きかえる若者もいるという。抗菌・消臭下着なんていう新製品もある。そのほか、ファーストフードで買ったハンバーガーやフライドチキンは、手づかみでは食べない。包んである紙をたくみに使う……などなど。

政治的機会主義　political opportunism ⓒⓝ【世紀末日本詞】『二一世紀が来るからとあわただしくケリをつける形で』（トオル・ハヤノ）ご都合主義で論議をつくさずつぎからつぎへと、おおざっぱに、『日本という国の自画像』（トオル・ハヤノ）をしっかり描かないまま、重要な政治的決定を、つぎからつぎへと、いいかげんにやること。＝**国歌・国旗主義**⇩**真空主義**

元　イズムや主義という言葉が、あまり世間に氾濫《はんらん》しなくなった世紀末に、めずらしく登場した新主義。

例　『こんな法案（日の丸・君が代を国旗・国歌とする法案）を国会の会期延長後に提

出、「自自公」体制ができる勢いにまかせて成立をはかるのも、あまりに政治的機会主義がすぎないか。……この政権の性急さは危うすぎる。』（トオル・ハヤノ編集委員『朝日新聞』朝刊　一九九九年七月二十三日）

精神主義　spiritualism【ベルダーの偏見用語硬直詞】　これをいうヤツにろくなヤツはいない。硬直した日本人がよくいう。⇩**根性主義**

私見　そういうヤツにかぎって、肝心なところは、硬直しない。（ベルダー偏見）

元　スピリチュアリズムは、もともとは降神説や降神術から生まれた主義で、ちょっと神がかったものだった。

制服主義　uniformism ©【合理詞】　みんなで着る合理主義。

ETC　日本の学校や会社の制服着用を画一的だといって非難する人が結構いるが、あのシステムはきわめて理にかなっている。ずばり、経費節減になる。貧乏人にやさしいシステム（女子の制服代は、ときに高くつくという説もある）。

せざるをえない主義　***sezaruoenaiism***　Ⓒⓙ【官僚詞】　ホンネは別のところにあるが、「この件は、こうせざるをえない」という消極的立場を取りながら、その実、日本の官僚たちは、ものごとを手際よくかたづけていく。

例　日本官僚用語例。「まえ向きに善処する」（すこし考える）「善処したいと思う」（あまり考えない）「検討項目（事項）に加えておく」（この一件は、これでおしまい）「遺憾の意を表します」（本当にゴメンナサイ。でも、素直にはあやまりたくない）……などなど、あげていけば、これで一冊、本が書ける。日本語は、やっかい。

世俗主義　**secularism／clericalism**【普通詞】　スノッブ主義者が鼻であしらう主義。これを目くそ鼻くそを笑うという。

元　現世主義、教育宗教分離論が本来的意味。

セクショナリズム　**sectionalism**【官僚詞】　セクト根性。派閥主義。日本の官僚組織の代名詞。

善意の押し売り主義　J-humanitarianism ©【日本人得意詞】　日本人の得意業。欧米人をへきへきさせる最右翼主義のひとつ。

宣伝主義　propagandism【ご用心詞】［☝］　日本民族は、宣伝がうまいのかヘタなのか、まだリザとベルダーは結論をだせないでいる。

忠告　おずおずと、ひかえ目な振りをしながら、たくみに自己宣伝をする日本的手法には、くれぐれもご注意。だまされるな！

例　「いやー、わたしなんぞは、たいしたことはありません……ペラペラペラペラ」「弱輩者のわたしごときが……」「いえ、ほんと、たいしたことじゃないんです（と頭にふって自慢話がつづく）」

戦争肯定主義（論）　warmongerism ©ⓝ【人類絶望詞】《全！》　戦争というバカげた人間の愚行は、実は、地球上でゴキブリなどの「強い種」に伍して人類が生き残っていくための自然淘汰《とうた》的行為だというきわめてアブナイ主義（論）。⇩**カニバリズム**

銭湯主義　*sentoism* ⓒⓙ【気持ちいい詞】［！］［　］ みんなではいるお風呂のすばらしさ。どっぷりと首までつかって、和気藹々《わきあいあい》。そこには、戦闘主義はない。日本発展の秘密のひとつ――いわゆる、みんな主義。欧米人には、けっして営めないなーなー主義的共同体日本は、やはり手ごわい。⇩**曖昧《あいまい》主義⇩アウトロー否定主義⇩共生主義⇩幸せ主義⇩全体主義⇩団子主義⇩出口なし主義⇩ぬるま湯主義⇩ぬかるみ主義⇩分派主義⇩平凡主義⇩変化否定主義⇩みんなで主義⇩無責任主義⇩横ならび主義⬇村八分主義⬇強引主義⬇ゴーイング・マイ・ウエイ主義**

私見

……しかし、それはそれとして日本の銭湯（公衆浴場）は、すばらしい。日本で生活しているときには、リザとベルダーもよくいく。ただ最近、とくに若い女性の入浴マナーが、なっていないのは、嘆かわしい。浴槽に手ぬぐいを持ってはいるなどというのは序の口で、あたりかまわず、シャワーのお湯を巻き散らす……昔とちがって、各家に個人用のお風呂が普及したので、銭湯なれしていないせいと思われる。

忠告

タケシタ某が首相時代に全国の三千二百六十八の市町村に均等にばらまいた一億円の「ふるさと創成資金」で温泉を掘るところが多く各地に健康センターが乱立し

たが、あの手の「銭湯」もおすすめ。なかには二四時間オープンの健康ランド（私営に多い）もあり、あなたがバックパッカー的旅行者ならば日本の農村部を訪れるときの宿として最適。蛇足ながら、都市部を訪れるときには、二十四時間経営のサウナもおすすめどころ。

忠告

［♂♀］日本の田舎のひなびた温泉にいけば、混浴の露天風呂が、あるよ！　露天風呂は、あなたが日本旅行をするときの、おすすめベスト4。イエロー・モンキーと一緒に風呂になどはいれるかですって？　ファック・ユー！——そんなあなたは、長野県や青森県に猿の温泉があるから、そこで本物の猿と一緒に温泉を楽しめ！（ベルダー）

説教主義 sermonism Ⓒ【普遍詞】［……］　あの国では、だれもがセンセイになりたがる。そして、若者に説教をたれることを趣味にしているオジン多数。枕詞は「今の若者は……」。その手合いは、自分が若者のときに、おなじ枕詞を使って説教をされたことをケロリと忘れている。

忠告

田舎の居酒屋で農民のセンセイの説教を一度聞いてごらん。そのレベルの高さを知ったら、あなたのコーカソイド的思いあがりはペッチャンコ。

接待主義　**J-soireeism**【日本秘密詞】　戦後の日本経済を支えてきた秘密兵器。⇩**バーイズム**⇩**グズグズイズム**⇩**ものもらい主義**

折衷《せっちゅう》主義　**eclecticism**【日本詞】［!］　なんでもござれの日本。なんだって折衷《せっちゅう》してしまうすさまじい日本の技術を欧米社会も学ばなければ。

センチメンタリズム　**sentimentalism**【日本語そのもの】　日本を支えているほとんどすべて。⇧**感傷主義**

&　日本の政治を見よ！

センチセンチメンタリズム＋お涙頂戴主義　**bleeding sentimentalism**【超日本詞】［☝☝☝］　情緒怨恨《えんこん》主義。感傷主義。日本精神の基本要素の張りだし横綱。ナルシストの自己満足。⇧**感傷主義**

センセイ主義　**senseiism** ⓒⓙ【口承詞】　日本人は、おたがいをセンセイと呼びあうのが、大好き。相手のことをセンセイと呼んでおけば、まずまちがいがないという主義。本当に先生と思っていないときにも、日本人は気楽にあなたをこう呼ぶのでご用心。

&　とにかく各界にセンセイの多い国。中国もおなじ。

私見　センセイといわれるほどのバカでなし——という日本の口承に妙に感心する。

センセーショナリズム　**解釈壱**　**sensationalism**【関心詞】《全！》　ずばり扇情主義。人間は群れをなしたとき、なぜかこのイズムに煽《あお》られることが多々ある。だれもが表面的には無関心を装いながら、その実、みんなが本能的に無視できないイズム。ヒットラーをはじめ、二〇世紀の歴史に残る「巨悪」は、このイズムと添い寝した。

センセーショナリズム　**解釈弐**　**sensationalism**【扇情詞】【🖕🖕】　日本の三流ジャーナリズムが基調にしている方法論。テレビのワイドショーとスポーツ新聞がこのイズムの〝実践横綱〟。

線香花火主義 ***senkouhanabiism*** ⓒⓙⓝ【瞬間詞】 パッと咲いてパッと散る精神をタテマエとして日本人は尊ぶ。サクラの花が、そのたとえによくだされるが、線香花火は、もっとはかない。

私見 サツと騒いでサッと忘れる日本人気質に感服。

前例主義 **precedentism** ⓒ【Fucking Jap! 詞】 前例がなければ動こうとしない日本官僚機構の悪弊《あくへい》。日本にはあまりパイオニア・スピリッツはない。

& 一九九五年一月十七日の阪神大震災のとき、日本官僚機構の縦割り行政と、この前例主義が災いして、迅速《じんそく》な救助対策を取ることができなかったのは、有名な話。オーストラリア大使館筋の情報によれば、たまたま、大震災の一週間ほどまえにオーストラリアのテレビ番組で、「世界で災害が起きた場合、対応がスムーズにできない国」のトップにあがったのが日本だったという。その理由のひとつとして、融通がきかない日本の官僚機構の前例主義を例にあげたというかの国のマスコミの慧眼《けいがん》に脱帽。

ETC. 多摩大学と県立宮城大学を創設したカズオ・ノダ初代学長は、両大学のいろんな創設手続きをしたときのことを思いだして、「前例がないという役人との戦いは、たいへんだった」と語っている。

詮索好き主義 *inquiring mindism* ⓒ【Fucking Jap！詞】［☝☝☝☝☝］ 他人の秘めごと（姫ごとも含めて）に、これだけ興味津々《きょうみしんしん》な民族は、少なくとも先進諸国のなかでは、お目にかかったことがない。いやいや、よく考えてみればラテン系民族にも若干、その傾向があるか……。

先輩後輩主義 *senpai-kohaiism* ⓒⓙ【タテマエ詞】 きみ知るや、日本の先輩・後輩のタテマエ主義を！ 先輩は後輩をこのタテマエ主義でうまく使おうとし、後輩は先輩から声がかかると、「ハイ、ハイ、ハイ」あるいは「オス！」などと元気のいい返事をして素直に従う振りをしながら、その見かえりとして、先輩を徹底的に利用しようとする。このメカニズムがうまく機能すると、たいへんな力を発揮する。日本の力の秘密のひとつ。スポーツ団体（学校の運動部も含めて）では、この絆《きずな》がことに強い。社会主義の会社もしかり。⇩**運動部主義**

そ主義　四項目

属主義　**zokuism** ⒸⒿ【日本人気質《かたぎ》詞】　ふたつ意味がある。どこかに属していないと安心感がえられないという一般的な日本人気質《かたぎ》をいう場合と、おいしい利権のあるところに群がって利権のウワマエをはねる腐れ特権階級のやり口をいう場合がある。

&　後者の例としては属議員《×E》が代表的存在。

それはそれ、これはこれ主義　**4Tism** (This is This and That is Thatism) Ⓒ【優柔不断詞】　事態を悪化させたくないとき、取られるきわめて日本式温情方式解決法。⬇**温情主義**

ゾロアスター教主義　**Zoroastrianism** ⓝ【本〃事典〃自慢詞】　拝火教。シャープの電子手帳ザウルスの『英和事典』の〜ISMの項目を逆引きサーチで引くと最後にでてくる項目。ちなみに同事典のISMの逆引き項目は、全部で二百四十五項目。

私見　項目の多さでは、われらの〃事典〃が勝ったぞ！（と勝手にたくさんの主義やイズムを捏造《ねつぞう》したことを棚にあげて、他愛なく喜ぶリザとベルダーでした……ところが一九九九年七月一日に初版がでた國廣哲彌・堀内克明編の『プログレッシブ 英語逆引き辞典』〔小学館〕では～ISMの項目が千以上もあって、ふたりはガックリと肩を落としたのでありました。だって、Clintonism〔クリントン〈第四十二代米国大統領〉流〕やHillaryism〔ヒラリー〈クリントン大統領夫人〉流〕まであるんだもの……負けました)。

ぞろぞろ主義 sheep flockism Ⓒ【集団詞】 リーダーシップを取らない。あとからぞろぞろついていく日本人気質。⇩**迎合主義**

た主義　拾六項目

だいじょうぶ主義 OKism Ⓒⓙ【曖昧詞《あいまいし》】 行動力のない善意の人のサービス精神旺盛《おうせい》気分が生む混乱主義。

忠告 「うん、だいじょうぶ、だいじょうぶ」と気楽に安請けあいをする日本人にご用心。

ちっともだいじょうぶじゃないことが、ままある。くどいようだが、基本的にイエスとノーの境目が曖昧《あいまい》な風土であることに、いつも留意していなければ、あの国ではやっていけない。

ダイエット主義　dietism ©【悲願詞】　なにがなんでも、やせたいという異常なまでの悲願が日本の女性社会に満ち満ちているのは、欧米人的観点からすると滑稽《こっけい》で、ほとんどビョーキに見える。なぜなら、欧米の基準に当てはめれば、日本の女性のマジョリティーは、けっして肥満体ではないから。むしろ、もうちょっと肉がついているほうがいいと思われるレディーが、やたらやせたがるのは、欧米人の理解を越えている。日本七不思議のひとつ。あなたも先刻、ご承知のようにアメリカは、「本当の肥満体」が氾濫しているため、いろんなダイエット法が蔓延《まんえん》している国だが、日本のそれも多種多様。ひょっとすると、あなたの国(アメリカ)より多いかもしれない。

例　ⓝマリコ・ハヤシという中年のあまり美貌に恵まれていない女流作家がいる。欧米人的な目で見れば、「ちょっと太り気味」な普通のおばさんふうの人。でも、ご本人は自分を「太っている」と、つねづね思っていたらしい。そこで痩せるために、このお人は「スパルタ式ダイエット」を採用。半年で十キロの減量に成功——

とまあ、ここまでは、「ああ、そうですか。よかったですね」というだけのハナシ。ここから先が、じつに日本的挿話《エピソード》。週刊誌に連載中のエッセーや対談で、ご本人もこのことを自慢気に書きまくり、とくとくとしゃべりまくる。スキャンダル記事をのせないことで定評のある新聞社系の一流週刊誌のトップ・グラビアで紹介され、女性週刊誌のダイエット特集でも扱われ……あっちこっちから、ダイエットに関する取材が殺到……ガイジン・ビックリ！

忠告

ⓝあなたが欧米の「あまり美しくない太った女流作家」だとして、そのあなたがマリコ・ハヤシとおなじことをやっても、欧米のマスコミは相手にしてくれないから、真似をしないように。

ダイナミズム　dynamism【不可解詞】　ダイナミックでありたいと願っているくせに、ちっともダイナミックでない人が多いわりに、国そのものは、若干失速したとはいえ、なんだかんだといってもダイナミックである。日本は欧米人にはわかりにくい。

たいへんたいへん主義　woe is meism ⓒ【騒擾詞】　たいしたことはないのに、「たいへん、たいへん」と大騒ぎしながら、ことを進めるのを趣味にしている日本人多数。

タオイズム　Taoism【高年令者詞】　道教（老子の教え）は、孟子や孔子ほどではないが、結構、日本の六十歳以上の高年齢者層には、浸透している。

多元的共存主義　pluralism ⓝ【美点詞】　多元性は日本の美点のひとつ。宗教・信条を異にする人たちが、平和に共存しているという点において、日本を欧米先進国は見習うべきである。ただしオウム教の信者たちと彼らが拠点にしている市町村の住民たちとの関係は別。

多神教主義　pantheism／polytheism【万歳詞】　正月は神道で祝い、お盆は仏教で迎え、クリスマスにはキリストがやってくる。幼児洗礼を受けた形ばかりのクリスチャンだが、相方がブディストなので、なかを取って（というわけでもないだろうが）気楽な気持ちで結婚式は神道、死んだら先祖代々が眠っているお寺（仏教）のお墓にはいる——というすばらしい主義。

ETC.

「南無八幡大菩薩」《×E》という熟語がある。南無と大菩薩は仏教用語。八幡は神道用語。なんの矛盾《むじゅん》もなく、これが一緒になって熟語になる国、日本。

元

本来的意味は、複数神同時崇拝《すうはい》主義。汎神論。神と自然・宇宙（神と世界）を一体とみる信仰。古代には、この主義の宗教が多かった。

たすけあい主義 mutual aidism ©【美徳詞】 この本であげつらねた日本人の欠点を裏がえしにしたとき、現れるすばらしい美点。⇩**隣組主義**⇩**村づきあい主義**

ダダイズム Dadaism ⓝ【ダジャレ詞】 世紀末日本の子供のしつけは、実になっていなかった。目をおおうばかりだった。日本のガキは、すぐダダをこねる——というのは、いくらなんでも、こじつけすぎか。

元

略称、ダダ。第一次世界大戦中から戦後にかけて興った芸術運動。既成の権威を否定し自発性と偶然性を大切にした。この運動は、チューリッヒ、ベルリン、ケルン、パリから東京、ニューヨークまで伝播《でんぱ》した。

タテマエ主義 *tatemaeism* ©ⓙⓝ【絶句詞】 この主義が、あっちこっちで幅をきかせすぎていることが、欧米の日本理解を進ませない要因のひとつになっている。

忠告 ホンネとタテマエを使いわける二重人格者があの国には多いからご用心。タテマエではイエス、ホンネではノー……なんのことだか、わかる?

立ちション主義 *tachishonism*／street pissism Ⓒⓙ【日本詞】 田舎でも都会でも、この主義者は結構いる。この生理解決法に関しては、先進国のなかで、まちがいなく、ジャパン・アズ・ナンバーワン。**⬇連れション主義**

私見 連れションで立ちションをしようという提案をことわると「動物であることを確認するためにやるんだ。きみたち欧米人には、できないだろう、ワッハッハ」とうれしそうに笑ったエセインテリがいた（**ベルダーの体験**）。この主義の信奉者は、ただ単に無教養なだけ。

他人のせい主義 yellow-bellyism Ⓒ【依存詞】 または、おくびょう者の主義。個人で責任を取ろうとしない日本人気質。この気質が、日本嫌いの欧米人を、さらに反日家にする。**⇩インセンディアリズム⇩キッチリイズム⇩同志主義あるいは仲間主義⇩ノー・ミー主義⇩マイナス主義⇩無責任主義**

男根崇拝《すうはい》主義　phallicism／phallism【劣等感詞】　短小コンプレックスに悩む多くの日本男性は、大きなそれに憧《あこが》れている。（ベルダー見解）

忠告　ファリシズムといえばインドが本場だが、日本にも昔から性神信仰がある。神社に石や木の男根のイミテーションが、飾ってあるところが、結構あるから訪日のおりには、訪れてみるといい。だれにでも見せてくれる。岩手県岩手郡の巻掘《まきぼり》神社や愛知県にある田県《たがた》神社などが有名。イミテーション・コックに子孫繁栄・商売繁盛・交通安全を祈るのである。かなまら様（金精《こんせい》神）をはじめ、ところによっていろんな呼び名がある。

ダンディーズム　dandyism【幻想詞】　伊達好み。この主義の信奉者は、「われこそは」という、うぬぼれの強いのが特徴。が、ほんものには、あまりお目にかかれない幻の主義。

私見　都会派を自認するミーハーインテリがしがみつく、エエカッコシー主義。この主義の信奉者は、田舎出身者に多く、そのことにコンプレックスを持っている裏がえし意識と思われる。こういう人にかぎって、田舎の人をいなかもんといって軽蔑する。学歴コンプレックスを持っている人も、案外、この主義にしがみつく。
（ベルダー）

談合主義 *dangouism* ⓒⓙ【排他詞】 日本のお家芸。なんでも談合できめる日本のビジネス・スタイル。戦中は当然だが、敗戦後も半世紀ほどのあいだ、外国人とその企業は、仲間に入れなかったが、二〇世紀末には、外圧で建前上はそうもいかなくなって……。

& 建築・土木業界の談合は、あまりにも有名。世紀末になって右往左往している日本の現状のなかで、あっちこっちの自治体が同業界の公共事業談合入札制度を改善しようと努力しているが、あまり成果があがっていない。このシステムがなくなると公共事業は二〜三〇パーセント、安くなることは目に見えているのに、なぜか、すんなりと改善されない不可思議さ。日本の官界と業界のベッタリズムの癒着《ゆちゃく》度の根は深い。

団子主義 *dangoism* ⓒⓙ【集団詞】 みんなで団子になってことに当たるすばらしい日本主義のひとつ。アウトロー否定主義⇩共生主義⇩銭湯主義⇩幸せ主義⇩全体主義⇩出口なし主義⇩ぬるま湯主義⇩ぬかるみ主義⇩分派主義⇩平凡主義⇩変化否定主義⇩みんなで主義⇩無責任主義⇩横ならび主

義⬇村八分主義⬇強引主義⬇ゴーイング・マイ・ウェイ主義

余 ＮＨＫの幼児番組から飛びだして、世紀末の騒がしい世のなかを一時、席巻した『だんご三兄弟』という歌があった。

私見 三兄弟を串刺しの団子にたとえる発想は、欧米人には絶対に浮かばないし、なにか納得できないものがある。この歌がミリオン・セラーになったのは、日本人が団子主義を体で受け入れていることの証明。

ち主義　六項目

中流主義（意識）middle classism【錯覚詞】　日本人のほとんどが、自分がそうだと思っている主義（意識）。アメリカもおなじ。

アメリカのリサーチ団体ローバー調査協会の階級意識調査によればアメリカ国民の九三パーセントが、自分を中流だと思っている。上流だと思っているアメリカ人は一パーセント。下流は五パーセント。あとの一パーセントは、「自分がどの階級かわからない」人たち。ニューヨーク・タイムズとCBSの共同調査では、年収が七万五千ドル（八百万～九百万円前後）を超える収入がある層では、上流だと思っているアメリカ人が五〇パーセント以上いるという結果がでている。日本の一部上場会社の中堅以上の中流だと思っているサラリーマンの年収は、バブル全盛期（一九八〇年代）には一千万円を超えていたからアメリカ流にいえば、彼らのほとんどは、上流ということになる。

ETC.

バブルがはじけて、企業が中年のサラリーマンのリストラに力を入れるという日本世紀末現象が、日本人の中流意識を、ますます増幅させた。つまり、上流意識を持てない社会状況のまっただなかに自分たちはいるという認識が、アメリカの上流なみの収入がある人たちのあいだでも蔓延《まんえん》したということ。

地方主義　解釈壱　regionalism【疑問詞】　中央がいき詰まったとき、かならずでてくるご都合主義。「地方の時代」とおだてあげ、いいところはちゃっかりと中央が持っていってしまう。世紀末の日本は世界に冠たる中央集権国家だった。**➡中央集権主義**

地方主義　解釈式　localism ⓝ【リザとベルダーの偏見詞】　自分の生まれ育った地方が、一番すばらしいと思っている単純な考えかた。

私見　最終的には、この主義は「おらが村」単位の意識になるわけだが、ほかの国同様、日本でも地方気質には、それぞれ特徴がある。乱暴にいって極寒の北海道地方の人たちは、おおらか。彼らは津軽海峡から南を「内地」と呼ぶ。「内地」の人たちは、なぜか、この日本最北の島は、ロマンチックだと思っている。雪国である東北から中部地方北部の人たちは、よくいえば重厚、わるくいえばグズ。関東地方の人たちは東京の大都会ぶりに振りまわされて、なんかさえない。中部地方南部の人たちは、なぜか目立たない。この地方の中心地である名古屋という日本を代表する大都市のひとつは、「巨大な田舎都市」——これが、いいすぎだったら、日本で一番ふうがわりな都会人が住んでいるところ。関西地方の人たちはユニーク。京都人気質、大阪人気質など、いろいろあって、ひとことではくくれない。神戸という国際的な都市もある（地震があったところ）。共通意識として、この地方の人たちは関東地方に、びっくりするほど対抗心を持っている。中国地方の人たちは、気候が温暖なせいか、あまり、せこせこしていない。山陰地方（裏日本）の人たちは、暗いというイメージが一般的だが、シャイな善良さがある。九州地方の人たちは明るくて、おっちょこちょい。四国地方の人たちは、なかなかおもしろい。年中暖かい沖縄地方（もともとは琉球という独立国家）の人たちは、善良でいつも「本土」の犠牲者……独断と偏見はこの〝事典〟のキャッチフレーズであるにしても、こうした安易な記述（分析）には、さすがにちょっと無理があると反省。

私見

東北地方の人たちの意識は、わるい意味で世紀末日本のなかで一番「古い時代の日本人的」だった。ことに地方役人の古くさい「お上意識」には、ときに、ウンザリ。過去にフィールド・ワークを東北地方でやったときに、お役人との折衝に、てこずった経験があって、ベルダーは、あんまり、あの地方にいい印象を持っていない。ただし、あの地方の農山漁村部の素朴な人たちのあいだには、キッチリと「いい意味の古さ」が残っていて、好感が持てる。書かずもがなの余談でした。

忠告

独断と偏見ついでに、極言を吐く。もし、あなたがジャパノロジストで日本人の原型を探ることをテーマにしているとする。「古きよき時代のすばらしい日本人探求」ならば、山陰地方と四国地方へ。「抜け目のないあるいはよくわからない日本人探求」ならば、関西地方へ。「欧米人にもわかりやすい日本人探求」ならば、北海道地方と九州地方へ。「もうひとつの日本探求」ならば、沖縄へ。「イヤな日本人、日本の欠点探求」ならば、東北地方と中部地方北部へ。（この項目の文責、ベルダー。リザは、ここまで乱暴にスパスパといい切ることに反対）

地方根性主義 parochialism【悲劇詞】 ずばり、都会に対するコンプレックスが、そのまま素直に表面化したもの。

日本の都市生活者のなかには田舎をバカにしている人が結構いる。あの国では、農業や漁業に対して深い理解を示す都会人は少数派。凶作で米がなくなりそうになると大騒ぎするが、熱さも喉元《のど》すぎれば、ハイそれまでよ。田舎の人は、そういう都会人意識に強く反発しながら、グズグズと内なる情緒怨恨《えんこん》世界にはまっていく。結果、ゆがんだ地方根性が生まれる。日本の悲劇。

ETC.

チラリズム chirarism Ⓒⓙⓝ【いい加減にしろ！詞】 いくら〝たわむれ事典〟だとしても、こんな項目をだすのは、ちょっとやりすぎ、という読者の怒声が聞こえてくる。

チズム chism ⓝ【ふざけるな！詞】 アメリカの俗語で精液のこと。Jissomあるいはjismともいう。J-ism（日本主義）とちがい、こちらは小文字である。gismやjizzともいう。

ふざけるのにもほどがある！　いいかげんにしろ！　はい、スミマセン。

つ主義　五項目

ツーリズム　tourism【日本詞】　日本式旅行法——おなじときに、おなじところへ団体でおしかけ大騒ぎして喜ぶ。海外にでかけたときには、現地の女を抱きまくり、帰りの飛行機のなかで自慢する。

つながり主義あるいは連帯主義　solidaritism©【日本詞】　ほかの項目でも、これでもか、これでもかというくらいたくさん述べた日本を支える中心的主義のひとつ。

ETC.

日本人は「人の和」という言葉をよく使う。つながりあるいは連帯こそが、すべてに優先すると思っているか、自分にそういいきかせている日本人多数。対立を極度に嫌う。対立した場合には、正面衝突を極力避ける。ウジウジジメジメと女性的に相手をやっつけることを好む人の数は多い。

忠告 この主義を信じている日本人は、陰で相手の足を引っ張るから、くれぐれもご用心を!

通《つう》主義 connoisseurism Ⓒ【美学詞】 通《つう》であることは、日本的美学の極致である。

ツルーイズム truism ⓝ【本〝事典〟詞】 わかりきったことを、さも、もっともらしく述べる主義。陳腐な言葉の羅列《られつ》。この〝事典〟の文章が、その好例。

連れション主義 *tureshonism* Ⓒ【連帯詞】 おまえ、オシッコするの? おれもつきあうよ。おれも、おれも、おれも……付和雷同症候群《ふわらいどうしょうこうぐん》。みんなでもたれあいながら、一緒にやるの大好き。おしっこをするときに、人を誘って並んでやることを好む民族を寡聞《かぶん》にしてほかに知らない。いわんや、屋外においてをや。自立していないギャルやコギャルも、これを好むのには、ただただ驚嘆。ただし、この場合、さすがに屋外での連れションはやらない。原則として公衆トイレを使う。念のため。⇩**立ちション主義**

て主義　拾項目

データ主義　dataism©【日本人苦手詞】　本来的には苦手だから日本人がこだわっている主義。

イギリス人のジョー・イーストウッドというヘンなガイジン女性が、データだけを集めたヘンな本を書いた。なかなかユニークな本である。タイトルもずばり『100％JAPANESE』（一九八九年刊　一九九一年第三刷）。いわく、『海外で仕事をしている日本人は一パーセント。非常に不幸せな日本人は一パーセント。七十歳から七十四歳の日本人で山に登り、愛人を持っているのは一・六パーセント。……日本女性の一八パーセントはスポーツをやるときに汗をかく男はセクシーだと思っている。……日本女性の二一パーセントは車のなかで処女を失いたくないと思っている。……日本の男性の二六パーセントは毛が薄い。女性の二六パーセントは毛が濃い。……日本男性の四二パーセントはフケに悩んでいる。……一日に三十本以上の煙草を吸う日本の女性の肥満率は四二・四パーセント。……日本人の六八パーセントは万年筆を持っている。……日本人のサラリーマンの九九パーセントはとても疲れたといっている。……六十歳代の日本女性の一〇〇パーセントが真夜中には、かならず家にいる。日本のバレリーナの一〇〇パーセントは、自費で衣装と化粧道具を買う』……ところどころ、この本のデータには納得できない部分があるが、それにしても、こんなデータをどこで集めたのかねえ。本当に裏づけのある数字だったら脱帽。ファッキング・アメージング！

諦観《ていかん》主義 fatalism ⓝ【東洋詞】 日本だけでなく、中国にも存在する東洋式諦観《ていかん》思想は、欧米人には頭では理解できても、体ではわからない哲学のひとつ。

テレビゲームイズム TV gameism ⓒ【子供詞】 最近は日本のコマーシャリズムの進出でアメリカにも、かなりはいりこんできたが、このイズムは、びっくりするくらい日本の子供の世界を支配している。

テレビ亡国主義（論） brain dead by TVism ⓒⓝ【亡国詞】 平和ボケ日本の象徴。朝から晩まで日本ほど愚劣なテレビ番組をたれ流している国は、世界のどこにもない。低い民度の民が視聴率最優先主義の愚劣なテレビ番組を生み、それがまた民度をさげ……この繰りかえしをやっているうちに、日本は亡国へまっしぐらという論。

日本は南北に長い国。ある統計によれば、テレビを見る時間は、あの国では南と北とでは、一日平均一時間の差がある。一番長い時間見ているのは青森県（一日平均四時間弱）。一番短いのは沖縄県（三時間弱）。その理由は単純。北は寒いので室内にいる時間が長いから。

テロリズム terrorism【日本人大嫌い詞】［……］ 暴力行為や恐怖政治は日本人好みではない。何度も繰りかえすが、あの国の国民は、なにかの拍子に集団ぐる主義に取りつかれみんなで騒ぎださないかぎり基本的にひとりひとりはおだやかなのである。ただし団子主義のもと、信じられないようなスピードでみんながおなじ方向に顔を向けだすことがあるのでご用心。

定年主義 retirementism Ⓒ【悲劇詞あるいは感嘆詞または歓喜詞】 ひとつの会社で六十～六十五歳あるいは、その年齢近くまで、いろんな我慢に我慢を重ねて勤めあげて定年になったら、それから自分のやりたいことをやるんだと夢想する主義。現実には、その夢を実現する人の数は少ない。ほとんどの人が、再就職をして、まえよりもわるい条件で、また、あくせくと働くか、安い年金をもらって、きゅうきゅうと生きていく。

帝国主義　imperialism【過去詞】　ある人には、昔のニガニガしい思い出。ある人には、郷愁をさそう言葉。だから今の日本では禁句。

丁寧《ていねい》主義　courteousism ©【驚嘆詞】［!］　若干の乱れを見せてはいるが、日本人が丁寧《ていねい》なことに驚かない欧米人はいない。日本の美徳のひとつ。コーカソイド系ガイジンには、日本は基本的に居心地のいいところ。

中立主義　neutralism【夢想詞】　スイスに憧《あこが》れ、その永世中立主義に幻想を抱いて、日本もああいうふうになるべきだと思っている日本人エセインテリの、なんと多いことか！　その場合スイスが国民皆兵の国で各家庭に銃が配置されていることには、あまり注意を払わない。

伝統主義　traditionalism ⓝ【日本詞】　日本の一大美点。この主義の理解者にあらずんば、日本人にあらず、と大多数の日本人が心ひそかに自慢にしていて、これだけは、アメリカにないだろうと優越感を持っている主義。でも、ときに、日本の未来の発展の足かせになることもある。

と主義　弐拾項目

ど×××主義　*do×××ism* ⓒⓙⓝ【便利詞】　単語の頭に「ど」という一語をつけると、「超×××」になる。どすけべえ、どエッチなど。イズムとおなじぐらい便利な言葉。

&

おなじことを、まともな辞典では、『名詞、形容詞などの上に付いて、まさにそれに相当する意であることを強調する俗語。「ど真ん中」「どきつい」「ど根性」など。』（『現代国語例解辞典』小学館）と説明。さすが辞典はちがう。上品な例文をあげるものだと感心。

余

ところが、「ど」の下に、もう一度「ど」がくる言葉は、右記の辞典には、「どどめ（土留め）」だけしか記載されていない。昭和五十六年十月二十三日第二版補訂版第六刷の『広辞苑』（岩波書店）には、この「どどめ」の記載はなく、『どどん（駑鈍）才がにぶく知恵の足りないこと』だけがでている。最新の同辞典もおなじ。このいいかげんなわれらの〝事典〟はいうまでもないが、世に権威があるとされている辞典も、ど完璧なものはないという蛇足解説。

ドイツびいき主義　Germanism【贔屓《ひいき》の引き倒し詞】〔……〕　この主義の信奉者の日本人諸君、次回の戦争はイタリア抜きでやりたまえ!

遠まわし主義　euphemism【日本詞】　婉曲《えんきょく》語法（語句）。あの国の人たちは、婉曲《えんきょく》にものごとを表現することを美学としている。アメリカ流の直接話法は嫌われる。⇩曖昧《あいまい》主義⇩アバウトイズム⇩ファジーイズム

東京主義　*Tokyoism* ⓒⓙ【中央志向詞】〔∨く∧〕〔!〕　または、中央集権主義。猫も杓子《しゃくし》もふたこと目には東京、東京。草木も東京になびく。⇩中央集権主義⬇地方主義

統計偏重主義　statisticism【　】　結構、統計が好きな民族で、むずかしい数字を並べ立てられるとコロリとだまされるお人よしなところがある。

同性愛主義　homoeroticism ⓒ【偏見詞】　これに対する日本人の偏見はアメリカ人以上である。

同志主義あるいは仲間主義　brotherhoodism／comradism ⓒ【集団詞】〔☝☝☝〕

たいして、おたがいに信頼していないくせに、いつもベタベタとくっつきあって、団子になって安心感をえようとする弱者の思想。日本人にこれが多いのは、〝個〟が確立していない、あるいは、〝個〟を確立したくない指向性のせいと思われる。⇩インセンディアリズム⇩キッチリイズム⇩他人のせい主義⇩ノー・ミー主義⇩マイナス主義⇩無責任主義

逃避主義　escapism【日和見詞《ひよりみ》】　問題解決をちょっとずつ先送りにして、曖昧《あいまい》なまま、いつまでも結論をだそうとしない日和見《ひよりみ》主義。あるいは、問題の核心からいつも逃れ、だれかが解決してくれるのを、じっと耐《た》えて待つ日本主義。

トカゲのシッポ切り主義　scapegoatism【無責任詞】　なにかことが起きると下のほうのあわれな人に罪をなすりつけて、上はのほほんとしている主義。世紀末の官僚世界と銀行界で、とくに目立った。

徳目教育主義　moral educationism ©ⓝ【懐古詞】　世紀末若者たちの礼儀作法の欠如は目にあまるとニガニガしく思ったオジタリアンやオバタリアンたちが、昔の修身教育を懐しがり、二一世紀に向けて若者再教育にかかろうとする開花寸前の新しい主義。もちろん、この主義をニガニガしく思っている人も結構いる。⇩スパルタ主義

二〇世紀最後で二一世紀最初の東京都知事になった作家であり政治家でもあるシンタロー・イシハラが、公約にかかげて、一躍、脚光を浴びた。

ドコモイズム（携帯電話主義）DoCoMoism ⓒⓙⓝ【驚愕《きょうがく》詞】　日本人が、どれほど電話好きかを証明する主義。

私見

とくに、日本の若い層に、みるみる広がったこの主義には、ただただ驚愕《きょうがく》。街角でだれもかれもが、あっちを向いても、こっちを向いても、電話、電話、電話。二〇〇〇年末には、これを使ったメール通信が流行。車内通話禁止の電車に乗っていると、一車両のなかに、五〜六人がピーポ、ピーポと携帯のボタンを押している。あなたたち、そんなに用があるの？　先方がこちらに用があるときだけ、一方的にかかってくる電話という道具は一方通行のエゴイズムだと思っているリザとベルダーには、信じられない現象（ふたりとも、よっぽどのことでなければ、人に電話をかけることはない。ほとんどの用はメールですませてしまう）。高校生や中学生まで携帯電話を持っているのですぞ！　あの国では。ご丁寧に「家族割り引き」などというまやかしの料金制度があったりするくせに、あの国の電話料金は、やたら高い。これが二一世紀の早い時期に是正されなければ、日本はIT戦争に生き残れないと予言しておく。

私見

若者だけでなく、多くの日本人の電話のかけかたに、よく消化されていないエゴイズムを感じる。

余

欧米人が、日本にいて一番カンに触るのは、「×××です」と名前をいって電話をかけると、「どちらの×××さんですか?」と、かならずといっていいほど問いかえされること。「わしはわしのわしだ」(わし〔わたし〕は鷲《わし》のわし〔わたし〕だ)と冗談のひとつもいいたくなる。ほんと、アイデンティティーの確立していない国!

独身主義　bachelorism【悲劇詞・田舎詞】　結婚したくても、なかなか結婚できない日本の田舎の男たちの、かなしい現実を直視せよ!　地元の女たちは、都会にでたがり農業者と結婚したがらない——日本の農村部の大問題。

&

農村の結婚問題はさておき、あの国の結婚率の低下は深刻。一九七〇年代には、二十代の男女合わせて五〇パーセント強（女性は約八〇パーセント）が結婚していたが、一九九〇年半ばには、二十五歳から三十歳の適齢期の結婚率は五〇パーセントを割った。その世代の男性の独身率は、なんと六八・四パーセント、女性のそれは五〇・四パーセント**（週刊誌から拾ったデータだから、あまり信憑性《しんぴょうせい》はない）**。

ETC.

パラサイトシングルを楽しむ独身男性の五二パーセント、女性の七三パーセントがママ（二十歳過ぎても、母親をこう呼ぶ人が日本には多い。おかあさんとか、おかあさまとか、母上とかの日本語を使ってほしいねえ）に家庭での日常生活の面倒を見てもらっている。**（国立社会保障人口問題研究所の『全国家庭動向調査報告』）**

どーもどーも主義　*do-mo do-moism* Ⓒⓙ 【便利語多用詞】　たいていのことは「どーもどーも」ですんでしまう、この日本的合理主義のすばらしさ！（皮肉ではない）

忠告

日本にいくときには、覚えておくとほんとに便利な言葉。

例

例一。「どーも」（ハーイ！）「どーもどーも」（やあ、今日は）。例二。「どーもでした」（ありがとう）「どーも」（どういたしまして）。例三。「どーも」（ごぶさたしてますねえ）「いやー、どーも」（ほんと、ごぶさたしてます）などなど。ほんと、日本はわかりやすくて、わかりにくい国。

どーぞどーぞ主義　*do- zo do- zoism* ©【ご用心詞】[☝☝]【Fuckig Jap！詞】
謙譲《けんじょう》の美徳とやらの素ぶりを見せて、相手に譲《ゆず》った振りをしながら、その実、譲《ゆず》られることを期待する主義。

例

「お先に、どーぞどーぞ」（わたしが先にやっていいですか？）「いえ、そちらがお先に、どーぞどーぞ」（いえ、わたしが先にやりたいんだけど……）と二、三度譲《ゆず》りあっている振りをしながら、「そうですか。本当に、すみません。それじゃ、お言葉に甘えまして、お先に、どーも」（ありがたい、しめた！）と、ずうずうしいほうが先に利益をえる（という解釈は、いくらなんでも、ちょっと、ひねくれすぎた解釈か……）。（ベルダー）

隣組主義　*tonarigumiism* ©ⓙ【日本美学詞】[！]　お上のたくみな社会コントロール・システム。お隣とおたがいに干渉しあいながら生きていくのは日本の生活美学。意地悪に解釈すれば、いくらでもこの主義の悪口はいえるが、善意に解釈すれば、この主義は、たすけ

あいの精神につながる。⇩**村づきあい主義⇩たすけあい主義**

阪神大震災やロシアのタンカーの座礁で生じた日本海重油汚染のときに駆けつけた人たちの相互扶助の背景に、この主義があった。

&

戦争中の一九四〇年（昭和十五年）に組織された隣組制度は、制度のうえでは、一九四七年（昭和二十二年）に廃止されたが、いろんな形で今も生きている。ことに田舎では、昔ながらの五人組や十人組を再編成する形でつづけられ、その存続に無理がなかったので日本の農村部に、この組織があたえている影響は大きい。完全に村落の最末端機構として、今も有効に機能している。都会でも、ところによっては、自治会・町会の、さらに下の組織として、なんとなく気分的に健在である。

忠告

ずばり、いう。このあたりの〝日本の秘密〟を知らないガイジンは、日本とかかわりを持たないほうがいい。あなたが、あくまで欧米的〝個〟の思想をつらぬこうという人だったらあの国では、なにをやっても成功しない。くどいようだが、〝個〟を中心とした欧米社会と集団主義の日本は、ほんとに、まったく、ちがうんだ！……これだけいっても、わからない？……日本にいくのは、およしなさい。あるいは、さっさと日本を去りなさい。ここまで、この〝事典〟でしつこく、くりかえしくりかえし説いてもわからないのなら。

取りこみ主義　**plagiarism**【盗作詞】　でたらめで、まちがいだらけで、偏見と独断にあふれているこの〝事典〟を支えている主義。剽窃《ひょうせつ》主義ともいう。

元　プレイジャリズム本来の意味は、盗作主義。剽窃《ひょうせつ》、（他人の作品などの）盗用をさすこともある。

どろぼう主義　**idea robberism** ©【警戒詞】　日本にはアイディア権を尊重する風潮が、あまりないのでご用心。

どっちもどっち主義　**neither norism** ©【日本詞】　どこまでいっても平行線。対立した場合、「どっちも、どっちだな」といって白黒つけないのが、日本人の常套《じょうとう》手段。

日本には昔から「喧嘩《けんか》両成敗」という主義がある。

ドンキーイズム　donkeyism©【ご用心詞】〔↘↗〕　ひどくぶたれるとロバのようにテコでも動かなくなる主義。**➡ぶってぶって主義**

忠告

ぶってぶって主義者のくせに、たたきかたがひどくて、メンツを傷つけられると動かなくなるどころか、陰険に復讐を誓う人が多いからご用心。日本人を使って仕事をする必要のある人は、叱りかたにご注意。ついでに書けば、一般的には、世界のどこでも女性は嫉妬深いというのが定説になっているが、日本の男の嫉妬深さはなかなかなものなので、ご用心。嫉妬深い男というのは、同時に執念深いところがあるので、やっつけすぎるといつまでもそれを根に持つからご用心。

ドンキホーテ主義　Don Quixoteism©【不可解詞】　突進主義。カミカゼ攻撃。打ちてしのち止まん。つっこめ、つっこめは、ある局面で日本人の特性。普段、借りてきた猫みたいにおとなしくて、キープ・スマイリングな人たちの、突然の変身！　日本人はわからない！**⇩公私混同主義➡頭かきかき主義➡ジャパニーズ・キープ・スマイリング主義➡日本的ほほえみ主義➡まあまあ主義**

な主義　六項目

成金主義　nouveau richeism Ⓒ【魔術詞】《全！》　表面的には、多くの人から軽蔑のまなざしで見られているが、内心では羨望《せんぼう》の対象にされている複雑な主義。おれは金持ちになっても、ああはならないと貧乏なときには思い、実際に金持ちになると、いつのまにか、そうなってしまう人が多い魔法（魔術）用語でもある。

浪花節主義　*naniwabushiism* ⒸⒿ【情緒怨恨《えんこん》詞】　インテリほど過去の遺物として否定したがるが、実は、今も日本の底流に、脈々と流れている主義。

&　戦前の日本のナショナリズムを語るときに、この主義を無視することはできない。浪花節の旋律に乗せて常民の心に訴える義理人情話——出世話、心中話、仇討ち話、武勇伝などなどは、「コモンピープルのコモン・センス」の基盤を形づくるのに、大きな影響を与えた。

私見　戦前の権力機構はナショナリズム国家形成のために常民に大人気の浪花節を利用

したところがあるというのはベルダー説。浪花節のアウトロー的側面の逆利用説である。

ⓝ日露戦争がおわったつぎの年（明治三十九年）、東京の浪花節寄席は八十軒、浪曲師は四百人。講談師や落語家よりも多かった（『〈声〉の国民国家・日本』［**兵藤裕己著　日本放送出版協会**］に所載のデータ）。世紀末の浪花節——熟年世代向けの通販テープや通販ビデオに登場するくらいで、あまり人気がない。

元

なにわぶし——浪曲ともいう。三味線の伴奏でのんびりと義理人情を語る日本常民の伝統芸のひとつ。江戸時代の末期に大阪からはじまったとする説が有力。説教節、祭文が原型とされる。ⓝ『（明治時代にはいってから）浪曲は東京の貧民窟の生業として最下等の芸能だった。それが鉄道の発達とともに全国に流浪（余計なことだが、ここでこの日本語を使うのはまちがっていると思う。ベルダー註）し、いつしか「日本人ならだれでも知っている物語」を伝える口頭芸の地位を確立する』（**シンペイ・イシイ　『週刊朝日』二〇〇〇年十二月二十二日号の『週刊図書館』の書評より**）。

余

それまでの民衆芸を寄席芸に仕立て直したのは、コマキチ・ナニワテイ（一八四三年〜一九〇六年）。クモウエモン・バイチュウケン（一八七三年〜一九一六年）は伝説の浪曲師。戦前の第三期黄金時代（一九三五年ころ）から戦後まもなくのまだ浪花節が廃れていなかった時代に有名だったのはトラゾウ・ヒロサワ（一八九九年〜一九六四年）。この三人の名前を覚えておいて、さりげなく会話に挟めば、あなたは、若者から浪花節通として一目おかれるかも？……今の若い人は、このお三方の名前を、まず、知らない。

なーなー主義　*na-na-ism* Ⓒⓙ【ご用心語・不可解詞】　よくいえば、日本人は阿吽《あうん》の呼吸でものごとを進めるのを好む。わるくいえばイエス・ノーをはっきりさせないで裏取引でことを解決するスペシャリストである。どっちにしても、この主義にでくわすと欧米人は、なにがなんだか、わけがわからないし、太刀打ちできない。先様もガイジンは、この主義者仲間には入れてくれないし、こちらがはいりたくてもテクニック不足で、まず無理。

ナショナリズム　nationalism【希薄詞】［……］　国家主義。国粋主義。民族主義（以上、某辞典からの剽窃《ひょうせつ》。**この手の剽窃《ひょうせつ》は、この事典ではやたら多いので、今までいちいちお断わりしなかった。**あしからず）。日本の若者たちにこの主義が希薄になったと老人たちが嘆く主義。

ナルシシズムあるいはアイ・ラブ・ミー主義　narcissism／I love meism©【普遍詞】

《全！》　世界中どこにも、あふれている主義。この〝事典〟の筆者であるリザとベルダーなども、これをたくさんたくさん持ちあわせている典型的好例。そうでなければ、こんなゆがんだ本は書けない。

なつっこい主義　puppy dogism©【ご用心用語接触詞】

むやみやたら相手に押しつけると嫌みになって、同性に向けて表現しすぎると誤解を受ける主義。⇩**ベタベタ主義**

&　とにかく、日本人は人なつっこくってホスピタリティーに富んでいるという伝説が欧米人のあいだでは、なかば伝説化している。たしかに、そのとおりだが、最近の日本人は――ことに大都会では、無愛想な人が増えた。

忠告　ガイジンに対して、ヘンに人なつっこい人は、なにか魂胆があって、近づいてくる場合がママあるからご用心。人なつっこさにほだされて、ちょっと心を許すと、いい気になった相手から子供のホームステイを頼まれたりする。もちろん、日本人が昔から伝承しているちゃんとした正統派なつっこい主義の人もたくさんいる。

に主義　八項目

二十四時間戦闘主義　24 hour pugilism ©【戦闘詞】　あなたは二十四時間戦えますか？――テレビの健康飲料のコマーシャル。脱帽。⇩**ヘルスドリンクイズム**⇩**夜なべ主義**

日本主義　*Nipponeseism* ©【　】　この〝事典〟を精読すればわかる。

&　ところで、ニッポンなの？　ニホンなの？　あの国は？　はっきりさせてほしいと思っているジャパノロジストは多い。今はないが、日本社会党はニッポンで、日本共産党はニホンだったりして、とにかく、まぎらわしい。

余　昭和九年に文部省がニッポンと呼ぶようにきめ、戦後は、エーサク・サトウが総理大臣だったときに、一度、「ニッポンとする」という閣議決定がなされたとのこと。だとしたら、ニッポンと呼ぶのが正しいってこと？　でも、そのわりに、ニホンといっている日本人によく会う。だれか、日本の正式名称を教えてください！

余　『「日本国憲法」ができた時には、国会である議員が「これはニホン国憲法かそれともニッポン国憲法か」と質問し、国務大臣金森徳次郎が「この緊急の際にさような不急の問題を論じているゆとりはない」と答えたために大いにもめた。』〔トシオ・タカギのコラム『お言葉ですが……』（『週刊文春』一九九九年八月二十六日号）〕

日本人単一民族主義（説） J-oneism Ⓒⓝ【錯覚詞】 わりと単純で中途半端な国粋主義者が、陥りやすい主義。アメリカやカナダのような世界中の国々からやってきた人たちで構成されている国家（アメリカの場合、人口の約一〇パーセントが他国生まれ）とちがって、ちょいと見には、おなじような顔と体つきの人たちが群れをなして暮らしているあの国を単一民族国家と誇りに思っている日本人は、案外多い。日本のことを深く知ろうと思ったことのないアメリカ人のあなたも、そうきめつけているのでは？ これが実は、ちがうのだ。あの国には、昔からアイヌの人たちもいれば、朝鮮半島や中国大陸生まれで帰化した人たちもいる。あの国は、けっして単一民族国家などではない。

日本人農耕民族主義（説） J-farmerism Ⓒⓝ【錯覚詞】 日本人単一民族説には組みさない人でも、案外、日本人はおだやかな農耕民族の末裔《まつえい》だと信じて疑っていない人が多い。これまた、大きなまちがい。弥生時代の人たちは、たしかに農耕民族だったが、縄文時代の人たちは、狩猟民族だったし、昔から山岳地帯には、サンカという川猟や狩猟が得意な人たちがいた。それに、今日だって日本の長い海岸線には、北から南まで漁民という漁労民族が、たくさんいる。それを一把一絡《いっぱひとから》げに、農耕民族だときめつけてしまう考えかたは、きわめて短見的である。そう、日本人のなかには、昔も今もちゃんと狩猟・漁労民族もいるのだ。

サンカ——山窩、散家、山稼。ノアイ・オゲ・ポンなどとも呼ばれた。サンショコトバという仲間同士の言葉も持っていた。山のなかを漂泊する民。ここでは過去形で書いたが、その末裔《まつえい》たちは、今も日本のどこかで暮らしている。

日本的ほほえみ主義 smiling buddhaism Ⓒ 【日本そのもの詞】 笑顔最優先主義は日本国のタテマエ主義。⇩頭かきかき主義⇩公私混同主義⇩ジャパニーズ・キープ・スマイリング主義⇩まあまあ主義⬇ドンキホーテ主義

忠告

いわゆるジャパニーズ・キープ・スマイリング。神秘性、不可解性、誠実性、インチキ性、摩訶《まか》不思議性、優柔不断性、消極性、不気味性などなど——欧米人であるあなたを悩ませるあのほほえみの無言の強烈な自己主張のすべてを、あなたは、妬《ねた》みとそねみと軽蔑と尊敬と、もろもろの複雑な気持ちで、ためらいながら受け入れている。心のどこかで、あんなほほえみをおのれも、してみたいもんだと、ちょっ

ぴり感じながら。でも、あれは欧米人には無理。あきらめなさい。

余 大和撫子《なでしこ》がオホッホと笑うときに、手を口のところに持っていく習慣が生理的に我慢ならない。笑うときには、おおらかに笑ってほしい。（リザ）

日本化主義 japonizationism Ⓒ【日本詞】 外（海外）のものを、なんでもすんなり受け入れ、やがてすべてを日本化してしまったあと、あらためて、おのれのものとして、外（海外）にだすあのすごさ！ 外からはいってきたものは、そのとき、まえよりも、すばらしいものになっている怖《こわ》さ！ 日本にはかなわない。

ニヒリズム nihilism【エエカッコ詞】［☝］《全！》 虚無主義。エセインテリ愛用用語。

& 「あなたって、ちょっとニヒルね」と大和撫子《やまとなでしこ》にいわれたら、これはほめ言葉と考えていい。

ニュー主義 nouveauism／novelism Ⓒ【感銘詞】［！］ 新しいもの好きは日本人の国民性。

ぬ主義　壱項目

ぬかるみ主義　mireism©【絶望詞】［🖕🖕🖕🖕🖕🖕🖕］【Fucking Jap！詞】　日本人には、ぬかるみのなかで、のたうちまわることを好むマゾ的な性癖がある。＝出口なし主義⇩曖昧《あいまい》主義⇩アウトロー否定主義⇩共生主義⇩幸せ主義⇩銭湯主義⇩全体主義⇩団子主義⇩ぬるま湯主義⇩分派主義⇩平凡主義⇩変化否定主義⇩みんなで主義⇩無責任主義⇩横ならび主義⬇村八分主義⬇強引主義⬇ゴーイング・マイ・ウエイ主義

&　「……どこまでつづく、ぬかるみぞ」という有名な軍歌がある。

例　「いや、あのときは、ほんと、ぬかるみ状態でしたね」「あのぬかるみのなかで、おたがい、がんばりましたねえ」

ね主義　五項目

ねたみ主義　catism©【醜悪詞】　日本は、ねたみを生みやすい社会構造になっている。

いろんな原因が考えられるが、二〇世紀型終身雇用制なども、その大きな一因。だって、あなた、大会社では、何百人という同期に入社した人が、一生を賭《か》けて出世競争をして、上は社長になる人から平のままでおわる人までいる人生模様を想像してごらん？　ウジウジジメジメした情緒怨恨《えんこん》型の風土のなかで、ですよ。考えただけで、ぞっとする。日本に生まれなくて、ほんと、よかった。

ネットアイドリズム　net idolism Ⓒⓝ【若者詞】　ネットを利用してアイドルになろうという新趣向。ホームページを立ちあげれば、だれでもアイドル。二一世紀型マスメディアのあだ花。なんのことか、わからない？……あなた、おくれている！

私見　昔、スチュワーデス、今、女子アナ、おつぎはネット・アイドル？――日本のギャルが憧れる〝職業〟について、ここでいくら説明しても、欧米人のあなたには、わからないだろうから、これでやめる。いくらでも、きいたふうな解説はできるが、本音を吐けば、わたし（ベルダー）にも、その深層心理は理解を越えている。

ネット至上（絶対）主義　net supremacism Ⓒ【若者詞】　《全！》インターネットの大ブレークで、若者たちは、なんでも「ワンクリックで」片づけてしまう。人との直接コミユニケーションが苦手な若年層の増加は、二一世紀の地球レベルでの大問題のひとつ。

& 大学生の就職戦線も、世紀末の三、四年は様変わり。企業情報はインターネットで手にはいる。資料請求や会社説明会の申し込みもクリック一発。これを使って入社試験までやる会社もある。

ねーねー主義 ne-ne-ism Ⓒⓙ【翻訳不可能詞あるいは日本語挑戦詞】 相手の体にちょっと触って「ねー」あるいは「ね」というだけで、おたがいが、わかりあえる便利な主義（言葉）。欧米人には、まず理解不可能な言葉。

忠告 もし、あなたが日本語を勉強した人で、この言葉を使いこなせるようだったら、あなたは相当な日本語遣い。訓練方法としては、なんでもいいから語尾に「neー」とつけて日本語をしゃべってみる。ただし、この場合、柔らかく発音しなければならない。アイデンティティーの確立しているあなたには、この静か、かつ優しくいわなければならない「neー」を正確に発音することは、まず無理。基本的にこのねーねー主義は、さみしがり屋の日本人向き。

年功序列主義　*seniority systemism* Ⓒ【典型的日本詞】[!]　会社社会主義国日本社会諸悪の根源と断言するアメリカ人のジャパノロジストもいる。バブルがはじけて、いろんなきびしい悪条件のもと、アメリカ社会の影響などもあり、最近すこし雲行きが怪しくなってきた主義。⇩**先輩後輩主義**

の主義　五項目

ノーアポ主義　*no apoism* Ⓒ【日本人詞】[><]　「武士に二言はない」などという言葉がある割りには、アポイントメントなどという外来概念とは、縁遠い日本人多数。ただし、あの国の一部エリートたちは別。現代のサムライたちは、約束の時間を守る。

&　「ナントカ時間」（たとえば、博多時間）というふうに、地名を頭にかぶせた日本式アポの方法が各地にある。約束の時間に、あらかじめ三十分から、ひどいときには、一時間足した時間が、その土地の本当のアポ時間だという一巻のオソマツ。神経質で、チマチマしたことには結構気を使う日本人のアポに対するおおらかさは、賞賛に価する。

忠告 アポの時間に遅れてきても、「どーもどーも」と、ひとことといってあんまり遅刻を気にしない人が多いから待っているあなたも気にしないように。

ノイジーイズム noisyism©【騒音詞】[くく] [!]　どんちゃん騒ぎが好きな人たち。ひとりだとおとなしい。たくさん集まると騒ぐ。おとなしい国民性のわりには、結構さわがしい民族。ただし中国人ほどではない。

覗《のぞ》き主義 Peeping Tomism／voyeurism©【Fucking Jap! 詞】[🖕🖕]　他人のプライバシーをやたら覗《のぞ》き見したがる日本人の性癖には、へきへきする。田舎にいけばいくほど、この傾向は強い。ときとして、公園でアベックのアウトドア・ラブアフェアーを、こっそりと覗《のぞ》き見する暇な人種の趣味をさすこともある。

元 ピーキング・トムはレディー・ゴダイバ（英国のレオフリックの奥さん。白馬に裸で乗ったことで有名）のノゾキをやって盲目になった男。

& 世紀末最後の覗《のぞ》きは、ハイテク技術を使って女性トイレや更衣室をビデオで盗撮して、それを売るところまでエスカレート。TBSという東京の一流テレビ局の記者が女性の入浴風景を盗撮する騒ぎや、テレビでそこそこ売れているタレントが、女性のスカートの下からビデオで盗撮したりする事件が二〇世紀末に起きた。ほんと、あの国は病んでいる。

ETC.

一九九九年のなかば、通信傍聴法案が、国民の議論のないままに、あっさりと国会を通過。国際犯罪を防ぐのが目的というのが大義名分。が、マスコミは、これを盗聴法案と呼ぶ。「それでなくても、他人のプライバシーに興味津々の国民性を持った民族が、オフィシャル・ピーキングという武器を持つことは、鬼に金棒。歯止めがきけばいいんだが……」と友人のドイツ人ジャーナリストが、複雑な表情。

のーてんき主義 **optimism**Ⓒ【楽観詞】［……］　いわゆるオプティミズム。あなたは日本（ことに農村部）で悲観主義を建前にしている多くのオプティミスト（楽天主義者）たちを発見するだろう。⇧**オプティミズム⬇ペシミズム**

ノン・プロジェクトイズム **non-projectism**Ⓒ【日本人不理解詞】［！］　本当の意味でのプロジェクトという概念を頭ではわかっていても、体では理解していない日本人多数。

は主義　拾五項目

ハイ、ハイ、ハイ、ハイ、主義　yes yes yes yesism Ⓒ【ご用心詞】　ときに、日本人のハイは、あまり意味もなく発せられることがあるのでご注意。ハイがかならずしも英語のイエスでないことは、くどいほど書いた。＝**ノー主義**⇩**面従腹背主義**⇩**イエスマン主義**

バイリングアリズム　bilingualism【錯覚夢想詞】　二か国語が自由にあやつれるだけで国際的だと思っているバイリンガル（母語とおなじように外国語を話せる人）の主義。世紀末日本の若者のあいだでは、この主義者は、憧れの対象だった。⬇**帰国子女主義**

余

バイリングアルを鼻にかけている帰国子女に、「スイスにいけば、常民が三、四か国語を自由にしゃべる」といったらしらけた。

排他主義　exclusivism【　】《全!》　鎖国を解いてから、ほんの百年とちょっと。他を受け入れない心情はあの島国に住む人たちの心の底に脈々と流れている。よそ者はいつまでたってもよそ者。ガイジンは、文字どおり外人なのである。⇩**外国人拒絶主義**

ETC. 海の外の人に対してだけではない。田舎にいけば、ほかの土地からやってきた人（とくに都会人）に対して、この意識が異常に強いことに驚かされる。ほかの国もおなじか……。

敗北主義 defeatism【世紀末詞】 世紀末、なにもかもがうまくいかない感じの日本をベッタリと、この主義がおおっていた。

白人（コーカソイド）と一回やりたがる主義 WSWism（Wanna Screw a Whiteyism）ⓒ【♂♀♂♀詞】 外国人拒絶主義を心のどこかに持っているくせに、なぜか、たいていの日本の男はコーカソイド女性の体にすけべえな気持ちを抱く。できれば、一回、お願いしたいと大多数の大和男子は思っている。大和撫子《やまとなでしこ》も、コーカソイド男性に興味を抱いている。ただし口では「ガイジンは、気持ちわるい。死んでもイヤ」という女性も結構いる。その真意のほどは、さだかではない。**⇩エロティシズム⇩すけべえ主義⇩ムッツリすけべえ主義⇩ラシャメン主義**

忠告 もし日本女性の深遠なるセックス哲学に触れてみたいのならば、あなたが、みずからチャレンジしてみるしかない。ある一部のギャルやコギャルのあいだでは、アフロ・アメリカン男性の人気が高い。

博愛主義　humanitarianism【錯覚詞】［……］　くそくらえ！（ベルダー）

バーイズム　barism©【絶句詞】［☝］　接待王国日本。会社の金でクラブに通って、そこでねんごろになってセックスした女の代金まで会社の支払いにする人もいる。バブルがはじけて、すこし、この主義は元気がなくなった。**⇩ものもらい主義⇩グズグズイズム⇩接待主義**

ETC.　『酒場は男の戦場だ。』と書いたヒトミ・ヤマグチというサラリーマン出身の作家がいる。日本人の作家ならではの名言。この人の文学（とくに随筆）は、あまりにも日本的で世界では通用しなかった。

走り主義　Pavlov's dogism©【万歳詞】［!］　ラッシュアワーの電車に駆けこむ群衆。だれもかれもが、一分一秒をあらそって、走る、走る。毎日、毎日、おなじことをくりかえしているうちに、それが自然体になってしまった。だれも、そのことに疑問を感じない。パブロフ（一八四九〜一九三六　旧ソ連の生理学者。ノーベル生理・医学賞を一九〇四年に受賞）の犬の条件反射の実験を思いだしていただければいい。

忠告 はっきりいって、欧米人には生理的にダメな主義だが、もし、あなたが、この主義者たちの〝つらい気持ち〟を本当に理解できるようになったら日本人を、たやすく使うことができる。あるいは、日本人の下で、うまく働くことができる。

ハッピーイズム happyism©【!-!-!】 九〇年代の若者をおおっていた幸せなイズム。大人の世界の世紀末的現象など、どこ吹く風。金融不況など馬耳東風。あの不干渉（不感症）主義を二一世紀も若者が持ちつづけることができたら、ゴリッパとしかいいようがない。

ハニーイズム honeyism©【くっつき詞】[<<] なにがなんでもいいからベタベタしていたいのよ、おれたち日本人は!-!=**ベタベタ主義**

パパイズム paternalism【日本詞】[……] パパ温情主義。父親干渉主義。日本の場合は前者的用法で使われることが多い。日本のパパは会社社会主義のなかで滅私奉公主義で働き、家をかえりみることがあまりできなくて、めったに家にいないので、たまに子供に会うときには、やさしく接する。子供の教育はママまませという現象が、戦後長らくつづいたが、世紀末の大不況のおかげで残業が少なくなりマイホームパパが増え、毎日このイズムを

実行できる人が多くなったという一巻のオソマツ。⇩会社主義

元 パターナリズム本来の意味は、『政治・雇用関係などにおける家族主義・恩情主義』（シャープ株式会社の『パワーザウルス』のなかの『英和辞典』より）

バーバーリズム　barbarism【日本人嫌悪詞】　野蛮性。粗野。日本人が嫌いな主義。

蛮行主義　vandalism【日本人嫌悪詞】　文化、芸術、公共施設、自然などの破壊。日本で一番嫌われる行いのひとつ。多くの日本人は、アメリカをおおっている主義だと思っている。その実、公共物を大切にする人に、あまりお目にかかったことがない。

忠告 あの国にいったときに、自然のなかにゴミ（おもに空き缶）をポイ捨てする人の数の多さに驚かないように。

反グローバリズム　anti-globalism ⓝ【弱者希望詞】　テロリストの心の支え。アングロ・アメリカン型市場中心主義、すなわちグローバリズムが世界の安定をくずし、世界経済を混乱させる元凶だとする考え方。弱者の論理と片づけるのは簡単だが、二一世紀型新思考

としてこれから脚光を浴びるだろう。この主義が人類滅亡の遠因になるか、あるいはベルダーが熱望している世界国家樹立の原動力になるかは、今後の課題。両刃の剣的主義。➡グローバリズム

反抗主義 antagonism ⓒ【平凡詞】　最近の日本で流行《はや》らない。ハイ、右へならえ！

ひ主義　拾参項目

非営利民間団体主義 NPOism ⓒⓝ【先進国錯覚善意詞】《全！》　二一世紀の地球のありかたの鍵を握っていると、ことにあたる当事者はかたく信じている主義。ただし、この主義者たちの善意を押し売りされる側の発展途上国の人たちには、ときに有難迷惑な主義。

&

欧米の先進諸国に立ち遅れること十数年、日本では、NGOやNPOなどの非政府主義の活動は、二〇世紀のおわりごろになって、やっと活発になった。ただし欧米のこの手の活動にくらべて、資金源にあまり恵まれていないのが、日本でこの主義を推進している大部分の人たちの悩みの種。

ヒットラー主義　tHitlerism【不毛詞】　または、全体主義。強いリーダーに反発しながらリーダーを求め、そのリーダーに指導力よりも調整力を期待して、みんなでみんなで……日本には、ときどき消極的な全体主義のニオイがする。ⓝ二〇〇〇年もどんづまりになって、そのきなくささが、さらに強くなったと思っている在日ガイジンは、結構いる。

＆

世紀末の日本の現状を分析すると、早晩、ポピュリズム（大衆迎合主義）に徹して大向こうの受けを狙う政治家が登場しそうな土壌は、すでにできあがっている。ただし世紀末の政界に籍をおく人たちを品定めしてみると、幸か不幸か人材不足で、大衆が熱狂的に支持しそうなタマは、そんなにたくさんはいそうもない。が、あなどってはいけない。突然、思わぬダークホースが表舞台に登場して大向こうの喝采を浴びるための舞台設定は、すでにできあがっている。

余

ヒットラーというと多くの日本人は眉をしかめるが、その実、本当に嫌っている人は、アメリカ人ほど多くない。

私見

ずばり、日本はドイツにヒットラーが登場したときと、似たような社会状況にあるというのがベルダーの分析。リザは、ヒットラー登場時の状況とは、ちょっとちがうし、怜悧《れいり》なドイツ人と熱しやすくて覚めやすい日本人の性格のちがいが、おなじような熱狂的支持を受けるリーダーが一時的に登場しても、急速に支持を失って結果として全体主義の方向には走らないという見解。

否定（消極）主義 negativism【官僚詞・田舎詞】〔ㄑㄑ〕　いつも否定的立場から、ものごとを見て判断する主義。日本の官僚あるいは田舎人の基調思考法。なにか新しい提案があると、「いやー、それはダメだよ」とマイナス要素を、まずいろいろとあげつらねて、まえにものごとを進めようとしない主義。⬇**マイナス主義**

ビデオマニアイズム video maniaism Ⓒ【孤独詞】　日本に滞在する孤独なガイジンが、陥《おちい》りやすいイズム。

忠告　母国製の映画ビデオを毎日毎日何本も借りてきて、部屋にこもってひとりで酒を飲みながらそれを見るのが、たったひとつの楽しみになる——そんな人は、早く国に帰ったほうがいい。

批判主義　criticism【特殊詞】　自分のことは棚にあげて、人のことをあれこれいいたがる民族を日本民族以外そんなにたくさんは知らない。うん、インド人がいたか……。

非物質主義〈論〉　immaterialism【エセインテリ詞】　行動はともなわないが、もっともらしいご託を並べて、現状を嘆くことを美学としている人たちの主義。偏差値教育の落とし子たちの主張。上は四十代から大学生までの世代が、よくもてあそぶ主義。なにひとつ行動を起こすわけではないが、物質主義にベッタリとおおわれた戦後五十余年の日本の有様を嘆き、インマテリアリズム（非物質主義）を賛美するような人たちの頭でっかちな概念主義、観念主義。エセインテリに多い考えかた。⇩**イジイジウジウジ主義**⬆**行動主義**

ひまわり主義　heliotropism【日本二〇世紀後半詞】　ボスの顔色ばっかりうかがっていた二〇世紀後半の日本のサラリーマンの平均的指向性をさす。

元

〈植物の〉向日性。⬇**苔《こけ》主義**

秘密主義　secretism Ⓒⓝ【ガイジン・ビックリ詞】　なにごとも、極秘裏に行うというのは、ほとんど日本人の趣味に近い。とくに、地方から中央まで役人と名のつく人が、国民に情報をだしたがらないのは、江戸時代のしきたりを今も綿々と引き継いでいるせいだと思われる。

&

役所で全国初の『情報公開条例』を施行した栄誉を担っている町は、山形県金山町。一九八二年（昭和五十七年）四月一日に施行された。それから遅れること十八年目の一九九九年に、やっと中央省庁を対象にした『情報公開法案』が成立。その施行をまえにしたある中央省庁が全省あげて、たくさんの書類を廃棄処分している現場に居合わせたことがある。本当に必要のない書類を捨てていたと思いたいが、秘密主義が骨の髄までしみこんでいる日本の場合、こうした法律が成立することで、二一世紀の日本にとって必要だが、役所にとってとりあえず都合のわるい資料が「どこかに消えてしまう」リスクは、実に高い。

ETC.

数ある中央省庁（二〇〇一年から、新体制で少し減る）のなかでも、「外交機密・国家機密」を盾にとった外務省の情報公開に対する保守主義は目にあまる。ガイジンのジャーナリストのもとには、ほとんど「有益な情報」がもたらされることは、皆無に等しいとフランスのある新聞社の特派員が嘆いていた。

ヒューマニズム　humanism【題目詞】　このお題目を真顔で唱えていると、あの国では、結構うける。

例「やっぱり人間性だよ、きみ!」

忠告どちらかというと日本人がカタカナ日本語でヒューマニズムと使う場合は、humanitarianism（人道主義、博愛主義）に近いので、ご注意のほどを。

ヒロイズム　heroism【日本人愛好詞】　日本人は心の底では、英雄好きである。そのくせ、やたら強すぎるヒーローには反感を持つ。判官びいきという言葉があるのは、そのなによりの証拠。⇧英雄主義

&　ぐる主義やぐるーぷ主義や団体主義が、はばをきかせているあの国には、ヒーローが生まれてくる土壌はないという説と社会全体の調子がわるくなってくると、この日本人気質が、逆に作用して英雄待望論につながってきてあぶないという説を唱えるジャパノロジストが対立している。

私見 実は、リザとベルダーの意見も、この件に関してはわかれている。

日和見《ひよりみ》（便宜）主義 wait-and-seeism【戦略詞】 あっちにしようかな、こっちにしようかな……まわりの様子をながめ、具体的な行動を起こさないままで、あわよくば漁夫の利をえようとする典型的な日本人の行動パターンのひとつ。⇩風見鶏主義⇩ご都合主義

忠告 単純なお人好しの欧米人は、「イエスとノーをはっきりいわないヤツらだ、なにを考えているんだろう」ぐらいにしか思っていないが、その底の深遠なる日本人的思考法のなかに、横たわる日和見《ひよりみ》主義（洞ケ峠《ほらがとうげ》主義）の怖《こわ》さを知らない。ご用心。ある種のやり手の日本人は受け身の戦略家であり策士であることを肝に命ずべし。

⇧オポチュニズム

貧乏主義 asceticism Ⓒ【虚構詞】 「貧乏はカッコいい」と主張する一度も物に不自由したことのない、戦無派の若い層が増えてきた。そのくせ、実際に貧乏を体験するとオタオタして、なすすべもない。あの国では、戦後の貧乏時代を身をもって知っているお年寄りのほうが貧乏に強い。

便乗主義　hitchhikeismⒸ【日本そのもの詞】　（二〇世紀末まではというただし書きつきで）日本人でパイオニア・ワーカーになろうとする人（あるいは、その能力のある人）の数は少なかった。なぜなら、あの国では、パイオニア・ワークをやっても、あまりいい目にあわなかったから。たいていの斬新な試みをやる人は、壮途なかばにして倒れる。かしこい人たちは、パイオニア・ワーカーのやりかたを、じっと観察してその人の失敗を待って、よかったところだけを参考に「二匹目のドジョウ」を狙《ねら》う。いわゆる便乗主義者が、成功しやすい風土だった。ただし二一世紀には、このやりかたでは、もはや世界では通用しないということに、頭のいい日本人は気づきはじめた。二一世紀は、日本でも、おもにソフト系のパイオニア・ワーカーが「創業者利益」を手にすることができる社会になるだろうと期待もこめて予言しておきたい。

ふ主義　弐拾九項目

ファシズム　fascism【不安詞】［……］　これから先も、一歩誤ったら日本とドイツをおおう危険性のある主義——というのは通俗的な一般論。二一世紀の前半は〝無敵〟だと思いあがっているアメリカが地球上で無意識に実行するかもしれない主義というのが、最新の説。アメリカ一国主義はアブナイ。

ファジーイズム　fuzzyism ⓒⓝ【日本詞】　曖昧《あいまい》にものごとを進めるすばらしい日本主義が、世紀末の激動のなかで揺らぎに揺らいだ。⇩曖昧《あいまい》主義⇩アバウトイズム⇩遠まわし主義

ファンダメンタリズム　fundamentalism【日本詞】　抜本主義。根本主義。もともとは、聖書盲信主義で、進化論と真っ向から対立する主義だったが、頭のなかには、保守的思考回路の回線しかないのに、「ファンダメンタリー（抜本的に、本質的に）考えましょう」というセリフが好きな日本人が多いことを考えれば、日本ではこの主義は、本来的意味で使われているといってもいい。

フェミニズム　feminism【欧米人無知詞】　女権拡張論。あるいはその運動。男女同権主義。日本にはあまりない主義だと欧米人は誤解しているが、戦後は深く静かに浸透している、めずらしくもない主義である。大和撫子《やまとなでしこ》は、欧米女のように、声を大きくして叫ばないだけである。二〇世紀末の日本では多くの場合、家庭の財布の紐《ひも》は女性が握っていた。

フォート主義　shutterbugism ⓒ【日本人愛好詞】　写真好き。どこでも、だれとでも記

念撮影。偉い人と一緒の写真なんてサイコー。使い捨てカメラが飛ぶように売れる。日本人は世界一、写真を撮り撮られるのが好きな民族である。

不感症主義 sexual anesthesiaism Ⓒ【♀♀♀♀詞】 感じても感じた風情を表にだしてはいけないという昔からの儒教の教えが、女たちの深層心理に巣くい、だんだん、日本では不感症女性が多くなった——というのは、いいすぎだとしても愛を交わすときに、きわめて控え目な日本女性が、多いのは事実。

私見 ベルダーの偏見的見地。この項目の内容にリザの同意はない。リザは、ベルダーのブラック・ユーモア感覚を認めたうえで具体的なデータがないことを理由に最後まで、この項目の掲載に反対だった。ベルダーは、リザのきまじめさに、ただただ絶句。

不帰宅主義 homeless dadism Ⓒ【悲哀詞】【家庭崩壊詞】 父は家に帰りたくない。帰りたくても家庭内に居場所がない。用もないのに会社でグズグズしている。高じるとカプセルホテルや二十四時間営業のサウナや健康センターに泊まって、そこから出社する。

例　『マイホーム　明かり付いてりゃ　帰れない　月光仮面』（『平成サラリーマン川柳傑作集　四番打者』山藤章二　尾藤三柳　第一生命選　講談社）という川柳がある。川柳というのは……《×E》

服装倒錯（主義） transvestism【倒錯詞】《全！》　既成観念に対して、果敢に戦いを挑んだ行為だと当の本人は思いこみ実行に移すのだが、客観的に見ればたいした行為ではない思いあがり主義の具体例。若者の服装革命（と本人は思っている）。

&　一九八〇年代のなかばごろから都会の一部若者の服装趣向が男女入り乱れて、どっちがどっちか見分けがつかない現象が生じてきた。

元　もともとの意味は、異性の服を着て満足する服装倒錯。

腹話術（主義） ventriloquism ⓝ【腹芸詞・日本詞】　あの国では、なにはさておき腹芸が大切！

伏し目主義 downcast eyesism ⓒ【内気詞】　まっ正面から人の目を見すえて話す日本

人のパーセンテージは、地方にいくほどひくい。

例

「ものいえばくちびる寒し」

節目《ふしめ》主義　punctuateismⒸ【節度詞】　直接関係ないが、四季折々という言葉がある。日本人は節目《ふしめ》と節度を大切にする民族である。

ブスイズム　dogfaceismⒸⒿ【差別詞】［✂］　世紀末の日本はブスが増えて、見る影もなかったという差別的な少数意見。

ETC.　差別用語に敏感な今の日本では、ブスという言葉を使うことはタブー。でも、「美貌に恵まれていない女《ひと》」なんて表現を使うと、かえって逆差別的イヤらしさが文字面《づら》からプンプン臭わないか？

余　友人のイギリス人文化人類学者がいった。「今の日本の若い女性には、昔の大和撫子《なでしこ》の面影は、まったくない。かつては、アジア随一のしとやか美人国だった日本は、今ではアジアの不美人大国の代表選手になりさがってしまった。精神不在で物質主義を追い求めた、この半世紀の精神構造が、女性の顔にもジワジワと影響してきた結果じゃないかな」

不遜《ふそん》主義　arrogantism ©ⓝ【不快詞】　上に弱く、下に強いペコペコエヘンエヘン両立主義が、はびこっているあの国には、目下の人（自分より身分が低いと主感的に思っている人）に対して、不遜《ふそん》な態度で接する人が結構いる。江戸時代の士農工商という身分制度の後遺症と思われる。

不登校主義　absenteeism ©【家庭崩壊詞】　子は学校にいきたがらない。

ある統計によれば、学校ぎらいという理由で一九九一年度中に、長期欠席（一年間に五十日以上欠席）した小学生は一万二千六百四十五名、中学生は五万四千百七十二名、計六万六千九百十六名。一九九九年、その数は増加の一途。学級崩壊が、小学一年生のクラスから起きている。ノイローゼになって、やめる先生も多い。

ぶってぶって主義　hit me hit meism ©【快楽詞】　軽くぶたれると喜ぶ主義。

ETC. 日本人は、おのれが人に関心を持たれていること、必要な人間だと思われていることを皮膚に感じたい傾向が強い。したがって致命傷にならない程度のお叱りを受けると張り切る。

忠告 日本人を使う場合、叱りかたの秘訣がある。旧海軍でエリート士官を叱るときに用いられた手法である。「おまえともあろうものが、こんなバカげた……」と枕詞《まくらことば》をおく。ようするに、人格に触れないで叱るのが秘訣。

元 クロピズムの本来的意味は（刺激に対する）屈性。

物欲主義 materialism【日本詞】 マテアリズム。物中心主義。モノ＝金だけが大切だとする戦後の風潮は、代表的な日本主義のひとつ。モノの化に取り憑《つ》かれた日本人の顔の醜悪さ！ ファック！ **↓非物質主義**

& 戦争に負けて食うものがなかった時代の怨念《おんねん》がそうさせたという説があるが、これは、あまりにも短絡的な見かた。

日本では哲学用語の唯物論や唯物主義という意味でこの言葉は使われるよりも、物質主義（実利主義）という意味で使われることが多い。

プライバシー侵害主義　**privacy invasionism**Ⓒ【Fucking Jap！詞】［ ］　イーコール、テレビの噂報道。タレントの結婚、離婚、葬式、その親の葬式までテレビレポータが追う。それを喜ぶ茶の間の視聴者。信じられない日本的現象。あの国でプライバシーを犯されないようにするのは至難の業。⇩**ワイドショー主義**

&

「公的立場にある人だから」というのが、テレビのワイドショーが人のプライバシーを犯すときの錦の御旗。

ぶらさがり主義　**parasitism**Ⓒ【付属詞】　ぶらさがり王国日本。会社社会主義のあの国では、ぶらさがってメシを食っている人の比率が高い。⇩**お神輿《みこし》ワッショイ主義**⇩**会社主義**

ETC.

「体重の重くない日本人は、ぶらさがっていても、たいしたことがないので、たくさんぶらさがれるんだ」という説はマユツバ。

ブラック・ユーモアイズム　black humorism Ⓒ【日本人欠落詞】　日本に、もっとも欠けている主義のひとつ。日本人にはブラック・ユーモアのセンスが、まったくといっていいほどない。

ブランド主義（指向）brandism Ⓒ【通俗詞】　日本人は、いい品物を好む傾向がある。必然的に品質がいいとされているブランド物を身につけたがる。このブランド志向をニガニガしく思っている日本人も、最近は、とくに東京や大阪などの大都会では増えてきた。八〇年代のバブル期を経て、九〇年代になると、このブランド主義は、地方にひろがりをみせた。

フリー・セックスイズム　free sexism Ⓒⓝ【末世詞】　老いも若きも、やりまくり天国、日本！

&

キリスト教的あるいは回教的な神のいない国日本のモラル・ハザードは、今にはじまったことではないが、世紀末の性の退廃は、若者社会において、とくに顕著だった。「なに、アメリカに近づいただけだよ」と、うそぶくインテリが多いが、日本のこの主義は、あのアメリカ型フリー・セックスとは一味ちがう。

ETC.

一九九九年に発表されたあまり信頼の寄せられない統計によれば、日本の高校生の四割がセックス経験者。初体験の平均年齢は十六歳。性病も蔓延《まんえん》。性器クラジミア、性器ヘルペスが多いという。

東京都予防医学協会が、東京産婦人科医科会の協力で、産婦人科を訪れた女性を対象に調査した結果——一九九八年にクラジミアが検出されたのは、学生二四パーセント、風俗嬢一七・三パーセント。淋菌は、学生一一・五パーセント、風俗嬢二・四パーセント。**(『週刊朝日』一九九九年十月一日号)**

日本女性とセックスするときには、プロとやりたまえ！

私見

フリーターイズム　***freeterism*** Ⓒⓙ　ⓝ**【若者詞】**　フリー・アルバイターというジャパニーズ・イングリッシュを縮めた言葉がフリーター。正確な英語では、temporary employeeのこと。高校や大学を卒業しても、いわゆる「定職」につかない若者が世紀末に大氾濫。不景気でいい職がないという理由だけでなく若者の閉塞社会に対する反乱行為的側面もあって、次世代を担う新日本人は、こうしたフリーターのなかから生まれてくると予測する向きもある。派遣会社に籍をおく大卒の若者も増えた。あっちこっちの職場経験をして、自分にあった仕事を見つけようという新人類的就職法。

ブリッコ主義　bimbetteism Ⓒ【低能詞】　おのれの醜い内面をさとられないためにカワイコちゃんブリッコをして外面を飾る。

＆　アメリカに進出して「日本のマドンナ」を狙《ねら》って失敗したセイコ・マツダ《×E》のブリッコは有名。

プリズム　prism【わるのり詞】　この〝事典〟のイズムには、まったく、関係のないイズム。ここに登場させたのは、わるのり。

ふるさと（同郷）主義　home townism Ⓒ【日本詞そのもの】［×］　くっつき虫的人間が、ルーツをたどって、おたがいに安心感を共有しようとする情緒綿々主義。**⇩えこひいき主義⇩縁故主義⇩知ってる同士主義**

＆　「××県人会」「××同郷会」「××村出身の会」などなどの会に、ひとつも所属していない人は、真の日本人ではない!?　日本人は、ふるさと意識の強い民族。ちょっと意味はちがうが「さとがえり」《×E》の習慣なども、ふるさと主義の一変形だと思われる。この主義の延長線上に、日本の諸悪の根源、学閥主義がある。

私見

東京生まれの人はよく「わたしには、ふるさとがありません」という。「東京のどこかで生まれたんでしょう。そこがふるさとですよ」といったら場がしらけた。

（リザ）

余

悪評高い「校則」に、「夏休みには、父の故郷に帰って、祖父母に挨拶をすること」という項目を発見したときには、思わず笑ってしまった。母の故郷はダメ？

プレゼント主義 giftism©【ご用心詞】 お中元、お歳暮などと称して形式的に、人にものを贈るのが好きな民族である――というのは表向きの見解。贈る側になんらかの思惑のないプレゼントは、あの国ではほとんどないと考えていい。欧米人のあなたが考えるプレゼントと日本の贈り物は、天と地ほどちがう。

忠告

日本人の贈り物にはご用心。贈った側は、口では「いらない、いらない」といいいながら、心の底では有形無形の「おかえし」を期待しているから。

プロテクショニズム　protectionism【不公平詞】　保護貿易主義。日本はフェアーでアメリカはアンフェアーだと思っている日本の貿易のありかた。⇧**保護主義**

プロフェッショナリズム　professionalism【少数詞】　自分はそうだと多くの人がうぬぼれているが、実際には、数の少ないイズム。

フワフワ主義　fluffism©【曖昧《あいまい》詞】　ものごとの白黒をはっきりさせないでフワフワとファジーにさせておく状態を好み灰色解決を選ぶ主義。日本人主義のひとつ。⇩**ファジーイズム**

へ主義　拾六項目

ヘアー・ヌーディズム　nude beaverism©【島国詞】【♂♀詞】　英語にヘアー・ヌードという言葉はない。ずばり、日本語英語。アメリカでは、ヌードには、はじめから毛がついている。日本では、九〇年代にはいって、印刷物のヌードにさかんに毛がつきだした。映画は、毛なしのまま二一世紀を迎える。

&　売れっ子女優の毛つき写真を撮ってベストセラーになったキシン・シノヤマという有名な写真家の写真集に官憲がイチャモンをつけなかったことで毛つき写真のブームに火がついた。テンメイ・カノウという、これまた有名な写真家は、調子にのりすぎて、自分の名前をタイトルにした月刊写真雑誌で、これでもか、これでもかと毛つきヌード写真を発表しすぎて、一九九五年の冬に逮捕された……いかにも日本的オソマツ騒動である。映画に関しては、一九九四年、ヨーロッパのある映画祭で恥毛のところにボカシのはいった日本のポルノ映画が上映され、そのボカシ技術のすばらしさと、恥毛が不自然に隠されるえもいわれぬ色気が大評判になった。

平凡（主義）　prosaism【日本平均詞】　日本をベッタリとおおっている主義。平凡であること、あるいはその振りをすることが、あの国で生きていくための安全な処世術だと信じている人は多い。非凡は嫌われる。いつも、みんなとおなじであることが、あの国では大切なのである。ただし平凡を装いながら、みんな主義で「物質的に高い安定」を目ざすところがミソ。**⇩安定主義⇩曖昧《あいまい》主義⇩アウトロー否定主義⇩共生主義⇩幸せ主義⇩銭湯主義⇩全体主義⇩団子**

主義⇩出口なし主義⇩ぬるま湯主義⇩ぬかるみ主義⇩分派主義⇩変化否定主義⇩みんなで主義⇩無責任主義⇩横ならび主義⬇村八分主義⬇強引主義⬇ゴーイング・マイ・ウエイ主義

ETC.

博報堂のデータによれば、日本人の八七パーセントは、ほかの人とおなじように見えるように心がけている。

平和主義　pacifism【日本詞】 日本人が口先でよくもてあそぶ言葉。ときに平和の下にボケという言葉がはいる。こうなると二〇世紀末の日本そのものをさす——というのは皮相的見解で、実は日本人は、世界でもまれなこの主義の信奉者で、日本論を展開するときのキーワードがこの言葉。

&

テロにサリンをはじめて使われた国家的責任は重い。なぜなら、二〇世紀後半の日本は平和国家を標榜《ひょうぼう》して、それを売りにしていたからである。

余

世界中で、「軍隊は平和を守るためにある」と思っているのは日本人だけ。

ペコペコ主義　kowtowism©【♪詞】 何度も何度も頭をペコペコとさげる仕草に驚いて

はいけない。たいてい腹では別なことを考えていると思っていい。ペコペコ主義は、ただ単に、動物的習慣にすぎない。

元

英語のkowtowは、中国語の叩頭《こうとう》（昔の中国の礼）が語源。

ヘルスドリンクイズム　**health drinkism**©【感心詞】［!］　朝から晩までドリンク剤を飲みまくれ！　元気をつけて、二十四時間、戦うのだ！　**⇩二十四時間戦闘主義⇩夜なべ主義⬇オジタリアン主義⬇ゆうゆう主義**

平等主義　**egalitarianism**【錯覚詞】【絶望詞】《全!》　二〇世紀の人類が手に入れることのできなかった主義のひとつ。日本にもない。ただしタテマエ主義の日本では、ことあるごとに、「平等、平等」と声高に叫ばれる。

私見

このタテマエ的平等主義が、日本の戦後の義務教育をダメにしたとリザとベルダーは思っている。

ベジタリアニズム　**vegetarianism**【欧米錯覚詞】　菜食主義。現代病のひとつ。欧米人は東洋の主義だと思っているが、今日では、欧米でもてはやされている主義。日本人のなかには、魚ほどではないが、実は肉を食べるのが大好きという人もたくさんいる。高いから、欧米人ほど食べないだけ。

ペシミズム pessimism【悲観詞】〔……〕 厭世主義。悲観的なものの考えかた。おおざっぱにくると日本は、楽観主義者よりも悲観主義者の数が多い国である。⬇オプティミズム

ペットイズム petism Ⓒ【愛玩詞】 最近は日本の女性も強くなって、男をペットのように飼うウーマンリブが増えてきた。

忠告

百聞は一見にしかず。日本にいったときに、一度、女性専用のホストクラブにいってみるといい。あなたは、きっと驚くにちがいない。最近はアメリカ並に男性ストリップもあるし、吉原というところにいけば、女性専用のソープランドもあるという話を聞いたことがある。

ベビーブーマーイズム baby boomerism Ⓒ【団塊世代詞】 今の日本を支えている中堅世代の四十代から五十代前半の人たちは、昭和二十年代のベビーブームの時代に生まれ団

塊の世代と呼ばれている。「この層の人たちは、できがわるい。二一世紀の日本をダメにする先兵」という極端な説もある。この世代で田舎に住んでいる人の多くは、コーカソイドとセックスをしたがり、被害妄想意識が強いのはたしか。

屁《へ》理屈主義　sophismⒸ【詭弁《きべん》詞】　詭弁《きべん》、こじつけ。これをもてあそぶ人が、あの国には結構多い。そういう人たちのことをソフィストという。詭弁《きべん》家、屁《へ》理屈屋と訳すが、ときに学者をさすこともある。

&　ソフィスティケートは、日本語英語では、「洗練された」という意味のときに、よく使われる。欧米では、非難めいた語感で使うこともある。⬇**エセインテリ主義**

ベロンベロン主義　blottoismⒸ【感嘆詞】　よっぱらい天国主義ともいう。ある種の日本人の酒の飲みかたはすごい！

私見　日本人はベロンベロンに正体をなくすまで酒を飲むことを美学と考えているのではないかと、ときどき思うことがある。⇩**よっぱらい天国主義**⇩**オジタリアン主義**⬇**禁酒主義**

例

「いやー、昨日は酒の席で……」――この例文、さすがのベルダーも、もう書きあきた。

私見

リザが、この〝事典〟では、おなじような内容を繰りかえすのはよそうと主張した気持ちがわかる。でも、信念の人ベルダーは、次項目でも、しつこく何度も何度も書いた主張を繰りかえす。ページをパラパラとめくって、たまたま、ここに目をとめて読んでくれるあなたのために……。

変化否定主義（＝ぬるま湯主義） counter-revolutionism Ⓒ 【保守用語】 保守主義王国の住人たちは変化が嫌いである。ほどよい温度のぬるま湯に、みんなでどっぷりとつかって、「いい湯かげんですね」「いい湯ですね」とニコニコとうなずきあう。お湯の温度をかえようとするヤツは許さない。そんなヤツはみんなでよってたかって、風呂桶《おけ》の外に追いだしてしまう。それが怖《こわ》いから、いい湯加減だと思っていない人も、「いい湯ですね」と調子をあわせる――というのが、二〇世紀の日本精神だった。激動の二一世紀には、どうなるだろう？＝**ぬるま湯主義と同内容⇩曖昧《あいまい》主義⇩アウトロー否定1主義⇩共生主義⇩幸せ主義⇩銭湯主義⇩全体主義⇩団子主義⇩出口なし主義⇩ぬかるみ主義⇩分派主義⇩平凡主義⇩みんなで主義⇩無責任主義⇩横なら**

び主義⬇村八分主義⬇強引主義⬇ゴーイング・マイ・ウエイ主義

変身願望主義　anthropomorphism Ⓒ【夢想詞】　だれもが一度は夢想する夢想詞。

元

もともとは（神・自然現象などの）擬人化をいう。

偏差値主義　?! ism Ⓒⓙ　【Fucking Jap！詞】　ひとこと——わが子は日本の学校にやりたくない。

偏見主義　prejudicism Ⓒ【絶望詞】《全！》　これを持つことに喜びを感じて生きている人のなんと多いことか！

ほ主義　拾七項目

冒険主義　adventurism【日本人嫌悪詞】　日本人が嫌う主義のひとつ。怖《こわ》がる主義でもある。日本には、どちらかというと石橋をたたいて渡る人のパーセンテージが高い。

報復主義　vendetta*ism* ⓒⓝ【不毛詞】　ひとこと――この主義からは、なにも生まれない。あの国では、やられたら陰湿にジメジメとやり返す人が多いのでご用心。（リザ）／やられたらウジウジと復讐を誓うのだが、即、やりかえすことのできない日本人多数。やられたら、すぐにやりかえせ！（ベルダー）

四F主義　4F*ism*【♂♀詞】　やりっぱなし、やりまくり、あるいは、いきずり主義。英語の四Fは、find（会って）feel（気にいって）fuck（一発やって）forget（忘れる）の略号。最近は男よりも、女に増えてきた主義だという説もある。

奉仕主義　Florence Nightingale*ism*【欧米人理解不可能詞】　横文字でボランティアというと、なんかきなくさく思い、なにがしかの報酬を期待する人がいる。ところが、この手の人たちは、おなじ内容でも、奉仕という日本語になったとたん、無条件に受け入れる。欧米人には理解不可能な心情。こうした手合いは、ある年齢から上の漢字世代に、たまに見受けられる。

飽食主義　pig outism ⓒ【日本絶望詞】　戦後、食うものがなくて、腹をすかせたことのある中年以上の日本人は、一度も飢餓《きが》を味わったことのない若い世代が、食い物がたっぷり世にあふれていて、たらふく食えるのを、あたりまえだと思っている様をニガニガしく思っている。残り物は捨てるものだと思っている若者が多いのには、「捨てる文化」のもとで育ってきたアメリカ人もビックリ。日本人は欧米方式を、いったん取り入れたら、さらに発展させて完璧《かんぺき》にする習性のせいと思われる。

奉職主義 Japan Inc. serfdomism Ⓒ【万歳詞】［!］ 職は捧げるものという考えかた。〝個〟を殺して会社のためだったら、なんだってする――日本のサラリーマンのこの心意気を見よ！ ついていけない……と思っていたら、二一世紀を目前にして、すこし様子がおかしくなった。若い世代は、この主義をはじめから、あんまり持っていない。**⇩会社主義⇩お神輿《みこし》ワッショイ主義⇩ぶらさがり主義⇩まどぎわ主義⬇資本主義**

封建主義 feudalism【お上詞】［……］ 日本人が表向き嫌っている言葉のひとつ。マッカーサーの日本上陸以後は否定語あつかい。とくに、日本の農村では禁句。なぜなら、実際にこの主義は日本に生きつづけており、農村部では、今日でも色こいから。江戸時代は「お上」が、この主義で農村部を締めあげたが、世紀末日本では、JA（農協）の一部保守派が、かわりに、この主義を温存するために重要な役割を果たしていた。「昔、お上、途中で進駐軍のジャマ、今、農協保守派」。

保守主義 conservatism/Toryism【日本詞】 世紀末の日本をおおっていた主義。

ポストインプレッショニズム Post-Impressionism【普通詞】 後期印象派。この派の画家は日本で人気がある。バブル経済まっさかりのころ、この派の絵がオークションにでれば、日本人は世界の果てまでもでかけていって、強い円を使って一心不乱に買いあさったことは、周知の事実。嘆かわしい……とニガニガしく思っていたら、世紀末大不況で、また、再流出。メデタシ、メデタシ。世のなか、結構、バランスが取れている。⇩**インプレッショニズム**

&

ポスト印象派のセザンヌ、ゴッホ、ゴーギャンなどが、とくに、日本では有名。

ほのめかし主義 hintism©【尊敬詞】 日本人は、ずばり核心をつかず遠まわしな表現、かつ、やんわりとした表現でいいたいことを全部いう天才である。とくに京都に住む人は、この技にすぐれている。

ポピュリズム（大衆迎合主義）　popularism【ご都合詞】　あらゆるジャンルで使えるご都合詞。予想外の社会現象が起きて、考えてもみなかったような活躍をして一般大衆が熱烈に支持する人物が世に台頭したときに、頭でっかちの評論家が、その事態を分析しきれないと、この言葉をよくもてあそぶ。「あいつのやりかたは、ポピュリズムだ」というふうに。なんにせよ日本人の原体質のなかに、この主義は〝隠し味〟のように潜んでいて、なにかことがあると、一気に吹き出してくる可能性があって、きわめて危険であるというのはベルダーの持論。

元

一九世紀末のアメリカに人民党（Populist Party）という農民政党があった。その政党の主張や政策をポピュリズムと呼んだのが始まり。それが第二次大戦後、枢軸国で荒れ狂ったファシズム運動や国家社会主義運動、それにペロニズムに代表される中南米の権威主義的体制（アルゼンチンのペロン党以外に、ポピュリスト政党としては、ベネズエラの民主行動党、メキシコのPRI〔制度的革命党〕、ボリビアの民族革命党などがある）を分析するための〝概念的道具〟として、この言葉は、しばしばもてあそばれた。

ほほえみ主義　perma-smileism©【誤解詞】　ほほえみだけが人生よ！

忠告

日本にいけば、どこもスマイルにあふれかえっているという日本伝説を、あなたは信じているのでは？　かつては、そうした傾向が顕著《けんちょ》であったが、近代日本の都会人の表情はニューヨークやロンドンやパリに住む人たちと、あまりかわりがない。田舎にいけば、若干、日本式ほほえみ主義が残っている。東南アジアの国々には、まだ、この主義が生き残っているところが多い。ネパールなどは、その最たるところである。

ほめ殺し主義 *homegoroshiism* ©ⓙ【欧米人驚嘆詞】　欧米人が、ぜったいに日本人には、かなわない技術のひとつ。

☞　作家タケシ・カイコウの名言。「人を面と向かってほめるのは、なかば侮辱《ぶじょく》である」

ホモ拒絶主義（症） homophobicism ©【♂♂詞】【♀♀詞】【偏見詞】　ホモは社会的に認知されていない。アメリカ社会の比ではない。

ボランタリズム voluntarism／voluntaryism【欧米人誤解詞】　欧米人はよく、日本にはボランティアという考えかたはないというが、あれは誤りである。やりかた、考えかたは、ちょっとちがうが、日本独特のボランタリズムはある。ひとことでいうと欧米のそれは、自由意思を基本としているが、日本のそれは不本意ながらやる場合が、ままあるので欧米的思考法では、わかりにくいのである。ただ、欧米式のクリスチャン・ボランタリズムが、日本に、ほとんどないのは事実である。その理由は簡単。キリスト教の日本への浸透度は低いから。

ETC.

農漁村部の集落では、年に何回か無償《むしょう》参加の共同作業がある。お墓の掃除、神社の掃除、ドブ掃除などなどを各戸からひとりずつ人が参加して行う。欧米式に考えれば、これなど立派なボランティア活動だが、任意参加をタテマエとしながら、こうした行事は、なかば強制である。これに参加しないと村八分（⇩**村八分主義**）になったりする。そこまでの制裁は受けないとしても、不参加者は、罰金を払わなければならない場合が多い。このように、日本のもろもろは、欧米式思考回路では、わかりにくいのである。

忠告

ひとついえることは、あなたが日本人からボランティアの申し出を受けた場合、「あいつにタダで、やってやった」と「恩に着せる」感覚を持って、ことにあたる人が結構いるので、ご注意。さらに極言すれば、日本事情にうとい人は、日本人から「ボランティアでやります」という提案を受けたら、ことわりなさい。あとの「おかえし」「お礼」など、いろいろたいへんだから。日本では、普通、ボランティアのツケは高くつく。もちろん、ちゃんと本来のボランティア精神でことにあたる人も、なかには、ちゃんといる――この論調は、まえにも展開したが、大切なことなので、また、あえてくりかえす。

元

voluntarismは主意説。voluntaryismが、カタカナ横文字のボランティアに相当する。

洞《ほら》が峠《とうげ》主義 ***Horaga-togeism*** ⓒⓙ **【ご用心詞】** いつでも有利なほうに、つこうとする日本的指向性。待って様子をうかがい、絶対損をしないようにしようとするこの性格が、行動派でお人よし（をタテマエにしている）アメリカ人をイライラさせる。⇩**日和見《ひよりみ》主義**

元

洞《ほら》が峠《とうげ》は京都と大阪の境にある。一五八二年（天正十年）の山崎の戦のときにミツヒデ・アケチがここでジュンケイ・ツボイに、どっちにつくか質《ただ》したときに、ツボイは、態度を明らかにしないで、この峠に陣どって様子をうかがった故事来歴から、「洞が峠《ほらがとうげ》を極めこむ」という言葉が生まれた。

本家主義　head familism Ⓒ【古典詞】　マイホーム主義は欧米からの輸入概念。本家主義は日本古来からのマイホーム主義。「家」の概念を中心に一子残留・長子相続主義が原則。ただし、これは昔の話。今の民法は、この考えかたを否定している。

本家以外を分家という。本家はすべての分家の総元締めである。本家のことをオモヤ・オオヤ・ホンイエ・モトヤなどと呼ぶ。

ま主義　拾七項目

まあまあ主義　*maamaaism* ⒸⒿ【ご都合詞】　まあまあ、いいんじゃないですか——でなんでもかたづけようとする日本人の寛容さ！　欧米人には、絶対にマネができない主義のひとつ。

マイナス主義　minusism Ⓒ【Fucking Jap！詞】　すべて、マイナス思考でものごとを進めようとする日本的方法論。ぐるーぷ主義に支配されている日本では、その方式に従わない人がいたら、その人のマイナス部分をあげつらね、アキレスの腱《けん》を探し、その人を異端児として追い落とそうとする。まず、あの国では一匹狼的な個性あふれる人の長所を認めて、容認するということはない。だって、そんな人は、たいてい欠点のほうが多いもの。バランスのわるい人を日本人の多くは、毛嫌いする。⇩インセンディアリズム⇩キッチリイズム⇩他人のせい主義⇩同志主義あるいは仲間主義⇩ノー・ミー主義⇩無責任主義

マイホーム主義　my homeism ⓒ【ご苦労さん詞】　ふたつの意味がある。なにがなんでも、どんな無理をしてでも自分の家を持ちたいという、すさまじいばかりの日本人の指向性と家庭を大切にしようとする主義を日本では、こういう。

&　欧米ではファミリーを大切にする生活は人生の基本とされているから、こんなことが主義と呼ばれるのは奇異に感じられる。奉職主義者たちの働き蜂であふれかえった会社主義王国でありながら、この主義者がやたら多い日本の不思議。

余　この矛盾《むじゅん》に、どう対処しているか？　血のでるような思いで買ったマイホームのローンの支払いのために一家の主人は、朝早くから深夜まで会社人間をやって、定

年になるまで、ほとんど肝腎のマイホーム生活ができないという一巻のオソマツ。やっと定年になってマイホームを有意義に使おうとしたら、濡れ落ち葉族というジャンルに入れられカミサンや子供に相手にされないという日本の男たち、悲しからずや？

マゴギャルイズム *magogyaruism* Ⓒ Ⓙ 【アメリカ模倣詞】［！］ アメリカの社会問題が、だいたい十年から二十年遅れで、ほとんど、そのまま問題になる日本でローティーン（中学生）が引き起こす事件は、一九九〇年代にはいって、いろいろ深刻な社会問題となった。マゴギャル——女子中学生の活躍は、すさまじい。大人の女のやることは、たいてい、なんでもやる。セックス、厚化粧、派手な服装などなど。そのくせ、都合のいいときだけ、カワイコちゃんブリッコをするのが、欧米人には不可解である。大人のマネをするなら、徹底的にやればいいというのが欧米的思考法。そう、妊娠したら、中絶なんかしないで、その子を生んだらどう？（ベルダー）

負けず嫌い主義 never give upism【万歳詞】 七転び八起き。どんなに苦労をしても、最後に勝ちます！ アメリカなんかに負けるものか！ 日本繁栄の基礎力、原動力。

忠告 ひとりひとりは、動物としては一見弱そうなのだが、かの国には歯を食いしばって頑張る負けず嫌いが多い。なかには陰湿な負けず嫌いもいる。

例 『窮鼠猫をかむ。』（『塩鉄論』）

負け犬主義 loserism Ⓒ【不可思議詞】 ひとりだと負け犬のように、よわよわしい（感じがする）日本人。

忠告 ただし、強い人間が嫌いな負け犬的人間が団子になって、群れをなして、ぐるーぷ主義を振りかざして集団で向かってくると、これが信じられないほど強いから、ご用心。

まさか主義 no wayism Ⓒ【失望詞】 型にはまった硬直した思考性を持っエゴイステック人間が、おのれの思惑とエゴ思考領域を超えた行動を取る人間に対して抱く失望感。

例 「あの人、まさか、あんな人だは思わなかった」（あいつは、おれの都合のいいように動いてくれなかった）

余

「まさか」という言葉を聞くと「男が性転換をして女になってレズになった」というフレーズが頭に浮かぶ。（ベルダー）

マジックマシュルームイズム　magic mushroomism Ⓒⓝ【未来詞】幻覚キノコ主義。いつ日本でも表面化するか、ここ十年間ほど、リザとベルダーが、ひそかにウオッチィングしていたイズム。ずばり、幻覚作用があるキノコを食して、すっ飛んで極楽気分を味わうこと。極彩色のサイケな幻覚が現れてヘタなクスリなど足元にも及ばない効果がある。最悪の代償は、死。

日本産としては、ヒカゲシビレタケが有名。幻覚症状を起こすのは、キノコのなかのシロシビンやシロシンいう成分のせい。インターネットの普及のおかげで幻覚キノコが広く一般にでまわるようになったというのは皮肉な話。おもにネット上で売買されるのである。業者が、海外から輸入したものを観賞用あるいは標本の名目で売る。二十代の若者に普及している。

日本中毒情報センターへの幻覚キノコの相談は、一九九七年には、一件。一九九

八年には、十件。一九九九年六月末には、十三件。（日本中毒学会発表）

余

一九六〇年代のはじめからネパールやインドなどに東洋の神秘を求めてでかけるヒッピーなどのあいだでは、マリファナ、ハシシュなどと並んでキノコは人気があった。今でも、ネパールのレストランでは、マシュルーム・オムレツや、マシュルーム・ティーが、堂々とメニューにのっている。ちなみにネパールのマシュルームは、よく利くので評判がいい。

まじめ主義 deadpanism Ⓒ【ご苦労さん詞】 ユーモア感覚の希薄な日本では、なにはともあれ、まず、まじめぶっていることが大切。それをトレード・マークにしている人も多い。そして、実際に、きまじめ人間は多い。**⬇遊び主義⬇ギャンブリングイズム**

マダム・バタフライイズム Madame Butterflyism Ⓒ【欧米人錯覚空想詞】 平均的欧米男性たちの空想主義。彼らがおのれたちのご都合主義にもとづき、「このようにあってほしい」と抱いている夢想と錯覚の理想的大和撫子《やまとなでしこ》の姿を追い求める錯覚空想詞。

マッカーサーイズム MacArthurism Ⓒⓝ【アメリカン・ドリーム詞】 戦争の勝者とい

う立場で権力を握れば、だれでも一国を完全支配できるという見本。外国でアメリカン・ドリームを実現したい人の鑑《かがみ》主義。（ベルダー見解。リザ、同意せず。最終的にマッカーサーは成功者ではないというのが、リザの意見）

☞ 農地解放を実現してくれた勢力の象徴としてのマッカーサーのことを田舎にいけば、今でも天皇とならんで神様扱いするお年寄りがいる。

余 アーカンソー州のリトル・ロック生まれで一九〇三年に陸軍士官学校を主席で卒業した極東通のアメリカ軍人（父も有名な軍人）が、いったん、退役したあと、運命の波に翻弄《ほんろう》され日本占領連合軍最高司令官として、コーンパイプを口にくわえて、颯爽《さっそう》と現れて、日本を支配した。朝鮮戦争でミソをつけて解任され帰国したあとは、レミントン・ランド社長に就任。政治的には共和党保守派だった。

マツモトキヨシ主義 *Matsumoto Kiyoshiism* Ⓒⓙⓝ【呑気《のんき》詞】 コンビニ文化に加えて、薬局文化で暮らす日本の若者の、なんと呑気《のんき》であることよ！ 国の経済危機など、どこ吹く風。

&

マツモトキヨシは、ドラッグストア最大手。一九九九年八月十二日、店頭市場から、いきなり東証一部に上場。二代目マツモト社長は、百二十億円の資産を手にした。

まどぎわ主義 ***madogiwaism*** ©【日本美学詞】 無能な人も会社で飼っておいた。すばらしいことだった。くどいが、戦後の日本は会社社会主義だったのだ。でも、二一世紀に、この主義をつらぬける会社が、どれだけ生き残っているだろうか？ ここでも、またひとつ、日本の美学が、失われつつあるのは事実。**⇩会社主義⇩お神輿《みこし》ワッショイ主義⇩ぶらさがり主義⬇資本主義**

ママ主義 **momism**【若者詞】 過保護主義。母親依存。日本の若者には、びっくりするほどマザコンが多い。最近の日本の男は結婚する場合、女ではなく母親を求めているという説もある。

ETC.

若い世代の家庭では、なぜか母親をママ、父親をパパと呼ばせることが多い。英語を使うのならば、マミー、ダディーを使え！ それよりも、なんで、お母さん、お父さん、と呼ばせないの？ 母上、父上のほうが、もっといいと思うけど。

マラプロピズム　malapropism【誤用詞】　言葉の誤用。本書そのもの。類似語をおもしろおかしく（わざと）誤って使っているから。

元　一七七五年に上演された英国の喜劇、『ザ・ライバルズ』（シェリダン作）の登場人物ミセス・マラプロップが語源。劇中で、やたら言葉のこっけいな誤用をやった。

☞　日本語のできる在日欧米人は、ほとんどのカタカナ横文字表記と使用法は、マラプロピズムだと思っている。ほんの一例をあげれば、日本で使われているウイルスという言葉は、英語ではバイオレスのほうが本来的意味に近い。

マルクス・レーニン主義　Marxism-Leninism ⓝ【　】　リザとベルダーをして、主義と思想の時代は二〇世紀でおわったという論理を打ち立てるための支えとなっている強力な主義。

マンネリズム　mannerism【不思議詞】[!]　ある種の人にとっては、落ちこむことを恐れ嫌いながら、その実、このイズムにひたっていると心地いいという不思議なイズム。

元 本来的意味は一六世紀にヨーロッパに存在した美術様式のひとつ。ルネッサンスからバロックに移りかわる時期に流行《はや》った。エル・グレコが有名。もともとフランス語のマニエリスムが語源。

み主義　拾壱項目

見栄主義 peacockism Ⓒ【日本美学詞】［！］　見栄をはるのは日本的美学のひとつである。

「味方からだます」主義 Judasism Ⓒ【秘密詞】［☝☝］　噂社会で、みんなが低次元の情報を共有化したがり、秘密の守れないあの国では、なにかことを極秘裡《ごくひり》に起こそうとするときには、まず味方からだまさなければならない。味方にも極秘情報を教えてはいけないという嘘のような現象がまかり通る。

& ジュディズム Judaism と混同なさらぬように。これは、ユダヤ精神、ユダヤ教のことをいう。この造語はジュダシズムである。念のため。

ミー主義あるいはおれおれ主義　meism【孤立詞あるいは不思議詞】　日本では、やたら強い自己主張は嫌われる。「おれが、おれが」と自己主張すると孤立する。そのくせ、口にはださないが、内側では、ミーをはっきりさせている人が多いこの不思議。だったら口にだして、はっきりいえ！⇩**おれたちイズム**⇩**われわれ主義**

見せ物的報道主義　show broadcastism Ⓒ【Fucking Jap！詞】【】　阪神大震災のときのワイドショーの報道姿勢、サッチー・バッシングの一本的なやり口——ガイジンには不可解詞。

見て見ぬ振りイズム　ostrichism Ⓒ【日本人得意芸詞】　現実逃避主義。見て見ぬ振りは日本人の得意芸のひとつ。ダチョウが頭を砂につっこむのとおなじ。

耳かきイズム　ear-pickism Ⓒ【♪♪詞】　きみ知るや、かの国の耳かきの心地よさを！百聞は一見に如《し》かず（Seeing is believing.）。自分で試してみることです。

私見

いわゆるティー・ハウス（Ryoteiあるいは Ochayaという）のお座敷で芸者さんに膝枕《ひざまくら》でやってもらう耳かきのすばらしさは、この世のものとは思えないと知人のアメリカ人から聞いたが、たぶん、その男もだれかから聞いた話だと思う。何度か経験のあるお座敷遊びで耳かきをしてくれた芸者さんはいない。相当ねんごろにならなければ、これは無理な話である。ガイジン、ガッカリ。**（ベルダー）**

余

あなたが、在日欧米人女性で日本人のボーイフレンドを持っていて、相手にねだられて、うまく耳かきをしてあげることができるようだったら、あなたは、日本通をこえている。えっ？　足が短くてオチンチンが小さくて黄色い日本人のボーイフレンドなんか、ほしくもないし、耳かきなんて、アー・ユー・キッディング・ミー？——いえ、いえ、どうぞ、ご勝手に。ナン・オブ・マイ・ビジネス。**（ベルダー）**

☞

中国やインドにも耳かきの習慣はある。中国系の国の散髪屋には、それ用の七つ道具があって、散髪のあとで（望めば）やってくれる。インドでは駅のホームにも耳かき屋がいる。

ミリタリズム　militarism【　　】　長いあいだ軍国主義は日本では禁句のひとつだった

が、二一世紀を目前にして、ちらほらと、また顔をだしはじめた主義。

民族主義 racialism【主感詞】　単一民族・多民族論――民族論に神経をとがらせる日本人は多い。

日本人は単一民族だと信じているバカが、西にも東にも結構いる。

&

民族至上主義 racial supremacism【絶望詞あるいは悲劇詞】《全!》［!］　世界に冠たる日本民族!

&

アメリカ人もイギリス人も、そう思っている。中国人もインド人も、イラン人も、イラク人も、キューバ人も……二〇世紀の悲劇詞。

民主主義 democracy【錯覚詞】　戦後アメリカから直輸入した主義で本来的意味では、いまだ日本に根づいていない摩訶《まか》不思議な思想。

民族大移動主義 mass exodusism©【絶句詞】　日本人が、正月・五月の連休・お盆などに、群れをなして旅にでかける主義をいう。日本人の団体旅行好きは、欧米人にとって、日本七不思議のひとつ。

む主義　八項目

「昔はよかったな」主義　**nostalgiaism** Ⓒ【詠嘆詞】［!］　調子がわるくなるとだれもが陥《おちい》る懐古趣味。

&　日本の調子がよかったころを懐古する高中年の「昔はよかった話」は多い。日本の若者はそれにげっそりしている。「おじさんたち、つぎの時代を生きるおれたちに、なにを残してくれたんだ?」

無責任主義　**I don't give a fuckism** Ⓒ【無責任詞】　連帯責任を好む民族は、〃個〃で責任を取ろうとしない。そして、最後の責任はトップが取ってくれると安心している。そのトップもいざとなるとカエルのつらに水。責任を取ろうとしないという一巻のオソマツ。二〇世紀末の銀行をめぐる騒動が、それを証明してくれた。⇩**トカゲのシッポ切り主義**⇩**曖昧《あいまい》主**

義⇩アウトロー否定主義⇩共生主義⇩幸せ主義⇩銭湯主義⇩全体主義⇩団子主義⇩出口なし主義⇩ぬるま湯主義⇩ぬかるみ主義⇩分派主義⇩平凡主義⇩変化否定主義⇩みんなで主義⇩横ならび主義⬇村八分主義⬇強引主義⬇ゴーイング・マイ・ウエイ主義⇩インセンディアリズム⇩キッチリイズム⇩他人のせい主義⇩同志主義あるいは仲間主義⇩ノー・ミー主義⇩マイナス主義

忠告

あなたが、日本にいって日本人相手に仕事をする場合、日本人は、失敗すると「ごめんなさい」と大きな声で、いとも簡単に謝まるが、あれは形だけで責任を取る気はないから、ご用心。日本人は、失敗すると最後まで「ソーリー」をいわない欧米人を憎たらしいと思っている。謝罪イコール責任を取ることだという欧米の社会通念を日本人は理解していない。

ETC.

日本では会議が多くて、それにやたら時間をかけて、みんなの合意に達するまでやるのは、なにかあったときの責任を分散するためである。

無作法（主義） solecism【誤解詞】 公共の場でのあの国の人たちのマナーのわるさにあきれかえる欧米人は多いが、日本人はもともと、お行儀のいい民族だった。ただ明治維新以後、欧米のマナーがはいってきて、それを完全に消化しないうちに、十五年戦争に突入してやぶれ、大混乱がおき、日本式礼儀作法と欧米式マナーがゴチャゴチャと入りまじってしまい、いいところを相殺した結果、今日の無作法主義がまかり通るようになってしまった。

&

ドアーをつぎの人のために開けて待つ人は、ほとんどいない。あなたが、はいろうとしたら、目のまえでエレベーターのドアは、バシャンと閉まる。電車のなかで男も女も大股《また》を広げて、そりくりかえって座っている……日本の戸は、その昔、横開きで開けたらすぐに閉めるものだったし、西洋から取り入れるまえは、エレベーターも電車もなかった。西洋（そう、この場合、欧米ではない）の文物を〝わがもの〟にするときに、急ぎすぎて、その〝周辺事情〟までは、気がまわらなかった。ただ、それだけのこと。

無宗教（主義） paganism【周知詞】 無宗教者であることをサラリとおおやけの場で公言しても日本では、平気である。⇩無神論主義

矛盾《むじゅん》主義 contradictionism Ⓒ【要注意詞】 欧米人にとっては矛盾《むじゅん》だが、日本人には、なんでもないことが、たくさんある。欧米人は、その怖《こわ》さを知らなければならない。

無神論主義　atheism【健康詞】　この主義をさかんに強調する日本人に会っても、あまり驚かないように。欧米の無宗教と日本人のそれは、だいぶん概念がちがうから。**↓有神論**

「むら」づきあい主義　*murazukiaiism* ©Ⓙ【日本式社交詞】　「むら」内部でのつきあいのよさは、日本社会のありかたの基本原則を形づくっている大切な要素のひとつである。なにかことが起きた場合、そのつきあい方式が、有効に作用してびっくりするような力を発揮することがある。何度も例にあげるが、関東大震災あるいは阪神大震災のとき、欧米人を驚かせた民間レベルでの人々の「たすけあい」と「秩序のよさ」は、実は、この原則がプラスに働いた格好の例である。**⇩たすけあい主義⇩隣組主義**

村づきあいは、誠実かつ義理がたくやらなければならない。結婚・葬式・ユイ（今は少なくなった）・病気のとき・講や寄りあい・村仕事などなど、そのつきあいは多岐《たき》にわたる。うまくつきあわないと、はじめは悪口（ほとんど陰口で本人の耳に、はいらないことが多い）ではじまり、酒の席でそれとなくなじられ、やがて制裁がはじまる。

村八分主義　ostracism ©【暗黒詞】　仲間の掟《おきて》にしたがわないヤツは、みんなで仲間はずれにする。日本の田舎に、古くからあった制裁の習慣で今は昔ほどではなくなったとされている。が、今日、都会に生きる日本人のあいだでも、いったん徒党を組むと表面にはでないが、その奥深いところで、この主義が頭をもたげてくる。昔はそれなりのルールがあって、ことの次第がはっきりしていて、わかりやすかったが、今日の村八分意識は、表面化していないだけ、たちがわるいといえる。たとえば、いじめ問題の根底には、こうした日本人の精神構造に深くかかわった暗黒部分が横たわっている。**➡強引主義➡ゴーイング・マイ・ウェイ主義**

村ハジキ・村ハッチ・村ハブキ・村ハズシなどなど、いろんな呼び名が日本全国で七十から八十もある。この制裁を受けると家族全部が、仲間はずれにされた。『再三の訓戒にもかかわらず掟《おきて》に違反したり、村寄合や村仕事の際に我《が》を張り、独善的言動をとるものがハチブの対象とされる例が多い』(**『日本民俗事典』大塚民俗学会編弘文堂**)。この〝我《が》〟は欧米では、あたりまえのことである。が、日本では欧米式自己主張は、昔から悪とされる側面があった。

忠告

ジャパノロジストへの提言。『村八分論』は、論文を書くときのいいテーマ。政治や経済を研究するジャパノロジストは、やたら多いが、民俗学は穴。あまり専門家がいない。さらにユニークに、このテーマを追求したい向きには、『マスメディアと個人間における村八分的意識問題の研究——ワイドショーとサッチーの関係から検証する』などというのはいかが？　真髄に迫れば、これは、じゅうぶん修士論文ぐらいにはなる？（ベルダー）

め主義　拾項目

名目至上主義　name supremacism ©【形式詞】　あの国では、「名目が立つ」ことが、すべてに優先されることがある。封建制度の時代の名残と思われる。

メカニズム　mechanism【余計詞あるいは余分詞または蛇足詞】　いわゆる主義ではない。が、日本人が好んで使うカタカナ英語のひとつ。

目くそ鼻くそ主義　calling the kettle blackism ©【日本人詞】　目くそ鼻くそを笑う、ということわざが語源の造語詞。自分の欠点を棚にあげて、人の批判をする人の主義。日本人気質の特性のひとつ。欠点を棚にあげるのはいいほうで、自分の欠点には、気がつかない、あるいは気がつかない振りをして、これをやるヤカラの多さに不信感を抱く欧米人気質に気がついていない日本人多数。

☝ 猿の尻笑い、青柿が熟柿を弔う、五十歩百歩などなど、この手のことわざは、日本に多い。自分の欠点には目をつぶり他人のことをあざわらう人は、まずしい農村部で目だつ。

メジャー主義　majorism ©【俗物詞】〔☝〕　なんでもメジャーがまかり通る国。メジャーなものは、無条件に信用される。⬇マイナー主義

目立ちたがり屋主義　exhibitionism／closet peacockism ©【日本主義詞】　自己顕示癖。さんざん書いてきた日本主義――内気な振りをしながら、オズオズと、しかし強烈に自己主張をする日本的特性のひとつ。

忠告　ちっとも被害者ではないのに、自分をさも被害者のように見せかけて、人々の注目を集めて目立ちたがろうとする類の悪辣《あくらつ》な頭脳プレーヤーがいるから、ご用心。エセインテリに多い。欧米人のあなたは、どんなに頭がよくても、ほとんど、この

テクニックはマスターできないと思っていい。第一、もともと目立ちたがり屋の欧米人が、目立つために姑息《こそく》な手を使ったら欧米社会では、生理的に拒絶される。

女々《めめ》シズム　effeminatism Ⓒ【侮蔑《ぶべつ》詞】[☝]　「女の腐ったような男」（ウーマンリブに叱られる表現だが、日本ではこれはよく使われるフレーズ）の多い国。

メロメロ主義　*meromeroism* Ⓒⓙ【日本的感覚詞】　なんたって、メロメロとやるのが好きな人たち。

忠告　よくわからない？　日本にいきなさい。すぐに理解できるから。

面食い主義　pretty womanism Ⓒ【♂♀詞】[!]　内面なんかどうだっていい。顔さえよければ。ボディーがセクシーだったら、なおいうことなしという浅薄な主義。

私見　——でも、いいなあ、これって！（ベルダーの感想です。リザ注）

面従腹背主義　WYSBism (Whatever You Say Bossism) Ⓒ【Fucking Jap! 詞】　顔

はジャパニーズ・キープ・スマイリング、なんでも、ハイ、ハイ。心では別のことを考えている。代表的日本主義のひとつ。⇩**イエスマン主義**⇩**ハイ、ハイ、ハイ、ハイ、主義**

メンツ主義　***mentuism*** ⓒⓙⓝ【プライド詞】　メンツを大切にする民族である。これをつぶすと、とんでもないことになるから、ご用心。

☞　もともと中国からやってきた考えかた。いまでも、中国人は、日本人以上にメンツ（面子）にこだわる。

も主義　拾項目

毛沢東主義　**Maoism** ⓝ【しぶとい詞】　中国、キューバ、北朝鮮などの数少ない例外はあるが、二〇世紀末の趨勢《すうせい》として共産主義国家群が資本主義国家群に主導権を奪われたのは事実。それにもかかわらず、日本にはこの主義の隠れファンが、結構多い。

&　カン・キクチ賞を受賞した産経新聞連載の『毛沢東秘録』（一九九九年発売　上下二巻）

が本になり、その上巻は二十万部以上売れた。

☞ 世界同時革命を高らかに謳《うた》うこの主義はアジア、南米、アフリカまで、ある時期、広がったことがある。北朝鮮も、この主義を信奉し中国をお手本に国をつくろうとしたこともある。でも、本家本元の中国が、いち早くこの主義を捨てて改革開放路線を敷き、市場経済主義国になったのは、『悪魔の事典』のビアスも、毒舌家ベルダーも真っ青になるくらいきついブラック・ユーモア。

余 ついでに書けば、カストロ・ファンも結構いる。ゲバラとなると、甘っちょろい日本の左翼インテリは、ほとんどロマンの世界だと思っている。

蒙昧《もうまい》主義 ignoramusism ⓒ 【誤解詞】 田舎の人は無知蒙昧《もうまい》だと信じて疑わない都会人が、たとえ少数派だとしても存在する先進国は日本ぐらいなものである。➡啓蒙《けいもう》主義

& あの国で農村部に対する蔑視《べっし》思想が蔓延《まんえん》しているのは、封建時代（ある意味で十五年戦争にやぶれるまで日本はある種の封建時代だったという見かたもできる）の対農民思考が根底にあるうえに、戦後日本の農業軽視政策のひずみが生んだ悲劇

である。農村で農園を持って心ゆたかに暮らしている人たちを、うらやましく思っている欧米人には、信じられない無知蒙昧《もうまい》な考えかたである。

元

本来は哲学用語。きわめて保守的な考えかたをいう。もともとは、啓蒙《けいもう》主義者たちが、敵の態度を非難して使った言葉。

盲目的崇拝《すうはい》主義　fetishism【発展途上国詞】［……］　迷信と盲目的崇拝《すうはい》が、経済先進国のあの国に結構残っていることに、欧米人は戸惑う。わけのわからない新興宗教の信者が、全国に散らばっている。なかには、曖昧《あいまい》主義で、まわりの様子を見ながら、自分たちの味方をしてくれる時の権力に荷担して国を動かすほどの力を持った新興宗教もある。**⇩オウムイズム⇩カリスマ主義⇩信仰主義⬇多元的共存主義⬇ファシズム**

&

創価学会のアブナサはさておき、数々の日本的でない事件を引き起こして世界的に有名になったオウム教が、二一世紀を目前にして、また息を吹きかえしてきた。アブナイ。日本は、やはり恐ろしい。

戦後の日本では、総人口の約一〇パーセントの人たちが新興宗教の信者である。

元

心理学上のフェティシズムは性倒錯の一種。ビネー、フロイト、クレペリンなどの研究が有名。

モダニズム modernism【忘却詞】 今ふうであること、現代ふうであることが、なによりも大好きなあの国の国民は、ある種のビョーキ。古いもののなかに、ときに、いいものがあることを、あの国の人たちの大多数は忘れている。

もたれ主義 dependancy culturalism ⓒⓙ【日本詞】 おふくろの温もりが懐かしい……大人になっても、だれかに寄りかかって生きていく。わたし弱い人だから。強い人って好きじゃないけど、長いものに巻かれろでしかたない。イヤイヤあの人のいうこと、聞きます。わたし弱い人だから……。

余

まったく、余談の余談だが、日本の電車のなかで隣の人にもたれかかって、居眠りしている人の、なんと多いことか！ 年齢に関係なく、みんなやっている。どちらかといえば、お年寄りのほうが、シャキッとしている。はじめて日本にやってきた欧米人は、あの無手勝流の居眠りには、びっくりする。そして思う。日本ってていそがしい国だから、みんな疲れ切っているんだ、と。あなた、読みが浅い。あれは、わるくいえば、甘ったれ。弛緩《しかん》した精神の発露。よくいえば、少なくともオウムのサリンばらまき事件以前は、人まえでも安心して眠れる安全な風土が健在だったせい。どっちにしても、あの電車のなかで隣の人に、もたれかかって寝ている人の姿が欧米人に嫌悪感をあたえることを日本人は気がついていない。もたれかかられて、相手をぶった欧米女性もいる。彼女いわく、「わたしは、枕じゃない」。

持ち家主義 home ownershipism Ⓒⓝ【日本そのもの詞】「家を持って一人前」——自分の家を持つことにかける執念の強さは、日本人の伝統的特性だった。江戸時代からつづいた「家」中心主義思想のたまものと思われる。

☞ 持ち家全国平均、約六〇パーセント。(二〇〇〇年末統計)

& バブルの崩壊後、土地やマンションの価格は低迷。日本人の持ち家信仰は世紀末には、薄らいだ。約七〇パーセントの人が、持ち家主義の呪縛から解き放たれた。年齢が高いほど持ち家派が多い（七十代以上で非持ち家派と拮抗）。もっとも持ち家派が少ないのは四十代。その数、一一パーセント。(データは、朝日新聞世紀末最終

（『定期国民意識調査』より）

持ちつ持たれつ主義　mutualism Ⓒ【日本したたか詞】　日本式ギブ・アンド・テイク主義。ただし双方、ニコニコしながら相手から、よりたくさん取ろうとするところがミソ。

ものもらい主義　beggarism Ⓒ【精神貧困詞】　乞食根性。パンティング・ドッグのように、タダ飯・ダダ酒にありつこうとしている人の多いのに驚かされる。まえにも書いたが、サラリーマンが会社の金で飲み食いをしている、さもしい姿も欧米人には不思議な光景。⇩**バーイズム⇩グズグズイズム⇩接待主義**

　ものもらい（物貰い）の方言——ホイト・ホイトウ・コジキ・モライなどなど。

元

もやし主義　wimpism Ⓒ【未来詞】　日本の若者を支配している主義。二一世紀の日本、恐るにたらず。

モラトリアイズム　moratoriumism【曖昧《あいまい》詞】　大人になりきれない幼児性を持った、あやふやで、あれもこれも男の多い日本社会の悲しさよ。酒の飲みかたを見れば一目瞭然《りょうぜん》。

とにかく、あの国では幼い男が、あっちこっちで目につく。

元 社会心理学者、E・H・エリクソンの定義にはじまる言葉だが、一九六〇年～七〇年にかけて、その解釈が広がり、モラトリアム人間という存在が注目をあびるようになった。

や主義　五項目

やくざ主義 *yakuzaism* ©Ⓙ【尊敬詞】 やくざは白い目で見られる半面、そのアウトロー的指向性に憧《あこが》れる日本人が、結構いる。やくざっぽさ（やくざ主義）は、日本社会を支えるひとつの美学であるという説もある。

元 三枚賭博《とばく》で八《や》・九《く》・三《ざ》という点にならない数字が語源だという。どの時代にもいたし今もいるが、江戸末期の世のなかが乱れた時期に、たくさんいたという。

野合主義 illicit intercoursism ©【世紀末日本詞】 みさかいなく姦通する男女のように、

くっついたり離れたりするのを得意業とする世紀末日本の政治状況。

☞ 世紀末の自自公連立《＋E》という、とんでもない連立構想に「条件つき賛成」も含めて賛成の現役政治部記者は一四パーセント（うち「純粋に賛成」は六パーセント）、反対は六六パーセント**（一九九九年七月二十二日号『週刊文春』。同誌が新聞、通信、テレビ各社で政治担当記者、編集委員、論説委員など八十八人を対象に緊急アンケートを取った結果）**。

やっかい払い主義 trashism Ⓒ【敬遠詞】［☞］ 噂社会に生きる日本人は、まわりの評判や噂をもとに、自分の範疇《はんちゅう》に入れるとやっかいそうな人を、あらかじめ敬遠する傾向がある。そのため、日本人は必要以上に人の評判を気にして生きている。

やらせ主義 *yaraseism* Ⓒⓙⓝ【不快詞】【悲劇詞】 大衆受けさえすれば、やらせは美学だと思っているマスコミ人が、少なからずいるのが、あの国のマスメディアの悲劇。

☞ 評判になったやらせ事件にＮＨＫスペシャル番組の『奥ヒマラヤ　禁断の王国・ムスタン』（一九九二年に二度にわたって放映）の取材のやらせがある。これは、やらせ主義の好例。民放のやらせの例をあげはじめれば、本一冊分になる。

やわらか主義 malleabilism Ⓒ【日本詞】[!] 日本社会の裏側の弾力性のすごさを欧米人は学ばなければ、あの国には太刀打ちできない。欧米式正攻法の通用する国ではない。中国はもっとすごいが……。

ゆ主義　六項目

優越主義 chauvinism【裏がえし詞】 日本人が持つコンプレックスの裏がえしのすごい愛国心。普段は、あまり表にでないから始末におえない。

元 ショーベニズムの本来的意味は、熱狂（盲目）的愛国（優越）主義。性差別主義をいうこともある。ナポレオン一世をこよなく愛して常軌を逸するほど尊敬したフランスの兵士の名前がニコラス・ショービンだった。

ゆうゆう主義 chill outism Ⓒ【未来詞】 いそがしい日本、二十四時間戦う戦士の国、ウンザリ。もうちょっと、ゆっくりやりましょうや、という動き。今や昔の一九八〇年代のバブル全盛期に、一部良識派がつぶやいていた主義。ⓝその後、日本経済の混迷とともに、この主義者よりもイライラ主義者がふえてきた。⇩いやし主義⇩オジタリアン主義⬇二十四時間戦闘主義⬇ヘルスドリンクイズム⬇夜なべ主義

幽霊主義　phantomism Ⓒ【日本人愛好詞】日本人は、幽霊（お化け）が好きである。幽霊（お化け）話も好きである。遊園地にいけば、かならずといっていいほどお化け屋敷がある。⇩**鬼神崇拝《すうはい》主義**

☞ 霊という言葉は、比較的新しい日本語である。地方によって、マジモノ・タマシ・シニンボウ・オモカゲ・アマビトなどなどの呼び名がある。

ゆきがかり主義　circumstancism Ⓒ【曖昧《あいまい》詞】起承転結、論理的な説明をせず、曖昧《あいまい》に過程をぼかして、結論を導きだす日本的手法。この主義者は、途中経過の情報公開を嫌う。だって、鮮明な方針なんて、はじめからないんだもの。

例　「ゆきがかりと思ってください」「まあ、しかたないですね。ゆりがかり上、なんと

か、しましょう」

ゆけゆけ（いけいけ）主義　go goism ©【恐怖詞】　青信号がでるまでは、イライラするほど優柔不断だが、いったん、いけいけになったときのす早い日本方式を甘く見てはいけない。日本の怖《こわ》さはここにある。

ゆりカゴ泥棒主義　cradle robberism ©【勝手にしろ詞】　コギャルやマゴギャルをあやして遊ぶのが好きなオジタリアンのイズム。

かって、日本のゆりカゴは、米びつの保温用のワラ製のカゴを使っていた。クルミ・エジメ・イジゴ・ツグラ・コシキなど地方によって、いろいろな呼びかたがある。もちろん、木や竹製のものもある。残念ながら、最近の日本では、民俗博物館にでもいかなければ、まず昔風のゆりカゴには、お目にかかれなくなった。コギャルやマゴギャルに関係ない？　スミマセン。ときに、支離滅裂なのが、この〝事典〟の真骨頂。

よ主義　七項目

幼稚主義　**infantilism**©【十二歳詞】　あまり発育がよくないことや、子供っぽい主義をいう。日本人の特性のひとつ。欧米人のあなたに、わかりやすいいいかたをすれば、三十歳で成人式を迎える人たちと思って日本人に接すれば、まず、まちがいはない。欧米人より日本人は十歳ほど幼い。よくいえば、それだけ、わかわかしいともいえる。

戦後しばらく日本を支配していたマッカーサーの捨て台詞、「日本は十二歳」。

横ならび主義　**domino effectism**©【日本美学詞】　みんなおなじように、ふるまうことは、日本の美学である。ただし倒れるときには、ドミノのように、いっせいに倒れることは嫌う。われ先に、なり振りかまわず逃げだす。**⇩曖昧《あいまい》主義⇩アウトロー否定主義⇩共生主義⇩幸せ主義⇩銭湯主義⇩全体主義⇩団子主義⇩出口なし主義⇩ぬるま湯主義⇩ぬかるみ主義⇩分派主義⇩平凡主義⇩変化否定主義⇩みんなで主義⇩無責任主義⬇村八分主義⬇強引主義⬇ゴーイング・マイ・ウェイ主義**

よけいなお世話主義　**fuck offism**©【おせっかい詞】［］　とにかく、「よけいなお世話」をあれこれ焼いてくれる人が多くて……その善意には感謝しつつ押しつけがましさには

ウンザリ。

横文字主義 *yokomojiism* ©Ⓙ【平凡詞】 エセインテリほど、こむずかしい日本語のなかに、日本式発音のカタカナ英語をやたら散りばめて話すのが大好き。ただし、この手の会話が得意な人で英語がちゃんとしゃべれる人に会ったことがない。⇩**外来語主義**⇩**厳格主義**

例

「デモクラシーにおけるアイデンティティーのポイントは、やはりパーソナルなスタンスに帰すると、ぼくは愚考する」

夜なべ主義 *non-stop workism／yonabeism* ©Ⓙ【懐古詞】 中央集権が進み地方主義がおとろえ、村の自給自足体制がくずれ、本来的意味の夜なべ仕事（俵《たわら》・縄《なわ》・草履《ぞうり》・糸紡《いとつむ》ぎなど）は、ほとんどなくなってきたが、それにかわって都会の二十四時間戦う企業戦士たちの夜なべ仕事が日本の新名物になった。ただしバブルがはじけて、このところ、ややこの主義にも陰りが見えはじめている。⇩**二十四時間戦闘主義**⇩**ヘルスドリンクイズム**⬇**オジタリアン主義**⬇**ゆうゆう主義**

中央官庁の役人たちの夜なべ主義は有名。

予定調和主義　schedule syncretism Ⓒ【摩《ま》訶《か》不思議詞】　日本的特性のひとつ。森羅万象なんでも、あの国では、予定調和が成り立つ摩《ま》訶《か》不思議さ。

元

シンクレティズムは哲学、宗教上の混合主義のこと。

ヨーロッパイズム　Europeanism【信奉詞】　明治維新からこっち、ヨーロッパ信仰は、ことに中流階級以上の層に根強い。おおむねこの主義の信奉者はアメリカ嫌いが多い。上流階級では、親子三代ヨーロッパへの留学経験があれば、それは勲章である。ちなみに最近の歴代天皇は皇太子時代にイギリスに留学する。イギリス王室と日本の皇室は仲がいい。⇩**留学主義**

ら主義　弐項目

楽天主義　optimism【期待詞】　日本の場合は、悲観論に支えられた楽天主義。ことに農村部に蔓延《まんえん》している。⇧**オプティミズム**⇩**のーてんき主義**

ラッシュアワーイズム　rush hourism Ⓒ【驚嘆詞】　人ごみのなかで、もみくちゃにされることをマゾ的に楽しめる驚嘆すべき才能。男女が一緒にもまれて、おたがいにくっつきあえるから、かろうじて日本の通勤地獄がなりたつという説がある。なんにせよ、そうとう強い信念と主義がなければ、毎日ラッシュアワーの満員電車に二時間ものって郊外のマイホームから都心の会社には通えない。アメリカ人のあなたには、絶対にできない！

り主義　六項目

リアリズム　realism【誤用詞】　現実主義。日本のエセインテリが観念主義的議論を、さんざん戦わせたあと、最後に「しかし、リアリズムに立脚しなければ」という具合に現実主義的ではない手法で使う。→**観念主義**

リストライズム　restructuringism Ⓒⓝ【世紀末日本詞】　去るも地獄、残るも地獄。

世紀末日本で吹き荒れた嵐。一九九九年二月の完全失業者は、二百十三万人で、過剰雇用は二百二十八万人。七月には、男性の失業率は五パーセントを超えた。世紀末に中高年齢層の自殺が、増加し社会問題になった。株価吊りあげのための便乗リストラもあり、すったもんだの世紀末現象。九月ごろからすこし、日本の景気は上向きになったので、二一世紀の中頃には、「あれは世紀末の悪夢だった」と語り草になるかも（そうなることを祈る）……とのんきなことを言っているうちに、二〇〇一年初頭には、平均失業率が四・九パーセントと史上最高記録を樹立。リストラ問題に関する明るい展望は、まったく開けていない。

リバイバリズム　revivalism ⓝ【日本人常用詞】信仰復興運動。宗教に関係ない言葉としてリバイバルという日本語英語は使われている。日本人のなかにはリバイバル（復活・再上映）とサバイバルを混同している人が、ときどきいる。

流行追従主義　fadism ⓒ【横文字稼業人愛好詞】《全！》［！］　日本では顕著《けんちょ》。「みんなで買えば怖くない」。ちなみに、流行を追う人はファディスト。

&

人が買うものを、われもわれもと見境なく流行を追って買うので、あの国では、へんなものがベストセラーになる。二〇〇〇年末の売行き商品――「寿司あざらし」

ソニーが開発したアイボをはじめとする「ホームロボット」「深海水」「毛糸のパンツ」「甘栗むいちゃいました」などなど……最後にあげた商品の売りあげは、なんと八十六億円！

留学主義 studying abroadism Ⓒ【無駄詞】 猫も杓子《しゃくし》も留学、留学。偏差値競争にやぶれた若い人たちのあいだで、簡単に入学できるアメリカの大学に留学することが大流行。ただし一年か二年で挫折するケースがほとんど。まともに卒業する若者は、ほんの一握り。高校卒業まで何年間か欧米の高校に席をおいてくれれば、わりと簡単に日本のいい大学に潜りこめるので、最近は高校生の留学も流行のきざしが見える。学歴偏重社会のセコイ流行。

&

もちろん、エリートたちの留学先としての欧米（とくにアメリカ）の一流大学の日本人受け入れ体勢は万全。「刃向かってはいけないのに、身のほど知らずに、刃向かったあげくの果てに、戦争にやぶれた可哀想な敗戦国日本」に対して、フルブライトをはじめ、善意の団体が戦後すぐに留学生に援助の手をさしのべた時代とかわりなく、今も向学心に燃える学徒には、欧米諸国、なかでもアメリカの大学の門は広く開け放たれている。

私見 アメリカのコーカソイドの一部の人たちって、ほんと、善意の固まり!……ただし、その善意が、しばしば空まわりする。

リューマチィズム rheumatism ⓝ【わるのり詞】 病気のリューマチ。お呼びじゃない?――そう、これまた、ちょっと、わるい冗談でした。

る主義 弐項目

ルビ主義 rubiism ⓒ【付属詞】 漢字はむずかしくて、ときに、日本人にも読めないことがあるので、その横に平仮名かカタカナでルビという小さな活字をつけて、読みかたを補足することがある。おもな役割を果たしている〝なにか〟に、目立たないように、ぶらさがり、それでも、きわめて大切な役割を果たしている――しかし、大本の〝なにか〟がなければ存在することができないというルビ主義は、なにか、アメリカと日本の関係を連想させるものがある。この〝事典〟でも、この主義に敬意を表して多用した。

ルーツ主義 rootism ⓒ【原点詞】 日本人はルーツをさかのぼるのが好きである。⬇サム

れ主義　参項目

歴（学歴、経歴）主義　CVism (Curuculum Vitaeism)　©【日本そのもの詞】[☝]

あの国を支配する大きな主義のひとつ。

忠告　いい学歴の持ち主であり、いい肩書きのついた名刺を用意できれば、実力がなくても、とりあえず、あなたは日本の社会では通用する。学歴・経歴詐称《さしょう》って手もあるし……ただし化けの皮がはがれた場合の日本社会の目の厳しさは覚悟しておいたほうがいい。バレたら大騒ぎになり、あなたの全人格は否定される。

レズ主義　lesbianism【♀♀♀♀詞】　女性同士の同性愛。二一世紀を目前にした日本でも市民権を獲得しはじめた主義。

恋愛至上主義　love love loveism【憧憬《どうけい》詞】　お見合い制度が、なんだかんだといいながら、まだ存在している日本では、この主義にこだわる女性は多い。

&

あの国に恋愛がなかったというのは、大きなまちがい。家主義で「男女七歳にして席をおなじうせず」の古い時代の日本には恋愛が、まったくなかったと偏見を持っている欧米人は多いが、そうした儒教道徳はサムライの社会を支配していただけで、常民たちは、封建制度の時代から結構自由恋愛を楽しんでいた。若者組、娘組などを中心に男女の交際は盛んだった。ヨバイ《×E》の習慣もあったし、好きな相手に手づくりの手ぬぐいや草履《ぞうり》をプレゼントしたりして、そのまま結婚するケースも多く見られた。こうした恋愛関係をナジミ・シャンスなどと呼んだ。近代国家をめざした日本が、明治時代から大正時代にかけて、若者組や娘組の組織がえをしたことで日本の地方の自由恋愛が、戦後の新時代になるまで足踏みしたのは皮肉なことである。

私見

この主義で恋愛を楽しみ、結婚はお見合いでという精神分裂症的日本女性が、結構いるのは、欧米式発想では理解できない。ほんと、あの国の女は、なにを考えているのかよくわからない（と日本娘と、あまりいい思いをしたことのないベルダーは嘆くのでした）。

ろ主義　参項目

老人支配主義　old guardism Ⓒ【日本詞】　日本は人生の戦いに生き残った一部の老人が権力を握っている国である。とくに田舎では、この主義にさからっては生きていけない。

ロボット開発主義　robotic developmentism Ⓒⓝ【未来詞】ロボットの時代がやってくる。日本のロボット開発技術は、世界の最先端をいっている。二一世紀に日本が巻きかえすキー・ワードのひとつ。

ロマンティシズム　romanticism【疑問詞または横文字日本語】　みずからの行動に動機づけができない場合、手軽に使うことができる便利な横文字日本語。

わ主義　四項目

ワイドショー主義　J-talk showism Ⓒ【絶望詞】［🖕🖕🖕］　ひとこと――ヤラセが大手を振ってまかり通る世界なんて、くたばってしまえ！　ファック・ユー！　日本を滅ぼす元凶のひとつ。二〇世紀末日本の民度の低さのバロメーター――低次元の話題を喜ぶ常民がいるから、あの報道姿勢があったのか、あるいは、その逆か。鶏と卵論の世界。明治時代以前の日本の民度のほうが、今よりも高かったとベルダーは思っている。⇩スキャンダリズム

&

やっつけている相手が恭順の意を示さないと、さらに攻撃をエスカレートさせるワイドショー主義は、おしまいには日本古来からの村八分主義と同化するところが、とっても危険。

私見

マスコミには、犯罪をおかしていることが証明されていない人のプライバシーを相手が「公人」だということを口実に、あれこれ詮索して裁く権利はない。司法にまかせておけ！ **（とベルダーが書いたあと、彼がこの〝事典〟でさかんに問題にしているサーッチー騒動のなかのいくつかの案件は、訴訟・告訴事件に発展し新展開を迎えた。彼の主張どおり司法の手にゆだねられたわけだ＝超訳師注）** まえにも書いたが、腹の虫がおさまらないので、また書く。ただの社会現象をレポーターと称する連中が正義漢づらをして社会問題などとほざくのは笑止千万。ゴー・ツー・ヘル！ テレビという大衆に影響力の強い公器の使いかたを、これ以上あやまると、日本は、とんでもないところにいく。世紀末には、このワイドショー主義的スキャンダリズムのターゲットが、いわゆる芸

能人ネタが主流だったので、個人のプライバシー侵害問題をのぞいて世に害悪を垂れ流さないですんでいたが、これが経済や政治の世界を、あの方法論でターゲットにしだすと、大変な問題が生じると予言しておこう。

ワイロ主義 payolaism Ⓒⓝ【日本必然詞】 お中元、お歳暮、お土産、と人に物を贈るのが大好きな、あの国の古来からの習慣が生んだ、必然詞。

世紀末日本では、大蔵官僚を中心に、役人をワイロ漬けにするのが大流行。なにも、今にはじまったことじゃないか……。

&

わたしがいなければ主義 never without meism Ⓒ【錯覚詞】【悲劇詞】 わたしがいなければ困るだろうという錯覚に支えられて生きている人は多いが、実際には必要とされていない人ほど、この考えかたにしがみついているという悲劇詞。

われわれ主義 WEism Ⓒ【日本不思議詞】 欧米だとあきらかに「わたし」というところを日本人が、よく「われわれ」というのは、日本七不思議のひとつ。⇩**おれたちイズム**⇩**ミー主義あるいはおれおれ主義**

ゐ主義　壱項目

ゐ主義　〃*wi*〃*ism* Ⓒⓙ【死語】　ウィではない。ヰ（イ）である。今の日本では、この言葉ではじまる単語はない。若者は、この字を知らないかもしれない。いや、もうないものと思っているかも。継承性のない現代の日本文化万歳！

私見　昔懐かし「ゐ」の字！（ベルダー）／某国某大学の日本語科に籍を置いていたころに「古典」の授業で習った字。（リザ）

ゑ主義　壱項目

ゑ主義　〃*we*〃*ism* Ⓒⓙ【死語】　⇩ゐ主義とおなじ。ウィーと読んではいけない。エと読む。

を主義　一項目

をことてん主義　*okototenism* ⓒⓙ【特殊詞】【日本詞】　ぶらさがり人生、悲しからずや？　あれば便利だけど、なくても絶対に困ることのない曖昧《あいまい》な存在——大多数の日本人の生きかたそのものを象徴する主義。

&　助詞・助動詞の「を」「をして」「をば」「をや」以外に、「を」ではじまる日本語は、寡聞《かぶん》にして、この「をことてん」しか知らない。ほかにあったら教えてください。

元　平安初期から使用。『漢文を判読する際、漢字の四すみ、上下、中間などの所定の位置に点や線を付けて、仮名の代わりとした符号』（『現代国語例解辞典』小学館）

ん主義　壱項目

ん主義　゛*n*゛*ism* ⓒⓙ【もともと感動詞】［✂✂☝☝××〈〉〈〉］　エヌでもなくウンでもない。グリーンのンである。日本の若者の幼児化現象を、ん主義という。普通は、「はい」あるいは、「うん」というところを短くつまった感じで無愛想に「ん」と答えるふとどきな主義。相手の話にうなずくときに使う言葉。英語でいえば「はい」は「イエス、サー」。「うん」が「ヤーに近いイエス」ならば、「ん」は「ヤー」にあたる。日本語を必死になって勉強したガイジン程度の敬語も使いこなせない最近の若者が、相手かまわず、この「ん」を多用する。

⇩あまったれ主義⇩もやし主義⇩そのほか、若者関連の項すべて参照

私見

リザとベルダーにいわせれば、本来なら、これは日本の幼児言葉。二〇世紀末、ちゃんと大学をでたインテリの若者が、さかんに、この幼児言葉を連発するようになった。日本語では、敬語・尊敬語・丁寧語・謙譲語は、とても大切な表現方法である。ガイジンの日本語習得には、これらの語法が最後の壁になる——これをうまく使えない次世代の若きエリートたちが増えてきたということは、ジャパノロジストと日本に反感を持っている国の人びとにとってよろこばしいことだ。

忠告

次代の日本、恐るに足らず！　日本を根拠のない偏見で見ている一部の欧米人たち、それにもまして、あの国に無関心で、あの国のもろもろを知ろうともしないもっと多くの欧米人たち——とくに、なんでも一番でないと気のすまない一国主義者のアメリカの人たち、安心なさい。あなたたちの呼びかたにならっていうなら

ば、あのジャップ、ジープ、ジャカニーズ、リトル・イエロー・バスターズ、イエロー・モンキーたちの国は、「世紀末最後の十年間、経済政策をあやまったうえに、この四半世紀のあいだ、若い世代の教育に失敗したので、つぎの時代、そう、少なくとも〝二一世紀の前半〟は、そんなに怖《こわ》い存在にはならない。というよりも、今の力を半減させるくらい落ちこむかもしれない」というのが欧米の日本通知識人たちのあいだでは、通説になっている（二〇〇〇年末現在）。「黄禍論」を心のなかで信じている、あなた、安心した？　「黄禍論信者」にひとこと。万一、日本が沈んだとしても、おつぎに中国が控えていることをお忘れなく！　あの国の「膨大な人口と安い人件費」は、近い将来、世界の〝経済地図〟を塗りかえるほどの影響力を持つだろうと予言しておく。すでに、その予兆はある。「黄禍論信者たち」、どうする？

蛇足の蛇足。この〝事典〟のここまでのページでファック（ふぁっく、ファッキングを含む）の使用回数は、六十二回。FUCK（FUCKINGを含む）の使用回数は、四十回。合計百二回。目標の百回を越したぞ！

（ベルダー）

ベルダー先生って、やっぱり、ちょっとヘン。（リザ、ここで最後のため息）

まじめなあとがき

S・T・ベルダー

ふまじめにおわらせた最後の項目、「ん主義」を受けて、まじめに書きはじめる。

イメージ・コンシャス（意識）の高い日本は、かわり身の早い国である。態勢を立て直した場合、二一世紀後半の五十年間に関しては、「二度と欧米諸国の競争相手に、ならない（あるいは、なれない）国である」という保証はしない。

それどころか、こんな仮説も成り立つ。

「官僚と政治家の世界」をなんとかしなければ、日本は早晩〝沈没〟すると心配している〝頭でっかち〟でない若手の行動派新日本人が「どこかに隠れて存在している」とする。若手の官僚や政治家のなかにも、もちろん、そういう人はきっといるだろう。でも、これまで、そんな〝異次元の世界〟には、見向きもしなかったような「経済界（第一次産業を含む。というよりも、むしろ〝手で考える人〟の多い第一次産業の人たちに期待する）や文化界などのほかの世界」からも突然変異的に、そんな人たちが、多数現れるとする。連中が、『この国のありかた』（作家リョータロー・シバの著作のタイトル）を真剣に考えたとする。彼らは決心する。「力をあわせて、日本のアキレス腱《けん》である老人支配・旧体制支配の〝政治・経済のありかた（官界のありかたも含む）〟を改革して抜本から国をつくり直そう」と。

このようなクーデターなみの〝突然変異〟が急激に起きた場合は、二〇一〇年までに日本は、ふたたびよみがえる可能性があると予言しておく。そして、実際に過去の歴史をひもとけば、日本のかわり目（危機状態）には、「常民の日常生活を壊滅的に破壊しないで極端な改革（日本の場合、革命ではない）」をやりとげる若者（壮年まで含む）たちが、怒濤《どとう》のように出現している。明治維新しかり、終戦後しかり。何世紀もさかのぼれば、蒙古襲来のときもしかり。ただし、ちょっと危惧《きぐ》するのは、事典のなかでも触れたが、その平成維新に際して、あの島国に住む人たちの国民性を深く分析したとき、ウケセン狙いの権勢欲の強い国家主義者あるいは超国家主義ポピュリストのとんでもない扇動的リーダーを頭に抱いて、〝思わぬ方向〟にあの国が向かう可能性があることだ。まあ、あの国がふたたび道を踏みはずすとしても、ヨソモノがとやかくいうことではないが……。

『リザとベルダーの独断と偏見に満ち満ちたこの〝事典〟が、すこしでも（欧米人である）あなたの日本に対するいわれのない恐怖をやわらげ、あなたの日本に対する偏見と無知をさらに助長させることができたら、わたし（ベルダー）は、これにすぐる幸せはない。ん？』（**「ん主義」の最後の行を、この「あとがき」に移動させた一文**）……などと、最後の最後までハスに構えた皮肉な口調と論調で二〇世紀の日本のもろもろの現象を、しつこく繰りかえし繰りかえし検証した本事典の執筆を、これにておえるが、わたしの本音を吐けば、二一世紀には、この本のような一国中心主義の論調は、通用しなくなると思っている。次世紀は、日本だけでなく世界各国に住んでいる全人類が、ナショナリズムではなく地球中心主義でものごとを論じるべきである――そうしなければ、人類が滅亡する可能性のある世紀だと確信している。

ハナシを、あらぬ方向に飛ばす。

二〇世紀末まで人間はエゴイズムを基調に自然を破壊しつづけてきた。他の動植物と調和しながら生きていくことを無視しつづけてきた。その結果、地球をヨレヨレにしてしまった。人類には地球にダメージを与える権利はない。でも、人間が地球を死に体寸前状況に追いこんだのは、まぎれもない事実である。こうやって傷つけてしまった球体のなかで、次世紀は人類そのものの存亡をかけた自業自得の戦いがはじまる。いや、すでにはじまっている。それも、「人類以外の生けとし生きるもの」との「しなやかな共生」という〝条件闘争〟である。

余談をかさねる。

こんなことを考えることがある。

虚空の彼方から巨大ないん石が飛来して地球に衝突するといったようなSFもどきの宇宙的天災異変でもなければ、とりあえず、〝地球そのもの〟がなくなることは、たぶん来世紀はないだろう、と。でも、〝二〇世紀型の想念〟を持って人間が生きつづけると、ひょっとすると人類は、二二世紀を迎えられないかもしれない、と。ほかの種類の生命体を数多くまきぞえにしたあげくのはてに、人類は絶滅動物の仲間入りをするかもしれない、と……わたしのこのイヤな予感が当たらないことを祈る。が、国家や宗教や民族の対立などを悠長にやっていていいのか。しかめっ面をしてエゴイズムとローカリズムに支えられた論理をもてあそんでいる時間は、もうないのだ。カウントダウンがはじまっている。二一世紀に生じるであろう抜本的な諸問題をつきつめて考えると国家間紛争もさることながら、宗教と民族問題に手を焼いて、人類は「生き残り策」を講じることができない可能性が高い。

ここで、大切なポイントがある。

地球をこのような状態にした元凶は、実はわるい意味での人間中心主義――地球上のすべてを支配下において操作するという思いあがった欧米先進国的発想――である。この主義を基調に、今日まで地球を支配してきたコーカソイド優越主義者が君臨している先進諸国のなかで日本は、コーカソイドでない人間が住んでいる唯一の先進国である。その日本には、当然、ちがう〝思想〟がある。ずばり、あの国は、太古から共生主義を自然体で受け入れていた国なのだ。あの国は、「自然との共生」という次世紀に一番求められている抜本的な〝思想〟を、実は、幾世紀もまえから持っていたのである。残念ながら、戦後のアメリカとのいびつな関係のなかで、強烈な一国主義国アメリカの影響を受けて表面的には、この〝哲学的思想〟は失われつつある。ほかの欧米先進国には、まったくないこの〝哲学的思想〟――二一世紀型の〝新主義〟を昔から持っていることに気がついていない今の日本のありさまを、わたしは、心底、なげかわしく思っている(この情念が、実はわたしにこの本を書かせたのだが……)。なんだかんだといっても、「明日の地球のあり方」に関して、残念ながら先進国がイニシアティブを握っていることを否定できないとしたら(本当は否定したいし、〝その仲間〟に入れない人たちの強烈なしっぺ返しがやがてあるだろうが)、そのなかに、かろうじて踏みとどまっている日本が、本来、おのれが持つ〝原点〟に立ちかえり先頭に立って〝範〟をたれれば、ほころびつつある地球の救世主の役割だって果たせるのだ!……人種的偏見を根底にしたうえに、相手――この本のテーマは、たまたま日本だったが、どんな相手に対してもおなじである――のごとに関して正確な知識も持たないまま、ひたすら相手をやっつける欧米式闘争主義を幾世紀にもわたって尊奉してきたあなたたち(欧米人)は、〝ほかの考え方〟に謙虚に耳をかたむける姿勢を、なぜ持つことができないのだ? そんなあなたたちが君臨している地球――人類の未来は暗い。

閑話休題。本題にもどる。結論を書く。

勢いに乗って饒舌《じょうぜつ》に語った目先の日本の役割論はさておいて、グローバルな視点で冷静に見てみると、先にもちょっと触れたが、この本で展開した〝一国論〟そのものが、色あせた二〇世紀の遺物だと思えて虚しくなる。むだな講釈593《ごくろうさん》という感じだ。『地球主義520《こんにちは》』(5をkonと読むのは、日本語に堪能でないあなたにはわからないだろうが、実は、ちょっと無理がある）というタイトルの本を書いたほうが、どれだけ精神衛生上よかったことか！……
……と自省しつつ本題にもどったとたん、尻すぼみにジ・エンドとしよう。

二二世紀のはじめに、ふたたび『日本主義593《ごくろうさん》』などというタイトルの本が世に問われないことを……万一、そんな本が世にでることがあっても、それに興味を示す人など、この地球上にいないことを……そのころには〝日本地方〟について無知蒙昧《もうまい》な偏見など持っている〝他地方（他国）〟の人などいないことを……祈りつつ。もし百年後に、『宇宙主義520《こんにちは》』――譲りに譲って、『世界国家主義593《ごくろうさん》――今世紀の地球主義の反省点』という本が世にでたら、わたしは（たぶん、地獄の）草葉の陰で、「してやったり！　人類万歳！」と大喜びしているだろう。合掌《アーメン》。でも人類の現状を直視すると、〝やっぱりファック！〟としかいいようがない。この本のタイトルの一部にFUCKING JAP！　という言葉を使ったが、本当は、FUCKING WORLD！　と世紀末的絶叫をしたいというのが本音である（ファックという言葉を使うのは、これが最後だ。百五回目だ！　二〇世紀末の概念では、下品とされるこの単語を、わたしはこれからのわたしの著作のなかで、こんなにたくさん使うことは二度とないだろう。さすがに使い飽きた）。

（二〇〇一年一月一日）

「日本語版」に寄せる緊急追記。

現時点では、（憶測として）オサマ・ビンラディンが関与しているとされているアラブ圏の人たちによる無差別同時テロがニューヨークとワシントンで起こった。悲惨で許しがたいテロ行為である。アメリカが、この事態を「新しい形の戦争」ととらえることに対して、わたしはことさら異論を挟まない。わたしの心の奥深いところにニヒリズムとアナーキズムが脈打っているにしても、わたしはこのような無差別テロは、いかなる理由があるにしても支持しない。このような、という意味は、これから始まるであろう〝（ある特定の立場からの）正義を大義名分にした国家によるテロ〟を含めての話である。

　なんにせよ、これをきっかけに、わたしがこの事典のあちこちで危惧《きぐ》しているようなグローバリズムと反グローバリズムの激突が宗教がらみ民族がらみで始まる。わたしは二一世紀のなかばには、こうした事態は起こりうると予測していたのであまり驚きはしなかったが、正直いって、わたしが生きているあいだに、こういう事態が起こるとは思っていなかった。もうちょっと先の話だとたかをくくっていた。甘かった。この極限状況（これから起こる「新しい形の戦争」状態）は、二一世紀に生きる人類に与えられた大きな試練である。ふたつの未来が考えられる。人類が地球という球体をさらにぼろぼろにしながら、みずからも対立軸に対する怨念と恩讐のどろ沼のなかで争って、じわじわと滅亡に向かうか、これをきっかけに、わたしが夢見る世界連邦、あるいは世界国家建設へのスピード・アップに拍車をかけることになるのかのどちらかである……神のみぞ知る、か。でも、どの神？　モハメット？　キリスト？　釈迦？　ファッ……もう使わない。■本文中、敬称略■（二〇〇一年十月三日）

『日本主義593《ごくろうさん》事典』の候補にあげた主義
アトランダム・メモ　188《いやはや》項目

【　】がある項目は、いったんは本番事典に、入れていたが、593《ごくろうさん》項目にするために最終選考で落としたもの（優等生事典のように、完全にアイウエオ順には並んでいません）。

アスティグマチズム　**astigmatism**　医学用語の乱視。わるい冗談としての項目。■**アナルコ・シンディカリズム**　**anarcho-syndicalism**【日常生活不必要詞あるいは死語】《全！》　労働組合主導型社会想定主義。一九二〇年代のヨーロッパのラテン系諸国のはやり言葉。一見、理想主義よりも現実主義的に思えるが、その実、きわめて非現実的なイデオロギー。アメリカが嫌いな主義のひとつ。元日本では、サカエ・オオスギが、この外来主義（思想）に惚《ほ》れこみ、独自の表現で唱えた。■**イカレポンチズム**　***ikareponchism*** ⓒⓙ■**意思主義**　**silent willism** ⓒ【ご用心詞】⇩シャイエゴイズム■**印象主義**　**impressionism**⇩インプレッショニズム■**イルージョニズム**　**illusionism**《全！》　幻《まぼろし》説。この世はすべて幻だ！（ベルダー）■**インテリもどき主義**　**intelligentsia quackism**©⇩エセインテリ主義■**内輪主義**　**inner circleism**©■**英雄主義**　**heroism**⇩ヒロイズム■**エゴティズム**　**egotism**　自己中心癖、うぬぼれ。■**エボルーショニズム**　**evolutionism**【楽観詞】《全！》進化論。楽観主義者たちが、過去の都合のいいデータから類推する気楽で明るい未来永劫地球安泰論。E.C.　ああ！　ダーウィンが生きていたころのよき時代よ！⇧ダーウィニズム■**エバンゲリズム**　**evangelism**　福音の伝道。■**エレクトロマグネティズム**　**electromagnetism**　電磁気。■**オーガニズム**　**organism**　有機体。■**オカルティズム**　**occultism**⇩神秘主義■**オストラシズム**　**ostracism**　陶片追放。⇩村八分主義⇩ワイドショー主義■**オプティミズム**　**optimism**⇩楽天主義⇩のーてんき主義■**オポチュニズム**　**opportunism**⇩日和見《ひよりみ》主義■**お見合い主義**　**omiaiism**ⒿⒸ■**音無し主義／おとなしシズム**　**mouseism**©■**おれたちイズム**　**Usism**©【集団詞】⇩ミー主義あるいはおれおれ主義⇩われわれ主義■**改良主義**　**improvism**©■**オブストラクショニズム**　**obstructionism**　議事を妨害する行為■**過失責任主義**　**negligent responsibilitism**©■**懐古主義**　**old memoriesism**■**ガイジンパラノイヤ主義**　**alien paranoiaism**©【被害妄想用語】　在日外国人が、日本バッシングをすると、顔をしかめる。ほめると、単純によろこぶ。■**隔世遺伝主義（先祖がえり主義）**　**atavism**■**カテキズム**　**catechism**　公教要理■**カルバン主義**　**Calvinism**　神の絶対性や聖書の権威などを強調する時代遅れの主義。■**ガルバニズム**　**galvanism**　直流電気。電気療法。■**かわり者あつかい主義**　**freakism**©【偏見詞】　ホモやニューハーフにたいする平均的日本人のスタンス。■**感傷主義**　**sentimentalism**⇩センチメンタリズム■**キュービズム**　**Cubism**　美術用語。幾何学的表現で描く絵画。■**議会主義**　**Dietism**©■**観念主義**　**idealism**【無用詞】　理想主義。唯心論。日本のエセインテリが好む主義。■**共和主義**　**republicanism**■**キョロキョロジロジロ主義**　***korokyorojirojiroism***©Ⓙ■**キャッキャ主義**　**chihuahuaism**©【騒擾詞】　小さい犬はよく吠える。ギャルもコギャルもマゴギャルもキャッキャとよく騒ぐ。■キャピタリズム capitalism⇩資本主義■教養主義 Pygmalionism ©■ギリシャびいき philhellenism【趣味詞】 日本の欧化主義おたくが、いき着く究極の趣味。■禁酒主義 teetotalism【実行不可能詞】《全!》 誓うことを決心して、その記念に、ちょっと一杯。一杯が、二杯になり三杯になりしているうちに忘れてしまうご都合主義。⬇ベロンベロン主義⬇よっぱらい天国主義■偶像崇拝 heathenism■屈光性 phototropism■クレチニズム cretinism クレチン病。■君主制主義 monarchism■迎合主義 bananaoilism ©⇩ぞろぞろ主義■経済至上主義 ultra-economism■行動主義 behaviorism⬇イジイジウジウジ主義⬇非物質主義■構造主義 structuracism■コロキィアリズム colloquialism■ざーます言葉主義 Atticism ©【不思議詞】[!] 会話のお尻に「ざーます」という魔法の尾っぽをつけるだけで日本女性はみんな山の手の奥様になってしまうのです。 元 アテシズムとは典雅な言葉づかい、あるいはいいまわしのこと。■サーボメカニズム servomechanism サーボ機構。機械の自動制御装置。■シオニズム Zionism シオン主義。もともは、パレスティナにユダヤ人の独立国家をつくろうとした政治運動だったのが、一九四八年にイスラエルが建国したあとは、国の発展をめざすための主義にかわった。■自然資本主義 Natural Capitalism 一九九九年にエイモリー・B・ロビンス(アメリカ人)が書いた本のタイトル。■自然主義 naturalism【?】 自然体でやる。■市場経済主義 market economism■市場原理主義 market mechanism ©■実証主義 positivism■実利主義 philistinism■自閉症主義 autism■叙情主義 lyricism【繊細詞】 ラフなアングロサクソンよりも繊細な日本人が好む主義。■ジャパニーズ・キープ・スマイリング主義 JKSism ©⇩頭かきかき主義⇩公私混同主義⇩日本的ほほえみ主義⇩まあまあ主義⬇ドンキホーテ主義■自由放任主義 laissez-faireisme (フランス語)■集産主義 collectivism■女性同性愛主義 sapphism 俗にレズのこと。■上品ぶりっこ主義 nice Nellyism ©【平凡詞】 表参道の並木道の両側に並んでいるキャフェに昼間集まる有閑マダムたちの主義。■消費者運動 consumerism■スコティシズム Scotticism スコットランドふうのなまり。■斉一論説《せいいつ》 uniformitarianism■世界主義 cosmopolitanism■絶対的権力 despotism■先験主義（論） transcendentalism■相対主義 relativism■すけすけ主義 VPLism (Visible Panty Lineism) Ⓒ■スプーナーリズム spoonerism 頭音転換。■世界改善論 meliorism【錯覚詞】くされオポチョニストの錯覚。（ベルダー）■全体主義 holism【日本詞】 ここでは、みんなで団子になってことをなすという意味。日本人の特性のひとつ。⇩アウトロー否定主義⇩共生主義⇩銭湯主義⇩幸せ主義⇩団子主義⇩出口なし主義⇩ぬるま湯主義⇩ぬかるみ主義⇩分派主義⇩平凡主義⇩変化否定主義⇩みんなで主義⇩無責任主義⇩横ならび主義⬇村八分主義⬇強引主義⬇ゴーイング・マイウエイ主義 元 本来的意味は、個人よりも国家や民族を優先させる思想。■そもそもは主義 monism Ⓒ【一元詞】 一元論。日本人の議論は、「そもそもは……」ではじまり「かくあらねばならぬ」という単純な一元論に、しばしば、なりがちである。■それでー主義 soredee－ism ⒸⒿ■それでも主義 butism Ⓒ■神話史実説 euhemerism■ダイナミズム dynamism 哲学用語では、ありとあらゆる現象は自然の力によるものとする説。■ダーウィニズム Darwinism【 】 ダーウィンの進化論。⇩エボルーショニズム■多角主義（マルチラテラリズム） multilateralism■旅のセンチメンタリズム wandering sentimentalism Ⓒ【主感詞】旅先で現地の人との心の交流《コミュニケーション》がうまいいかないときにとらわれるせつない日本人の気持。語学力の不足が原因と思われる。■旅のロマンチシズム odyssey romanticism Ⓒ【?】 地平線、水平線、山の稜線など「向こう側」へのあこがれ。島国生まれ育ちの日本人の特性のひとつ。E.C. 蛇足。山手線・中央線の向こう側の郊外団地へのあこがれはマイホーム主義という。■地域主義 areaism■地球中心主義 earth-centrism■中年悲哀主義 middle age SOSism Ⓒ【悲惨詞】 中年のサラリーマン、悲しからずや！⇩リストライズム■通貨主義 monetarism■出口なし主義　embolism【日本そのもの詞】〔ヽく〕　閉塞《へいそく》状況。塞栓《そくせん》状態。＝ぬかるみ主義⇩曖昧《あいまい》主義⇩アウトロー否定主義⇩共生主義⇩銭湯主義⇩幸せ主義⇩全体主義⇩団子主義⇩ぬるま湯主義⇩分派主義⇩平凡主義⇩変化否定主義⇩みんなで主義⇩無責任主義⇩横ならび主義⬇村八分主義⬇強引主義⬇ゴーイング・マイウエイ主義■デターミニズム

determinism　哲学用語。決定論。■同化主義　anabolism【日本詞】〔！〕　同化作用が、日本人は大好き！■どうどうめぐり主義　vorticism【回転詞あるいは走馬灯詞】　英語項目は美術用語。未来派の渦巻主義をいう。そこから転じて、懐疑好きで、かつ会議の好きな日本人が、ダラダラと、どうどうめぐりの議論を好むことにこじつけようとする解説は、これがいくら〝いいかげん事典〟だとしても、ちょっと無理があると反省。■道徳再武装主義　MRAism■東北地方主義　Tohokuism©ⓙⓝ【過去詞】　古きよき時代のメンタリティーが、今日も生きている！　いい意味でもわるい意味でも。[私見]地方主義の項目で一度取りあげた主義だが、ベルダーにとって、とっても印象深い主義なので特別に独立させて、また、取りあげた。あしからず。[忠告]あなたが、数十年まえの日本人のメンタリティーを研究したいと思っているジャパノロジストだったら、東北地方にフィールド・ワークにいくことをおすすめする。欧米的「ものの考え方」という一方的な斜視的視点から見ると、日本で「一番意識の遅れている地域」だから。ことに江戸時代そのまといっていいお上意識の旺盛《おうせい》な地方役人の実態は、調査にあたいする。『東北地方の役人のお上意識』なんて博士論文が書けるかも。（ベルダー）■どじ主義　fuck-faceism ©■土地均分論（運動）　agrarianism■トーテミズム

totemism　トーテム信仰。■中央集権主義　centralism⇩東京主義⬇地方主義■など主義　etc.ism【日本詞】　日本語の名詞のうしろに「など」という《副詞》を加えて、ものごとをあいまいに表現する手法。日本人の多くが好む。■ナチズム　Nazism■ノー・ミー主義　no meism©【　】　〝個〟が確立していない日本人像は、ほかの項目で、さんざん書いた。⇩インセンディアリズム⇩キッチリイズム⇩他人のせい主義⇩同志主義あるいは仲間主義⇩マイナス

主義⇩**無責任主義** [&] 滅私という言葉は昔の日本では美しい言葉だった。[ETC.] 滅私奉公というタテマエ上は死語とされている熟語がある。■**ニューエイジズム　New Ageism**　ニューエイジ主義者の考え方。環境保護的な立場から、健康的にものごとを考えていこうとする思想と文化の新しい立場。■**日本的主義　*Nippontekiism*** ⓒⓙ■**人間中心主義　anthropocentricism**■**ぬるま湯主義　lukewarm communalism** ⓒ【日本詞】　日本人はぬるま湯に、みんなでつかっているのが好きな民族である。＝**変化否定主義**＝**出口なし主義**■**ネーダー主義　Naderism**　欠陥商品や公害を告発するRalph Naderは、一時、日本でも有名だった。朝日新聞の有名記者が、辞表を懐に、某自動車会社の欠陥車問題を追求した有名な事件がある。■**熱狂主義　fanaticism**【日本詞】　熱しやすく醒《さ》めやすい国民性。➡**あきっぽい主義**■**ネオコーポラティズム　neocorporatism**　大資本と政府間の政策協定。■**ノー主義　noism** ⓒ【皮肉詞】日本のノーはノーではなく、イエスはイエスではないことがままある。＝**ハイ、ハイ、ハイ、ハイ、主義**⇩**面従腹背主義**⇩**イエスマン主義** [忠告] 日本ではイエスと答えるとき、ノーの気持ちでいいなさい。意味不明だって？　実際に日本にいって、日本人と話せばわかる。■**ノイローゼ主義　neurosisism** ⓒ■**耽美主義　aestheticism**■**白豪主義　WASism (White Australian Supremacism)**■**派閥主義　sectarianism** [忠告] 欧米人にとって、セクタリアン（セクト）という言葉は宗教用語としての語感が強いが、カタカナ日本語で「セクト」という場合は、労働組合用語あるいは左翼用語として使われる場合が多いので日本でこの言葉を使うときには、ご注意。■**バプティズム　baptism**　洗礼。■**パラレリズム　parallesism**　平行状態。■**反ユダヤ主義　anti-Semitism**■**ヒプノティズム　hypnotism／mesmerism**　催眠術。■**ピリピリイズム　*piripirism*** ⓒⓙ■**ヒンズーイズム　Hinduism**■**ファック主義　fuckism** ⓒ【♂♀詞】《全！》　男はファック・ユー！　女はファック・ミー！　日本をファックイズムがおおっている。■**フォートジャナリズム　photojournalism**■**プージリズム　pugilism**　文語でボクシングのこと。■**ブックマン主義**

Buchmanism■ブッディズム　Buddhism■ブードゥイズム　voodooism　ブードゥの儀式や呪術。■普遍主義　universalism©■プロテスタンティズム　Protestantism■フューチャーリズム　Futurism　芸術用語。未来派。■分派主義　schism【日本詞】　日本人は少数派の「分派活動」を嫌う。なにごとも、みんなで仲よくやりたがる。[元]もともとは、団体の分裂、とくに教会、宗派の分裂分派をいう。■ヘブライズム　Hebraism■ヘルシー主義　health freakism©【付和雷同詞】[☝]《全!》なにはなくとも健康第一。先進国病のひとつ。ただし、日本の場合、ジョギングがはやると、われもわれもとそれをやる。ブームが去ると、つぎにみんながやることを、また、みんなで……。■分離主義　separatism■ベタベタ主義　bondable gluism©【接触詞】　これまでに、さんざん書いたが、とにかく、くっついているのが好きな人たち。＝ハニーイズム⇩なつっこい主義■ヘレニズム　Hellenism■ボルシェビズム　Bolshevism　《メモ》過激思想。小文字になるとボルシェビキの政策（思想）。ロシア共産主義。二〇世紀に思想の時代が終焉《しゅうえん》を迎えたことを、わかりやすく証明してくれた主義。■ぶすっ主義　grumpism©■保護主義　protectionism【不公平詞】⇩プロテクショニズム■ぼっちゃん主義　momma's boyism©■ボツリズム　botulism　ボツリヌス中毒。《メモ》腸詰め中毒というのはおもしろい。日本は腸詰め中毒状態？■マイク独占主義　microphone totalitarianism©【身勝手詞】[!]　ふだん、おとなしい日本人がカラオケ・ボックス《×E》やカラオケのおいてあるバー（スナック）にいって、いったんマイクを握るとひとりで独占して、うまくもない歌を人が聞いていないのに、何曲も何曲も歌うのには驚かされる。■マイクロオーガニズム　microorganism　微生物。■マグネティズム　magnetism　磁力。人を引きつける魅力をいうこともある。■マキアベリズム　Machiavellianism■マスターベーション主義　autoeroticism©■マゾヒズム　masochism⇩ぶってぶって主義。■みのむし主義　bagwormism©■みんなで主義　synchronism【日本詞】同時性。みんなで一緒にやるのが好きな日本人気質は、くどいほど書いた。⇩曖昧《あいまい》主義⇩アウトロー否定主義⇩共生主義⇩幸せ主義⇩銭湯主義⇩全体主義⇩団子主義⇩出口なし主義⇩ぬるま湯主義⇩ぬかるみ主義⇩分派主義⇩平凡主義⇩変化否定主義⇩無責任主義⇩横ならび主義⬇村八分主義⬇強引主義⬇ゴーイング・マイウエイ主義■**夢遊病主義**　**somnambulism**■**無言のエゴ主義**　**silent egoism** ©【日本人そのもの詞】［☝］　あっちこっちの主義で、すでにさんざん触れたが、自己主張をしないで無言のうちに自分のエゴを通そうとする日本人のすさまじさは、お見事の一言につきる。■**ムッツリすけべえ主義**　**closet pervertism** ©【♂♀詞】　いろんなあの国のすけべえのなかで一番多いタイプ。＝すけべえ主義⇩白人（コーカソイド）と一回やりたがる主義■**メカニズム**　**mechanism**　機械装置。■**滅私主義**　**self-annihilationism** ©⇩奉職主義■**メソジズム**　**Methodism**　英国で一八世紀にジョン・ウエスレーが興したキリスト新教。■**メタボリズム**　**metabolism**　生物代謝、動物変態。■**モハメッダニズム**　**Mohammedanism**　マホメット教。■**モルモニズム**　**Mormonism**　モルモン教。一八三〇年にアメリカ人のジョセフ・スミスがはじめた新教。■**モンローイズム**　**the Monroe Doctrine**【冗談詞】　モンロー主義。マリリン・モンローに関することだと思っている日本人も、結構いる。■**ヤキモキイズム**　***yakimokiism*** ©ⓙ■**野獣主義**　**Fauvism**■**やっぱり主義**　**as expectedism／just as I thoughtism** ©⇩まさか主義■**山国主義**　**mountain countryism** ©■**厄払い主義**　**exorcism**　魔よけの儀式。魔よけ、悪魔払い、魔よけの祈祷（儀式）。■**有神論主義**　**theism**［……］　一神論。日本人には少ない。⬇無神論■**ユーロコミニズム**　**Eurocommunism**■**幼児自閉症**　**infantile autism**■**ヨーヨーイズム**　***yoyoism*** ©ⓙ■**ユニオニズム**　**unionism**　労働組合主義。■**ユダヤ主義**　**Judaism**■**よた者主義**　**hooliganism** ©　フーリガニズムは、集団暴力。■**よっぱらい天国主義**　**drunk's paradiseism** ©【泥酔詞】　日本はよっぱらい天国で、よっぱらいが傍若《ぼうじゃく》無人にふるまうことに寛大である話はさんざん書いた。＝ベロンベロン主義⇩オジタリアン主義⬇禁酒主義■**ラシャメン主義**

rashameninsm ⓒⓘ【♂♀詞】 西洋人の妾《めかけ》になった日本女性を昔、こう呼んだ。洋妾ともいう。日本のある種の女性は欧米の男が好き。最近はアフロ・アメリカン・ブーム。もちろん、どちらも、絶対にダメという大和撫子《やまとなでしこ》もいる。⇩白人（コーカソイド）と一回やりたがる主義■**ラーメン主義** ***mixed menuism*** ⓒ ラーメンは日本独特の中国ふう麺料理。最近はアメリカやヨーロッパに進出している。■**ラマイズム** **Lamaism**■**利己主義** **egoism**⇩エゴイズム■**リトル・ウーマニズム** **little womanism** ⓒ【侮蔑《ぶべつ》詞】［🖕］ 日本のかわいくて、小さい女のことではない。女々《めめ》しい日本の男たちのこと。エセインテリに多い。⇩女々《めめ》シズム■**理神論** **Deism** 自然神教。■**立憲主義** **constitutionalism**■**レーニニズム** **Leninism**【過去流行詞】 レーニン主義。日本の超インテリ、インテリ、インテリ・ブリッコ、エセインテリの多くの人が、戦後かかったはやり病。■**利他（愛他）主義** **altruism**➡エゴイズム■**歴史主義** **histrorism**■**レシディビズム** **recidivism** 繰りかえし繰りかえし犯罪を行うこと。■**連邦主義** **federalism**■**老齢者差別主義** **ageism**⇩エイジズム■**ワッショイワイワイ主義** **yeepeeyaoism／yeehaism** ⓒ【騒乱詞】 祭り好きな日本人。

●その他ISMのつく英語メモ●（abc順ではなく、思いついた順番に）

■ **cultural imperialism** ■ **cultural tourism** ■ **animal lookism** ■ **credentialism** ■ **biocentrism** ■ **deconstructionism** ■ **ecofeminism** ■ **environmental racism** ■ **heterocentrism** ■ **gradualism** ■ **hygienism** ■ **izmizationism** ■ **favouritism** ■ **parochialism** ■ **classism** ■ **heightism** ■ **sizeism** ■ **heterosexism** ■ **kingdomism** ■ **scentism** ■ **nudism**

付録資料。インターネットに登場する『主義（イズム）』——YAHOO！JAPANの例

（二〇〇一年六月八日現在の一部データ）

『主義　をキーワードに検索した結果九件のYahoo！カテゴリ、一七一件のYahoo！登録サイトに一致しました。』という文字がラップトップの画面に現われる。重複部分をざっと整理すると、以下のような『主義』が、登録サイトの『見出し』に踊っている。

反戦主義■アナーキズム■社会主義■自由主義■菜食主義■神秘主義■再建主義■坂倉由里子至上主義！■活用主義■民主主義■ドイツ表現主義■反人種主義■国際共産主義■エンゲルス・マルクス主義■深ヅメ主義！■浜崎あゆみ主義■現場主義■平等主義■相対主義■ファシズム■共同体主義■日本語主義■神秘主義■現代資本主義■分析的マルクス主義■マルチメディア資本主義■旧ソ連型社会主義■社会構築主義■構築主義■多文化主義■アメリカ民主主義■朝鮮民主主義■歴史修正主義■うま中心主義■大艦巨砲主義■熱帯主義■楽天主義■機械破壊主義■日本主義■共産主義■

革命的共産主義■超国家主義■日本革命的共産主義■民族主義■眼力全裸主義■とことん！ともさか主義■スター映画至上主義■少年主義■俺様至上主義■キリスト教主義■科学的社会主義■新プラトン主義■マルクス主義■日本民主主義■マッキントッシュ原理主義■反オカルト主義宣言■社会構成主義■古典的自由主義■現代自由主義■懐古主義■実飲主義■グノーシス主義■共和主義■科学的社会主義■ターンテーブル原理主義■ハイテク・ローテク主義■表現主義■写実主義■金属主義■福音主義■実践主義■能力主義■業務主義■社内主義■実績第一主義■田舎主義■お魚主義■絶対巨人主義■平和主義■「豪華なホテルに泊まりチープに暮らす」主義■性能至上主義■FUEL至上主義■アスカ原理主義■絶対ゲッターラブ！！主義■ビルバオ主義■楽観主義■東洋的楽観主義■らんちゅう至上主義■地域主義■社会構成主義■妖精主義

『イズム』のYahoo！登録サイトとの一致は、十七件。重複部分を整理すると……。

隠秘学（オカルティズム）■エロティシズム■ヌーディズム■モモイズム■スーフィズム■スピリティズム■のび太イズム■銀座イズム■ビーイズム

（この項、超訳者文責）

参考文献（順不同）

日本語文献■『日本民俗事典』大塚民俗学界編　弘文堂／『外来語辞典』あらかわそおべえ著　角川書店／『現代人物事典』（一九七七年度版）朝日新聞社編／『現代日本　朝日人物事典』（一九九〇年版～最新版）朝日新聞社編　朝日新聞社／講談社パックス『カタカナ語・省略辞典』講談社辞典局編　講談社／『現代国語例解辞典』林　巨樹監修　小学館／『岩波国語辞典』西尾　実・岩渕悦太郎・水谷静夫編　岩波書店／『毎日用語集』（一九八一年度版から各年度版）毎日新聞社／『例解辞典』白石大二編　帝国地方行政学会／『逆引き同類語辞典』浜西正人編　東京堂出版／『角川国語辞典新版』久松潜一・佐藤謙三編　角川書店／『類語辞典』広田栄太郎・鈴木棠三　東京堂出版／『漢和中辞典』貝塚茂樹・藤野岩友・小野　忍編　角川書店／『広辞苑』（初版～五版）新村　出編　岩波書店／『逆引き広辞苑　机上版』岩波書店辞典編集部編　岩波書店／『類語新辞典』大野　晋・浜西雅人著　角川書店／『現代用語の基礎知識』（一九九九年度版まで各年度版）自由国民社／『最新日本語活用事典』現代用語の基礎知識1999別冊付録　自由国民社／『imidas』（一九九九年度版まで各年度版）集英社／『新・漢字用例辞典』imidas1994版別冊付録　集英社／『英和中辞典』小西友七ほか編　小学館／『世界大百科事典』平凡社／『ジャンル別トレンド日米表現辞典』根岸　裕・岩津圭介著　小学館／『ジャンル別最新日米表現辞典』岩津圭介著　小学館／『プログレッシブ和英中辞典』近藤いね子ほか編　小学館／『最新英語情報辞典』堀内克明ほか編　小学館／『プログレッシブ英語逆引き辞典』國廣哲彌・堀内克明編　小学館／『朝日新聞』『日経新聞』『読売新聞』『毎日新聞』『日刊ゲンダイ』などの各種新聞／『週刊朝日』『サンデー毎日』『週刊文春』『週刊新潮』『週刊現代』『週刊ポスト』などの各種週刊誌多数／各種の電子手帳多数（デジタル辞書の項参照）／『文藝春秋』『ＡＥＲＡ』などの各種定期刊行雑誌（季刊、月刊、隔週）多数／その他、多数の参考文献省略

外国語文献■『THE CONCISE ROGET'S INTERNATIONAL THESAURUS』Robert L. Chapman Harper Paperbacks／『American Slang』Robert L. Chapman, Ph.D. Harper Paperbacks／『THE OFFICIAL POLITICALLY CORRECT DICTIONARY AND HANDBOOK』Henry Beard and Charistopher Cerf VILLARD BOOKS／『Roget's Thesaurus of English words and phrases』BETTY KIRKPATRICK MA PENGUIN BOOKS／その他多数の参考文献省略

デジタル辞書■SONY DIGITAL VIEWER DD-IC200p（小学館プログレッシブ英和・和英中辞典／岩波国語辞典／学研監修字字典）／SHARP POWER ZAURUS MI506 ©1994 Gakken ©1994 SHARP CORP.

インターネット■YAHOO！ JAPAN／amazon.co.jp.／以下省略

FUCKING JAP! DICTIONARY《ふぁっきんぐ じゃっぷ でぃくしょなりー》 日本主義593《ごくろうさん》事典 索引

タイトル解剖番外事典 8項目

ファッキングfucking【希望詞あるいは絶望詞】……29
ジャップJap【尊敬詞あるいは侮蔑詞】[✂]……32
ディクショナリーdictionary【日本語訳多数詞】[🍶🍶🍶]……34
ファッキング・ジャップfucking Jap!【感嘆詞あるいは嫉妬詞】[🍶]……35
ファッキング・ジャップ・ディクショナリー Fucking Jap! Dictionary【推薦詞】……35
日本と日本人*Nippon & Nipponese*Ⓙ【不可解詞】[🍶]……36
主義 ism【ご都合用語・曖昧《あいまい》詞】……36
日本主義 *Nipponeseism*【期待詞】……37

本番事典

あ主義 44項目

愛国主義 patriotismⓝ【復活詞】……41
アイデアリズム idealism【錯覚詞】《全！》……41
アイドル主義 idolismⓒ【夢想詞】……42
曖昧《あいまい》主義 ambiguitismⓒ【要注意詞】……42
アウトドア主義 outdoorismⓒ【上っ面《つら》詞】……43
アウトロー否定主義 anti-outlawismⓒ【嫌悪詞・矛盾《むじゅん》詞】……43
アカデミズム academism【特別詞】《全！》……44
赤提灯《ちょうちん》主義 *akachōchinism*ⓙⓒ【悲哀詞】……44
あきっぽい主義 capriccioismⓒ【日本詞】……45
あきらめ主義 Oriental fatalismⓒ【運命詞】……45
あくせく主義 slave dogismⓒ【誤解詞】……46
悪態《あくたい》あるいは悪口《あっこう》主義 sparismⓒ【伝統詞】……46
悪魔崇拝《すうはい》主義 Satanism【ベルダー憧憬詞】……47
悪魔主義 diabolism【？】……47
悪徳家主風搾取《さくしゅ》主義 Rachmanism【ざまあみろ詞】【夢想詞】……48
アジア蔑《べっ》視主義 Asia snubismⓒ【Fucking Jap！詞】……49
味音痴主義 dead tongueismⓒ【詠嘆《えいたん》詞・ある人には不愉快詞】……49
明日主義 mañanaismⓒ【不満詞】……50

遊び主義（症候群） party animalism ⓒ【娯楽詞】……51
頭かきかき主義 cranial rubism ⓒ【ご都合詞】[……]……51
アナーキズム anarchism【酒場詞】…【憧憬《どうけい》詞】……52
アナクロニズム anachronism【創造詞】……52
アニマリズム animalism【錯覚詞】……52
アイティーイズム ITism ⓝ【輸入詞】……53
厚化粧主義 ultra-cosmeticism ⓒ【逆説的好感詞】……54
厚底靴イズム platform shoesism ⓒⓝ【マンガ詞】……57
アニミズム animism【警戒詞】……58
アバウトイズム aboutism ⓒⓝ【日本詞】……58
アーバニズム urbanism【思いあがり詞】《全！》……59
アブソリューティズム absolutism【空想詞】《全！》……59
あぶらぎっしゅ主義 *aburagishuism* ⓒⓙ【若者用語・侮蔑羨望《ぶべつせんぼう》詞】……60
あほうバカブリッコ主義 airheadism ⓒ【若者詞】……60
アマチュアリズム amateurism【ブリッコ詞】……60
あまったれ主義 bratism ⓒ【日本詞】……61
アメリカイズム Americaism【親愛詞】……61
アメリカンイズム Americanism ⓒⓝ【不愉快詞】……61
アルコーリズム alcoholism【近未来深刻詞】……62
ありがとう主義 *arigatoism* ⓒ【ほとんど死語】……63
アルカイズム（懐古主義） archaism【非日常的外来語】【インテリ用語】……63
アルピニズム alpinism【特殊詞】《全！》……64
安定主義 SSS (Security Stability Safety)-ism ⓒ【保身用語】……64
安定生活主義 homeostaticism ⓒⓝ【生活詞】……66

アンチ下品主義 anti - vulgarism ⓒ【劣等感詞】……66
安保主義 *anpoism* ⓙ【解釈不一致詞】……66

い主義 25項目

異国趣味（主義） exoticism【憧憬《どうけい》詞】……67
イエスマン主義 yes manism ⓒ【ご用心詞】……68
イエロー・ジャーナリズム yellow journalism【扇情詞あるいは悪徳詞】……68
いくいく主義 come comeism ⓒ【♀♂詞】……69
イジイジウジウジ主義 dillydally dawdlism ⓒ【新人類詞】……69
いじめ主義 bullyism ⓒ【日本詞】……69
イスラム原理主義 Islamic Fundamentalism ⓝ【ご都合詞】……69
いそがしブリッコ主義 masked workaholicism ⓒ【Fucking Jap！ 詞】……72
一流大学至上主義 ivy leagueism ⓒ【仮死詞】……72
一神教主義 monotheism【希少価値詞】……73
一点豪華主義 fractional luxurism ⓒⓝ【日本人詞】……73
一点突破主義 pointillism【ご用心詞】……73
イメージ主義 imagism【創造詞】……74
いやし主義 therapeuticism ⓒⓝ【希望詞】……76
囲炉裏《いろり》主義 *irorism* ⓒ【懐古詞】……76
イヤイヤ主義 *iyaiyaism* ⓒⓙ【日本そのもの詞】……77
イングリシュティーチャー主義 English quackism ⓒ【社会現象詞】……77
インストルメンタリズム instrumentalism【日本主義詞】……78
インセンディアリズム incendiarism【日本人弱点詞】……79

インダストリアリズム industrialism【反省詞】……79
インターナショナル主義 internationalism【錯覚詞】……79
インターネットイズム netism ⓒⓝ【未来詞】《全！》……80
隠遁主義 anchoritism ⓝ【世紀末詞】……82
インプレッショニズム impressionism【見せかけ詞】……83
インポ恐怖主義 impo-phobiaism ⓒ【恐怖詞】……83

う主義 10項目

受け身主義 passivism【日本そのもの詞】……85
うすっぺら主義 sciolism ⓒ【絶望詞】……85
うそ一主義 no wa —— yism ⓒ【世紀末詞】[……]……86
姥捨山《うばすてやま》主義 *Ubasuteyamaism* ⓒⓙ【死語復活詞】……86
噂主義 rumorism【亡国詞】【不愉快詞】《全！》……87
占い主義 divinationism ⓒ【？】……87
恨み節主義 grudgism ⓒ【人間詞】……88
ウルトラ×××主義 ultra〜ism ⓒ【超過詞】……88
運動部主義 jock groupism ⓒⓝ【驚愕《きょうがく》詞】……89
運動礼賛主義 jockism【幸福詞】……90

え主義　22項目

英国かぶれ主義 Briticism【少数熱狂詞】……91
英語帝国主義 ELlism (English Language Imperialism) ⓒ【過去詞】……91

英語公用語主義（論）EOLism（English Official Languageism）ⓒⓝ【アイディア詞】……91
エイジズム ageism【差別用語・深刻詞】……92
営利主義 profit mongerism【Fucking Jap！ 詞】……93
駅まえ留学主義 *NOVAism* ⓒⓙ【錯覚詞】……93
エグジステンシアリズム existentialism【エセインテリ詞】……95
エゴイズム egoism【二〇世紀至宝詞】《全！》……95
えこひいき主義 favoritism／nepotism ⓝ【情実詞】……95
エコフレンドリーイズム eco-friendlyism ⓒⓝ【夢想詞】《全！》……96
エスケープ主義 escapism ⓝ【逃避詞】……97
エスニックイズム ethnicism ⓒ【錯覚詞】……98
エセインテリ主義 mental masturbationism ⓒ【造語・不快詞】……98
エピクロス主義 Epicureanism【憧憬《どうけい》詞】《全！》……99
エリート主義 elitism ⓒ【ご用心詞】……99
エレガンティズム Grace Kellyism ⓒ【少数詞】……99
エロチシズム eroticism【♀♂詞】《全！》……100
宴会主義 J-ceilidhism（JはJapeseの略。以下、同様）ⓒ【集団詞】……100
縁故主義 networkism ⓒⓝ【旧式日本詞】……101
厭世主義 pessimism【矛盾《むじゅん》詞】《全！》……102
円満主義 harmonyism【保守用語】……102
遠慮主義 passive aggressivism ⓒ【利己主義詞】……102

お主義 24項目

オートマティズム automatism【追い越し詞】［！］……103

OL主義 OLism／working girlism ⓒ【いいかげん詞】[👍👍] ……103
欧化主義 Europeanism／Occidentalism【悲愴詞】……105
オウムイズム Aumism ⓒⓙ【絶句詞】……105
おごりおごられ主義 J-trade-offism ⓒ【日本詞】……106
オジタリアン主義 *ojitarianism* ⓒⓙ【悲哀詞】……106
オズオズオタオタオドオドイズム skulking slinkism ⓒ【ご用心詞】……107
おせおせ主義 jingoism【日本人苦手詞】……107
おせっかい主義 nosy fuckerism ⓒ【干渉詞】……108
男社会主義 machisimoism ⓒ【錯覚詞】……108
オタク主義 manic-mavenism ⓒ【日本詞】……109
オナニズム onanism【千擦詞】……109
お涙頂戴主義 crybabyism ⓒ【ご用心詞】……110
オバタリアン主義 *obatarianism* ⓒⓙ【愉快詞】……110
オーバーラッピングイズム mega-packagingism ⓒⓝ【過剰詞】……111
お弁当箱主義 *obento boxism* ⓒⓙ【感心詞】……111
お神輿《みこし》ワッショイ主義 *mikoshiism* ⓒⓙ【日本そのもの詞】……112
思いやり主義 J-brotherism ⓒ【架空美学詞】《全！》……112
親分主義 *oyabunism* ⓒⓙ【日本的悲劇詞】……112
親方主義 donism ⓒ【錯覚情緒詞】……113
オリエンタリズム Orientalism【疫病詞】……113
「おわりよければすべてよし」主義 J-happy endingism ⓒ【警戒詞】……114
温情主義 paternalism【タテマエ詞】……114
恩人主義 benefactorism ⓒ【欺瞞《ぎまん》詞】……114

か主義 37項目

外圧主義 *gaiatuism* ⓒⓙ【ご都合詞】……115
懐疑主義 skepticism【泥沼詞】……115
外国人拒絶主義 xenophobicism ⓒ【普遍詞】……115
開発主義 developmentalism ⓒ【日本錯乱詞】……116
革新（進歩）主義 progressivism【保守詞】……117
風見鶏主義 opportunism【ご都合詞】……117
快楽主義 hedonism【憧憬《どうけい》詞】……118
会社社会主義 Japan Inc. socialism【日本詞】……118
会社づけ主義 company manism ⓒ【日本詞】……118
回教主義 Mohammedanism【孤独詞】……120
外来語主義 pidginism ⓒ【劣等感用語】……120
学歴詐称《さしょう》主義 academic plagiarism ⓒⓝ【装飾詞】【貧困詞】……120
過激主義 extremism／Jacobinism／radicalism【非流行詞】……121
陰口主義 cattyism ⓒ【ご用心詞】……122
過失不問主義 fuzzy onusism ⓒ【寛大詞】【日本主義詞】……122
カソリシズム Catholicism【西欧エゴ詞】《全！》……122
合併主義 mergerism ⓒ【期待詞】……122
カードレス主義 cardlessism ⓒ【ご用心詞】……123
カニバリズム cannibalism【？】……123
かちかち主義 formulism ⓒ【普遍詞】《全！》……125
学校第一主義 scholarism ⓒ【タテマエ詞】……125
カッコいい主義 externalism ⓒ【若者詞】……125

肩書き主義 titularism Ⓒ【見栄詞】……125
家長（族長）主義 patriarchism ⓝ【欧米人理解不能詞】……126
カミカゼ主義 *kamikazeism* Ⓒⓙ【特殊詞あるいは恐怖詞】……126
ガラス張り主義 glassed-inism Ⓒ【虚構詞】……127
カリスマ主義 charismaticism Ⓒ【悲哀詞】《全！》……127
過敏症主義 erethism【病気詞】……128
カラオケ主義 *karaokeism* Ⓒⓙ【異常詞】……128
還元主義 reductionism【欺瞞《きまん》詞】……129
完全主義 perfectionism【秘密詞】……129
型・形主義 lookism／*katachiism* Ⓒⓙ【美学詞】……130
漢語・横文字主義 pedanticism Ⓒ【半端詞】……130
環境保全主義 environmentalism ⓝ【世紀末流行詞】……130
環境保全（持続可能）型農業主義 eco-friendly agronomism【夢想詞】……131
ガンバリズム *ganbarism* Ⓒⓙ【日本そのもの詞】……132
官僚主義 bureaucratism【至宝詞】……132

き主義 22項目

偽悪主義 dysphemism【複雑詞】……133
危機意識欠落主義 risk-conscious deficiencyism Ⓒ【想像力不足詞】……133
帰国子女主義 JCRism（Japanese Children Returneesism）Ⓒ【ご都合詞】……134
鬼神崇拝《すうはい》主義 demonism【畏敬詞】……135
規制緩和主義 deregulationism Ⓒⓝ【外圧詞】……135
儀式尊重主義 ritualism ⓝ【日本人そのもの詞】……135

貴族憧《あこが》れ主義 blue blood idolism ⓒ【自己満足詞】……136
きなくさイズム *kinakusaism* ⓒⓙⓝ【危険詞】……136
気分主義 moodism ⓒ【弱者必要詞】……137
教条主義 doctrinairism／dogmatism【権威借用詞】……137
規則主義 SOPism (Standard Operating Procedureism) ⓒ【押しつけ詞】……138
キッチリイズム exactism ⓒ【集団詞】……139
ギャンブリングイズム gamblingism ⓒ【チマチマ詞】……139
共生主義 symbiotism【ガイジン疲労詞】……139
虚勢主義 bluffism ⓒ【裏がえし詞】……140
禁欲主義 Stoicism／monasticism【虚無詞または錯覚喚起《かんき》詞はたまた矛盾《むじゅん》詞】……140
教育ママ主義 matriarchal pedagogism ⓒ【普遍詞】……141
狭視野主義 provincialism【恐怖詞】経験主義 empiricism【笑止千万用語人生哲学詞】《全！》……141
経験主義（論） empiricism【笑止千万用語人生哲学詞】《全！》……141
金言主義 aphorism【辞典詞】……142
銀行主義 bankism ⓒⓝ【不信詞】……142
禁煙主義 nonsmokingism ⓒⓝ【少数民族悲哀詞】《全！》……143

く主義 12項目

食いだおれ主義 epicurism【食道楽詞】……144
空気主義 O^2ism ⓒⓝ【外人不可解日本詞】……144
グズグズイズム guzuguzuism ⓒⓙ【不愉快詞】[🖕]……144
「くそっ！」主義 vulgarism ⓒ【緩和詞】《全！》……145
クネクネ主義 zigzagism ⓒ【無駄骨詞】……145

ぐる主義 *guruism*ⓒ【日本民族詞】……146
クリスマス主義 Xmasismⓒ【日本詞】[……]……146
クリティシズム criticism【酷評詞】……146
グリーン・ツーリズム green tourism【流行語】……147
グローカリズム glocalismⓒⓝ【夢想詞】……147
グローバリズム globalismⓝ【強者錯覚詞】……147
軍拡主義 armament×2ismⓝ【米国警戒詞】……148

け主義 9項目

景気回復主義 economic recoverismⓒ【世紀末日本詞】……148
形式主義 formalism【日本詞】……150
啓蒙《けいもう》主義 enlightenmentismⓒ【独善詞】……150
警句主義 witticism【日米欠落詞】……151
ケツまくり主義 fuck youismⓒ【ご用心詞】……151
潔癖主義 mysophobiaismⓒ【異常詞】《全！》……151
現代用語（口語）使用主義 colloquialismⓒ【正常詞】……152
厳格主義 Puritanism【横文字崇拝《すうはい》象徴詞】……153
謙虚主義 modestismⓒ【嫌味詞】……153

こ主義 23項目

ゴーイング・マイ・ウエイ主義 going my wayismⓒ【憧憬《どうけい》詞】……154
公私混同主義 OPCism（Official-Private Confusionism）ⓒ【曖昧《あいまい》詞】【Fucking Jap！ 詞】……154

好奇心旺盛《おうせい》主義 Curious Georgeism ⓒ [……] [！] …… 155
強引主義 forcism ⓒ【日本人嫌悪詞】…… 155
合理（理性）主義 rationalism【遠縁詞】…… 155
功利主義 Benthamism／utilitarianism【人類夢想錯覚詞】《全！》…… 156
コカイニズム cocaineism ⓒ【未来詞】…… 156
国粋（国家）主義 nationalism ⓒⓝ【？】…… 157
苔《こけ》主義 apheliotropism ⓒ【日陰詞】…… 157
ここだけの話主義 just between you and meism ⓒ【ご用心詞】…… 157
個人主義 individualism【日本人混同詞】…… 158
ゴチャゴチャ主義 *gochagochaism* ⓒⓙ【日本美学詞】…… 158
国歌・国旗主義 *Kimigayo-Hinomaruism* ⓒⓙⓝ【ガイジン・アンタッチャブル詞】…… 159
ご都合主義 conveniencism【ご用心詞・Fuckig Jap！詞】…… 161
古典主義 classicism【あげ底詞】…… 162
ことなかれ主義 avoidism ⓒⓝ【安定志向詞】…… 162
コマーシャリズム commercialism【見事詞】…… 162
コミュニズム communism【 】…… 163
孤立主義 isolationism【不条理詞】[×] …… 164
ごめん主義 sorryism／*gomenism* ⓒ【お手軽詞】…… 164
根性主義 gutsism ⓒ【錯覚詞】…… 166
こんなはずじゃなかったのに主義 unexpectedism ⓒⓝ【悲哀詞・意外詞】…… 166
コンビニイズム 7-Elevenism ⓒⓝ【若者詞】…… 166

さ主義 11項目

在日欧米人分類主義 WJTism（Westerners in Japan Taxonomism）ⓒ【おせっかい詞】……167
鎖国主義 national isolationism／iron moatism【日本対外政策詞】……167
雑食主義 multi-cuisinism ⓒ【感心詞】……167
サッチー主義 *Sachiism* ⓒⓝ【戦後未処理詞】……168
サディズム sadism【　】[！]……173
サドマゾヒズム sadomasochism【人間関係詞】[°<°]……174
サラリーマン主義 *salarymanism* ⓒⓙ【仮死詞】……174
サムライ主義 *samuraism* ⓒⓙ【美学詞】[……]……174
さびしがり屋主義 lonley heartism／／emotionally needyism ⓒ【人間詞】……174
三段論法主義 syllogism【論理詞】……175
サンジカリズム syndicalism【死語】……175

し主義 48項目

幸せ主義 eudemonism【万歳詞】……176
自己責任主義 self-responsibilitism ⓒⓝ【常民迷惑詞】……176
自己中心主義 solipsism ⓝ【若者詞】……177
自己陶酔主義 narcissism【人間詞】《全！》……177
自己批判主義 self-criticism ⓝ【強制詞】……177
しかたない主義 *shikatanaiism* ⓒ【自己欺瞞《きまん》詞】……177
しごき主義 *shigokiism* ⓒ【錯覚詞】……178
自己憐憫《れんびん》主義 martyrdomisn ⓒ【不幸詞】……178
自己顕示主義 exhibitionism【誤解詞】……178
実存主義 existentialism【エセインテリ偏愛詞】……179

知ってる同士主義 boy's roomism ⓒ【日本詞】……179
実用主義 pragmatism【日本秘密兵器詞】……179
資本主義 capitalism【誤解詞】……179
じべたりあん主義 *jibetarianism* ⓒⓙⓝ【世紀末詞】[×]……180
島国根性主義 insularism ⓒ【辺境偏狭詞】……181
女性差別主義 sexism ⓝ【熟年詞】……182
修正主義 revisionism ⓝ【 】……182
主知主義 intellectualism【虚偽詞】《全！》……182
銃社会主義 gunism ⓒ【猿真似詞】……183
自由主義 liberalism【誤解詞】[♙]……183
自由意思主義 indeterminism【ノーテンキ詞】[……]……183
純粋主義 purism ⓝ【タテマエ詞】《全！》……183
情主義 emotionalism【ご用心詞】……184
小国主義（論理） minor powerism ⓒⓝ【日本人無関心詞】……184
植民地主義 colonialism【反動詞】……185
尻ぬぐい主義 SOMism (Straighten Out Messism) ⓒ【無責任詞】[……]……186
シュールレアリズム surrealism【知識人詞】……186
シャイエゴイズム shy egoism ⓒ【絶句詞】……187
社長主義 *shachoism* ⓒⓙ【偏見詞または玩弄《がんろう》詞】……187
シャドー・キャビネット主義 shadow cabinetism ⓒ【黒幕詞】……188
ジャーナリズム journalism【ブーブー詞】……188
ジャパゆき主義 *Japayukiism* ⓒⓙ【不愉快詞】……189
シャーマニズム shamanism【？】……189
主語落ち主義 dropped subjectism ⓒ【日本そのもの詞】……190

職人かたぎ主義 artisanism ⓒ【頑固詞】……190
重商主義 mercantilism【周知詞あるいは周知詞】……190
ジャップ・ラバー主義（者）Jap loverism ⓒ【私用詞】……191
ジャパン・バッシィイズム（日本たたき主義） Japan bashism ⓒ【偏見詞あるいはFuck you！ America詞】……191
儒教主義 Confucianism【死語】……193
真空主義 vacuumism ⓒⓝ【世紀末日本詞】……193
信仰主義 fideism【 】……194
新造語主義 neologism【創造詞】［！］……195
人種差別主義 racism／racialism【錯覚・絶望詞】《全！》……195
新植民地主義 neocolonialism ⓝ【不可思議詞】……196
シントーイズム Shintoism ⓙ【？】［……］……196
神秘主義 esotericism／mysticism【島国詞】……196
シンボリズム symbolism【♂♀詞】……196
心霊主義 spiritualism ⓝ【田舎詞】……197

す主義 9項目

ズーイズム zooism ⓒ【奇異詞】……198
スキャンダリズム scandalism ⓒ【Fucking Jap！ 詞】……198
スケジュール主義 schedulism ⓒ【硬直詞】《全！》……199
すけべえ主義 priapism ⓒ【♂♀詞】……200
スノッブ主義 snobism【通俗詞】《全！》……200
スネ主義 twisted cynicism ⓒ【蔓延《まんえん》詞】《全！》……199
スーパー・オバタリアン主義 *mega-obatarianism* ⓒⓙⓝ【世紀末詞】【絶句詞】……201

スパルタ主義 Spartanism【懐古詞】……………………202
スペシャリズム specialism ⓝ【自慢詞】……………………203

せ主義 23項目

清潔主義（清潔症候群）antisepticism ⓒ【異常詞】……………………203
政治的機会主義 political opportunism ⓒⓝ【世紀末日本詞】……………………204
精神主義 spiritualism【ベルダーの偏見用語硬直詞】……………………205
制服主義 uniformism ⓒ【合理詞】……………………205
せざるをえない主義 *sezaruoenaiism* ⓒⓙ【官僚詞】……………………206
世俗主義 secularism／clericalism【普通詞】……………………206
セクショナリズム sectionalism【官僚詞】……………………206
善意の押し売り主義 J-humanitarianism ⓒ【日本人得意詞】……………………207
宣伝主義 propagandism【ご用心詞】[△]……………………207
戦争肯定主義（論）warmongerism ⓒⓝ【人類絶望詞】《全！》……………………207
銭湯主義 *sentoism* ⓒⓙ【気持ちいい詞】[！][°ˇ°]……………………208
説教主義 sermonism ⓒ【普遍詞】[……]……………………209
接待主義 J-soireeism【日本秘密詞】……………………210
折衷《せっちゅう》主義 eclecticism【日本詞】[！]……………………210
センチメンタリズム sentimentalism【日本語そのもの】……………………210
センチセンチメンタリズム＋お涙頂戴主義 bleeding sentimentalism【超日本詞】[△△△]……………………210
センセイ主義 *senseiism* ⓒⓙ【口承詞】……………………211
センセーショナリズム　解釈壱 sensationalism【関心詞】《全！》……………………211
センセーショナリズム　解釈弐 sensationalism【扇情詞】【△△】……………………211

線香花火主義 *senkouhanabiism* ⓒⓙⓝ【瞬間詞】…… 212
前例主義 precedentism【Fucking Jap！ 詞】…… 212
詮索好き主義 inquiring mindsism／Sherlock Holmesism ⓒ【Fucking Jap！ 詞】［🖕🖕🖕🖕🖕］…… 213
先輩後輩主義 *senpai-kohaiism* ⓒⓙ【タテマエ詞】…… 213

そ主義 4項目

属主義 *zokuism* ⓒⓙ【日本人気質《かたぎ》詞】…… 214
それはそれ、これはこれ主義4Tism（This is This and That is Thatism）ⓒ【優柔不断詞】…… 214
ゾロアスター教主義 Zoroastrianism ⓝ【本 „事典“ 自慢詞】…… 214
ぞろぞろ主義 sheep flockism ⓒ【集団詞】…… 215

た主義 16項目

だいじょうぶ主義 OKism ⓒⓙ【曖昧《あいまい》詞】…… 215
ダイエット主義 dietism【悲願詞】…… 216
ダイナミズム dynamism【不可解詞】…… 217
たいへんたいへん主義 woe is meism ⓒ【騒擾詞】…… 217
タオイズム Taoism【高年令者詞】…… 218
多元的共存主義 pluralism ⓝ【美点詞】…… 218
多神教主義 pantheism／polytheism【万歳詞】…… 218
たすけあい主義 mutual aidism ⓒ【美徳詞】…… 219
ダダイズム Dadaism ⓝ【ダジャレ詞】…… 219
タテマエ主義 *tatemaeism* ⓒⓙⓝ【絶句詞】…… 219

立ちション主義 *tachishonism*／street pissism ⓒⓙ【日本詞】……220
他人のせい主義 yellow-bellyism ⓒ【依存詞】……220
男根崇拝《すうはい》主義 phallicism／phallism【劣等感詞】……221
ダンディーズム dandyism【幻想詞】……221
談合主義 *danguuism* ⓒⓙ【排他詞】……222
団子主義 *dangoism* ⓒⓙ【集団詞】……222

ち主義 6項目

中流主義（意識） middle classism【錯覚詞】……223
地方主義 解釈壱 regionalism【疑問詞】……224
地方主義 解釈弐 localism ⓝ【リザとベルダーの偏見詞】……225
地方根性主義 parochialism【悲劇詞】……227
チラリズム *chirarism* ⓒⓙⓝ【いい加減にしろ！詞】……227
チズム chism ⓒ【ふざけるな！詞】……227

つ主義 5項目

ツーリズム tourism【日本詞】……228
つながり主義あるいは連帯主義 solidaritism ⓒ【日本詞】……228
通《つう》主義 connoisseurism ⓒ【美学詞】……229
ツルーイズム truism ⓝ【本„事典“詞】……229
連れション主義 *tureshonism* ⓒ【連帯詞】……229

て主義 10項目

データ主義 dataism ⓝ【日本人苦手詞】……230
諦観《ていかん》主義 fatalism ⓝ【東洋詞】……231
テレビゲームイズム TV gameism ⓒ【子供詞】……231
テレビ亡国主義（論）brain dead by TVism ⓒⓝ【亡国詞】……231
テロリズム terrorism【日本人大嫌い詞】[……]……232
定年主義 retirementism ⓒ【悲劇詞あるいは感嘆詞または歓喜詞】……232
帝国主義 imperialism【過去詞】……233
丁寧《ていねい》主義 courteousism ⓒ【驚嘆詞】[！][°ぐ°]……233
中立主義 neutralism【夢想詞】……233
伝統主義 traditionalism ⓝ【日本詞】……233

と主義 20項目

ど×××主義　*do ××× ism* ⓒⓙⓝ【便利詞】……234
ドイツびいき主義 Germanism【贔屓《ひいき》の引き倒し詞】[……]……235
遠まわし主義 euphemism【日本詞】……235
東京主義 *Tokyoism* ⓒⓙ【中央志向詞】[ぺ][！]……235
統計偏重主義 statisticism【 】……235
同性愛主義 homoeroticism ⓒ【偏見詞】……235
同志主義あるいは仲間主義 brotherhoodism Ⓒ【集団詞】[♁♁♁]……235
逃避主義 escapism【日和見《ひよりみ》詞】……236
トカゲのシッポ切り主義 scapegoatism【無責任詞】……236

徳目教育主義 moral educationism ©ⓝ【懐古詞】……236
ドコモイズム（携帯電話主義）Do Co Mo ism ©ⓙⓝ【驚愕《きょうがく》詞】……237
独身主義 bachelorism【悲劇詞・田舎詞】……238
どーもどーも主義 *do-mo do-moism* ©ⓙ【便利語多用詞】……239
どーぞどーぞ主義 *do-zo do-zoism* ⓙ©【ご用心詞】[　]【Fuckig Jap！ 詞】……240
隣組主義 *tonarigumiism* ©ⓙ【日本美学詞】[！]……240
取りこみ主義 plagiarism【盗作詞】……242
どろぼう主義 idea robberism ©【警戒詞】……242
どっちもどっち主義 neither norism ©【日本詞】……242
ドンキーイズム donkeyism ©【ご用心詞】[　]……243
ドンキホーテ主義 Don Quixoteism ©【不可解詞】……243

な主義 6項目

成金主義 nouveau richeism ©【魔術詞】《全！》……244
浪花節主義 *naniwabushiism* ©ⓙ【情緒怨恨《えんこん》詞】……244
なーなー主義 *na-na-ism* ©ⓙ【ご用心語・不可解詞】……246
ナショナリズム nationalism【希薄詞】[……]……246
ナルシシズムあるいはアイ・ラブ・ミー主義 narcissism／I love meism【普遍詞】《全！》……247
なつっこい主義 puppy dogism ©【ご用心用語接触詞】……247

に主義 8項目

二十四時間戦闘主義 24 hour pugilism ©【戦闘詞】……248

日本主義 *Nipponeseism* ⓒ【 】……248
日本人単一民族主義（説）J-oneism ⓒⓝ【錯覚詞】……—……249
日本人農耕民族主義（説） J-farmerism ⓒⓝ【錯覚詞】……—……249
日本的ほほえみ主義 smiling buddhaism ⓒ【日本そのもの詞】……250
日本化主義 japonizationism ⓒ【日本詞】……251
ニヒリズム nihilism【エエカッコ詞】［🖕］《全！》……251
ニュー主義 novelism ⓒ【感銘詞】［！］……251

ぬ主義 1項目

ぬかるみ主義 mireism ⓒ【絶望詞】［🖕🖕🖕🖕🖕🖕🖕］【Fucking Jap！詞】……252

ね主義 5項目

ねたみ主義 catism ⓒ【醜悪詞】……252
ネットアイドリズム net idolism ⓒⓝ【若者詞】……253
ネット至上（絶対）主義 net supremacism ⓝ【若者詞】……253
ねーねー主義 *ne-ne-ism* ⓒⓙ【翻訳不可能詞あるいは日本語挑戦詞】……254
年功序列主義 seniority systemism ⓒ【典型的日本詞】［！］……255

の主義 5項目

ノーアポ主義 *no apoism* ⓒ【日本人詞】［ㄨ］……255
ノイジーイズム noisyism ⓒ【騒音詞】［ㄨ］［！］ 覗《のぞ》き主義 peeping tomism ⓒ【Fucking Jap！詞】［🖕🖕］……256

覗《のぞ》き主義 peeping tomism©【Fucking Jap！ 詞】［🍶🍶］……256
のーてんき主義 optimism©【楽観詞】［……］……257
ノン・プロジェクトイズム non-projectism©【日本人不理解詞】［！］……257

は主義 15項目

ハイ、ハイ、ハイ、ハイ、主義 yes yes yes yesism©【ご用心詞】……258
バイリングアリズム bilingualism【錯覚夢想詞】……258
排他主義 exclusivism【 】《全！》……258
敗北主義 defeatism【世紀末詞】……259
白人（コーカソイド）と一回やりたがる主義WSWism (Wanna Screw a Whiteyism) ©【♂♀♂♀詞】……259
博愛主義 humanitarianism【錯覚詞】［……］……260
バーイズム barism©【絶句詞】［🍶］……260
走り主義 Pavlov's dogism©【万歳詞】［！］……260
ハッピーイズム happyism©【！！！】……261
ハニーイズム honeyism©【くっつき詞】［🥰］……261
パパイズム paternalism【日本詞】［……］……261
バーバーリズム barbarism【日本人嫌悪詞】……262
蛮行主義 vandalism【日本人嫌悪詞】……262
反グローバリズム anti-globalism ⓝ【弱者希望詞】……262
反抗主義 antagonism©【平凡詞】……263

ひ主義 13項目

非営利民間団体主義 NPOism ⓒⓝ【先進国錯覚善意詞】《全！》……263
ヒットラー主義 Hitlerism【不毛詞】……264
否定（消極）主義 negativism【官僚詞・田舎詞】[乂]……265
ビデオマニアイズム video maniaism ⓒ【孤独詞】……265
批判主義 criticism【特殊詞】……266
非物質主義（論） immaterialism【エセインテリ詞】……266
ひまわり主義 heliotropism【日本20世紀後半詞】……266
秘密主義 secretism ⓒⓝ【ガイジン・ビックリ詞】……266
ヒューマニズム humanism【題目詞】……268
ヒロイズム heroism【日本人愛好詞】……268
日和見《ひよりみ》（便宜）主義 wait-and-seeism【戦略詞】……269
貧乏主義 asceticism ⓒ【虚構詞】……269
便乗主義 hitchhikeism ⓒ【日本そのもの詞.】……270

ふ主義 29項目

ファシズム fascism【不安詞】[……]……270
ファジーイズム fuzzyism ⓒⓝ【日本詞】……271
ファンダメンタリズム fundamentalism【日本詞】……271
フェミニズム feminism【欧米人無知詞】……271
フォート主義 shutterbugism ⓒ【日本人愛好詞】……271
不感症主義 sexual anesthesiaism ⓒ【♀♀♀♀詞】……272
不帰宅主義 homeless dadism ⓒ【悲哀詞】【家庭崩壊詞】……272
服装倒錯（主義） transvestism【倒錯詞】《全！》……273

（腹話術）主義 ventriloquism ⓝ【腹芸詞・日本詞】……273
伏し目主義 downcast eyesism ⓒ【内気詞】……273
節目主義 punctuateism ⓒ【節度詞】……274
ブスイズム dogfaceism ⓒⓙ【差別詞】[✂]……274
不遜《ふそん》主義 arrogantism ⓒⓝ【不快詞】……275
不登校主義 absenteeism ⓒ【家庭崩壊詞】……275
ぶってぶって主義 hit me hit meism ⓒ【快楽詞】[°ᵜ°]……275
物欲主義 materialism【日本詞】……276
プライバシー侵害主義 privacy invasionism ⓒ【Fucking Jap！ 詞】[🍶🍶]……277
ぶらさがり主義 parasitism ⓒ【付属詞】……277
ブラック・ユーモアイズム black humorism ⓒ【日本人欠落詞】……278
ブランド主義 brandism ⓒ【通俗詞】……278
ブランド主義（指向）brandism ⓒ【通俗詞】……278
フリー・セックスイズム free sexism ⓒⓝ【末世詞】……278
フリーターイズム *freeterism* ⓒⓙⓝ【若者詞】……279
ブリッコ主義 bimbetteism ⓒ【低能詞】……280
プリズム prism【わるのり詞】……280
ふるさと（同郷）主義 home townism ⓒ【日本詞そのもの】[×]……280
プレゼント主義 giftism ⓒ【ご用心詞】……281
プロテクショニズム protectionism【不公平詞】……282
プロフェッショナリズム professionalism【少数詞】……282
フワフワ主義 fluffism ⓒ【曖昧《あいまい》詞】……282

へ主義 16項目

ヘアー・ヌーディズム nude beaverism©【島国詞】【♂♀詞】……282
平凡（主義）prosaism【日本平均詞】……283
平和主義 pacifism【日本詞】……284
ペコペコ主義 kowtowism©【♪詞】……284
ヘルスドリンクイズム health drinkism©【感心詞】［！］……285
平等主義 egalitarianism【錯覚詞】【絶望詞】《全！》……285
ベジタリアニズム vegetarianism【欧米錯覚詞】……285
ペシミズム pessimism【悲観詞】［……］……286
ペットイズム petism©【愛玩詞】……286
ベビーブーマーイズム baby boomerism©【団塊世代詞】……286
屁《へ》理屈主義 sophism©【詭弁《きべん》詞】……287
ベロンベロン主義 blottoism©【感嘆詞】……287
変化否定主義（＝ぬるま湯主義） counter-revolutionism©【保守用語】……288
変身願望主義 anthropomorphism©【夢想詞】……289
偏差値主義 ?! ism©ⓙ【Fucking Jap！ 詞】……289
偏見主義 prejudicism©【絶望詞】《全！》……289

ほ主義 17項目

冒険主義 adventurism【日本人嫌悪詞】……289
報復主義 vendettaism©ⓝ【不毛詞】……290
四F主義 4Fism【♂♀詞】……290
奉仕主義 Florence Nightingaleism【欧米人理解不可能詞】……290

飽食主義 pig outism ⓒ【日本絶望詞】……290
奉職主義 Japan Inc. serfdomism ⓒ【万歳詞】[！]……291
封建主義 feudalism【お上詞】[……]……291
保守主義 conservatism／Toryism【日本詞】……292
ポストインプレッショニズム Post-Impressionism【普通詞】……292
ほのめかし主義 hintism ⓒ【尊敬詞】……292
ポピュリズム（大衆迎合主義）【ご都合詞】……293
ほほえみ主義 perma-smileism ⓒ【誤解詞】……293
ほめ殺し主義 *homegoroshiism* ⓒⓙ【欧米人驚嘆詞】……294
ホモ拒絶主義（症） homophobicism ⓒ【♂♂詞】【♀♀詞】【偏見詞】……294
ボランタリズム voluntarism／voluntaryism【欧米人誤解詞】……294
洞が峠《ほらがとうげ》主義 *Horaga-togeism* ⓒⓙ【ご用心詞】……296
本家主義 head familism ⓒ【古典詞】……297

ま主義 17項目

まあまあ主義 maamaaism ⓒⓙ【ご都合詞】……297
マイナス主義 minusism ⓒ【Fucking Jap！ 詞】……297
マイホーム主義 my homeism【ご苦労さん詞】……298
マゴギャルイズム *magogyaruism* ⓒⓙ【アメリカ模倣詞】[！]……299
負けず嫌い主義 never give upism【万歳詞】……299
負け犬主義 loserism ⓒ【不可思議詞】……300
まさか主義 no wayism ⓒ【失望詞】……300
マジックマシュルームイズム magic mushroomism ⓒⓝ【未来詞】……301

まじめ主義 deadpanism Ⓒ【ご苦労さん詞】…… 302
マダム・バタフライイズム Madame Butterflyism Ⓒ【欧米人錯覚空想詞】…… 302
マッカーサーイズム MacArthurism ⓒⓝ【アメリカン・ドリーム詞】…… 302
マツモトキヨシ主義 *Matsumoto Kiyoshiism* ⓒⓝ【呑気《のんき》詞】…… 303
まどぎわ主義 *madogiwaism* Ⓒ【日本美学詞】…… 304
ママ主義 momism【若者詞】…… 304
マラプロピズム malapropism【誤用詞】…… 305
マルクス・レーニン主義 Marxism-Leninism ⓝ【 】…… 305
マンネリズム mannerism【不思議詞】[！]…… 305

み主義 11項目

見栄主義 peacockism Ⓒ【日本美学詞】[！]…… 306
「味方からだます」主義 Judasism Ⓒ【秘密詞】[🖕🖕]…… 306
ミー主義あるいはおれおれ主義 meism【孤立詞あるいは不思議詞】…… 307
見せ物的報道主義 how broadcastism Ⓒ【Fucking Jap！ 詞】[🖕🖕]…… 307
見て見ぬ振りイズム ostrichism Ⓒ【日本人得意芸詞】…… 307
耳かきイズム ear-pickism Ⓒ【♪♪詞】…… 307
ミリタリズム militarism【 】…… 308
民族主義 racialism【主感詞】…… 309
民族至上主義 racial supremacism【絶望詞あるいは悲劇詞】《全！》[！]…… 309
民主主義 democracy【錯覚詞】…… 309
民族大移動主義 mass exodusism Ⓒ【絶句詞】…… 309

む主義 8項目

「昔はよかったな」主義 nostalgiaism©【詠嘆詞】[！] ……310
無責任主義 I don't give a fuckism©【無責任詞】……310
無作法（主義） solecism【誤解詞】……311
無宗教（主義） paganism【周知詞】……312
矛盾《むじゅん》主義 contradictionism©【要注意詞】……312
無神論主義 atheism【健康詞】……313
「むら」づきあい主義 *murazukiaiism*ⓒⓙ【日本式社交詞】……313
村八分主義 ostracism©【暗黒詞】……313

め主義 10項目

名目至上主義 name supremacism©【形式詞】……315
メカニズム mechanism【余計詞あるいは余分詞または蛇足詞】……315
目くそ鼻くそ主義 calling the kettle blackism©【日本人詞】……315
メジャー主義 majorism©【俗物詞】[🍶] ……316
目立ちたがり屋主義 exhibitionism©【日本主義詞】……316
女《め》々《め》シズム effeminatism©【侮蔑《ぶべつ》詞】[🍶] ……317
メロメロ主義 *meromeroism*ⓒⓙ【日本的感覚詞】……317
面食い主義 pretty womanism©【♂♀詞】[！] ……317
面従腹背主義 WYSBism（Whatever You Say Bossism）©【Fucking Jap！詞】……317
メンツ主義 *mentuism*ⓒⓙⓝ【プライド詞】……318

も主義 10項目

毛沢東主義 Maoism ⓝ【しぶとい詞】……318
蒙昧《もうまい》主義 ignoramusism ⓒ【誤解詞】……319
盲目的崇拝《すうはい》主義 fetishism【発展途上国詞】[……]……320
モダニズム modernism【忘却詞】……321
もたれ主義 dependancy culturalism ⓒⓙ【日本詞】……321
持ち家主義 home ownershipism ⓒⓝ【日本そのもの詞】……322
持ちつ持たれつ主義 mutualism ⓒ【日本したたか詞】……323
ものもらい主義 beggarism ⓒ【精神貧困詞】……323
もやし主義 wimpism ⓒ【未来詞】……323
モラトリアイズム moratoriumism【曖昧《あいまい》詞】……323

や主義 5項目

やくざ主義 *yakuzaism* ⓒⓙ【尊敬詞】……324
野合主義 illicit intercoursism ⓒ【世紀末日本詞】……324
やっかい払い主義 trashism ⓒ【敬遠詞】[🖕]……325
やらせ主義 *yaraseism* ⓒⓙⓝ【不快詞】【悲劇詞】……325
やわらか主義 malleabilism ⓒ【日本詞】[!]……326

ゆ主義 6項目

優越主義 chauvinism【裏返し詞】……326

ゆうゆう主義 chill outism ⓒ【未来詞】 幽霊主義 ghost loreism ⓒ【日本人愛好詞】……326
幽霊主義 phantomism ⓒ【日本人愛好詞】……327
ゆきがかり主義 circumstancism ⓒ【曖昧《あいまい》詞】……327
ゆけゆけ（いけいけ）主義 go goism ⓒ【恐怖詞】……328
ゆりカゴ泥棒主義 cradle robberism ⓒ【勝手にしろ詞 】……328

よ主義 7項目

幼稚主義 infantilism ⓒ【十二歳詞】……329
横ならび主義 domino effectism ⓒ【日本美学詞】……329
よけいなお世話主義 fuck offism ⓒ【おせっかい詞】[ ]……329
横文字主義 *yokomojiism* ⓒⓙ【平凡詞】……330
夜なべ主義 non-stop workism／*yonabeism* ⓒⓙ【懐古詞】……330
予定調和主義 schedule syncretism ⓒ【摩訶《まか》不思議詞】……331
ヨーロッパイズム Europeanism【信奉詞】……331

ら主義 2項目

楽天主義 optimism【期待詞】……331
ラッシュアワーイズム rush hourism ⓒ【驚嘆詞】[ ]……332

り主義 6項目

リアリズム realism【誤用詞】……332

リストライズム restructuringism ⓒⓝ【世紀末日本詞】……332
リバイバリズム revivalism ⓝ【日本人常用詞】……333
流行追従主義 fadism ⓒ【横文字稼業人愛好詞】《全！》［！］……333
留学主義 studying abroadism ⓒ【無駄詞】……334
リューマチィズム rheumatism ⓝ【わるのり詞】……335

る主義 2項目

ルビ主義 *rubiism* ⓒ【付属詞】……335
ルーツ主義ⓒ rootism【原点詞】……335

れ主義 3項目

歴（学歴、経歴）主義 CVism（Curruculum Vitaeism）ⓒ【日本そのもの詞】［ ］……336
レズ主義 lesbianism【♀♀♀♀詞】……336
恋愛至上主義 love love loveism【憧憬《どうけい》詞】……336

ろ主義 3項目

老人支配主義 old guardism ⓒ【日本詞】……338
ロボット開発主義 robotic developmentism ⓒⓝ【未来詞】……338
【未来詞】ロマンティシズム romanticism【疑問詞または横文字日本語】……338

わ主義 5項目

ワイドショー主義 J-talk showism ⓒ【絶望詞】[☝☝☝] ……… 338
ワイロ主義 payolaism ⓒⓝ【日本必然詞】 ……… 340
わたしがいなければ主義 never without meism ⓒ【錯覚詞】【悲劇詞】 ……… 340
われわれ主義 WEism ⓒ【日本不思議詞】 ……… 340

ゐ主義 1項目

ゐ主義 〃wi〃ism ⓒⓙ【死語】 ……… 341

ゑ主義 1項目

ゑ主義 〃we〃ism ⓒⓙ【死語】 ……… 341

を主義 1項目

をことてん主義 *okototenism* ⓒⓙ【特殊詞】【日本詞】 ……… 342

ん主義 1項目

ん主義 〃*n*〃ism ⓒⓙ【もともと感動詞】[✂✂☝☝××ㄨㄨ] ……… 342

FUCKING JAP! DICTIONARY
日本主義593事典

発行　二〇〇一年十月三十日　第一刷
著者　S・T・ベルダー　リザ・スタブリック
超訳者　二葉幾久
制作　創作集団ぐるーぷ・ぱあめ'90
発行者　二葉幾久
発行所　株式会社　清水弘文堂書房
郵便番号　一五三−〇〇四四
住所　東京都目黒区大橋一−三−七　大橋スカイハイツ二〇七
電話番号　〇三−三七七〇−一九二二FAX〇三−三七七〇−一九二三
郵便振替　〇〇一八〇−一−八〇一二二
Eメール　simizukobundo@nyc.odn.ne.jp
HP　http://homepage2.nifty.com/shimizu kobundo/index.html
印刷所　株式会社　ホーユー

ISBN 4－87950－541－2－C0095